Tod unterm Kirchturm

Das Buch

Unbeliebter könnte der neue Pastor des kleinen Ortes östlich von Münster kaum sein – jedenfalls bei vielen Haupt- und Ehrenamtlichen in seiner Gemeinde. Die Pastoralreferentin fühlt sich nicht auf Augenhöhe behandelt, eine erfahrene Lektorin quittiert entnervt den Dienst, Father Joseph aus Indien hat sogar Angst vor seinem Chef.

Als die langjährige Pfarrsekretärin unter ungeklärten Umständen zu Tode kommt, gerät Pastor Boberg schnell in Verdacht. Immerhin hatte seine Mitarbeiterin »durchgesteckt«, dass er über die höchst umstrittenen Abrisspläne für die Pfarrkirche längst informiert war.

Nach einem weiteren Todesfall im Pfarrheim wird Schulpsychologin Hannah Schmielink, die nach ihrem Umzug eigentlich nur ein paar neue Kontakte suchte, schlagartig klar, dass sie die Hauptverdächtigen vermutlich kennt. Trotzdem hört sie nicht auf die eindringlichen Warnungen ihres Mannes Jan, Hauptkommissar bei der Kripo Münster. Sie wird es bereuen.

Die Autorin

Helga Streffing wurde in Werne geboren und ist in Rheine aufgewachsen. Nach dem Studium von Anglistik und Sozialwissenschaften in Münster hat sie viele Jahre an verschiedenen Berufskollegs unterrichtet und war zusätzlich als Schulseelsorgerin tätig. Sie ist verheiratet und lebt mit ihrem Mann in Rheine. In einem Sabbatjahr begann sie, Krimis zu schreiben. »Tod unterm Kirchturm« ist der achte Fall um die Münsteraner Schulpsychologin Hannah Schmielink.

Näheres in ihrem Krimiblog »muensterlandkrimi.wordpress.com« und auf ihrer Facebook-Autorenseite »Helga Streffing und ihre Krimis«.

Außerdem erschienen im Dialogverlag:

Tod im Kollegium (ISBN: 978-3-941462-47-2)
Tod im Kloster-Internat (ISBN: 978-3-941462-59-5)
Tod im Golddorf (ISBN: 978-3-941462-79-3)
Pilgerfahrt in den Tod (ISBN: 978-3-944974-06-4)
Tödliche Familien (ISBN: 978-3-944974-24-8)
Tödliche Rollenspiele (ISBN: 978-3-944974-33-0)
Tod im Nachbarhaus (ISBN: 978-3-944974-51-4)

Helga Streffing

Tod unterm Kirchturm

Der achte MÜNSTERLAND-KRIMI
mit Hannah Schmielink

dialogverlag

Besuchen Sie uns im Internet:
www.dialogverlag.de

Umwelthinweis:
Dieses Buch wurde auf chlor- und säurefreiem Papier gedruckt.

Bibliografische Information der Deutschen Nationalbibliothek
Die Deutsche Nationalbibliothek verzeichnet diese Publikation in der Deutschen Nationalbibliografie; detaillierte bibliografische Daten sind im Internet über http://dnb.d-nb.de abrufbar.

ISBN 978-3-944974-67-5
1. Auflage 2022

Titelbild: Falko Göthel / AdobeStock
Grafische Gestaltung: Thomas Bauer **kampanile**.de
Gesamtherstellung: **dialog**verlag

Montag, 9. August

Gegen 16 Uhr - Altkirchen

Achtlos ließ sie die Schultertasche fallen und warf den Schlüssel so heftig auf die Kommode, dass er bis zur Kante rutschte und klirrend auf den Boden fiel. Ohne sich darum zu kümmern, stapfte sie weiter durch den Flur in die Küche und riss den Kühlschrank auf.

Sie trank in gierigen Schlucken, ließ das Wasser übers Dekolleté und in den Nacken laufen, aber es verschaffte ihr kaum Abkühlung. Die stickige Luft hing seit Tagen in dem abgedunkelten Raum. Das Fenster zu öffnen, war sinnlos, denn die Nachmittagssonne prallte seit Stunden auf die dunklen Klinkersteine und heizte die Wände erbarmungslos auf.

Als sie die Flasche abstellte, überfielen sie die Bilder. Wehrlos ließ sie die Szene wieder und wieder in ihrem Kopf ablaufen.

Dieser verdammte Idiot! Sie hätte sich denken können, dass er es eines Tages tun würde. Ohne mit der Wimper zu zucken, hatte er sie eiskalt abserviert – natürlich mit seinem üblichen Dauer-Grinsen im Gesicht, von dem ihr jetzt noch übel wurde. Mit Macht schob sie das Bild beiseite. Bloß nicht daran denken!

Eine Runde um die Häuser würde ihr jetzt guttun. Oder eine Fahrradtour, um Dampf abzulassen. Aber die gnadenlose Hitze ließ das nicht zu. Sie fühlte sich wie eine Gefangene in ihren eigenen vier Wänden.

Von Unruhe getrieben, verließ sie die Küche, erwog kurz, kalt zu duschen, aber im Endeffekt würde sie dann noch mehr schwitzen als zuvor.

Im Wohnzimmer war es eine Spur kühler. Ächzend ließ sie sich in ihren Lieblingssessel fallen und drückte auf den Schalter, um das Fußteil in die Waagerechte zu bringen.

Und alles nur wegen dieser Tussi! Deutlich jünger, unerfahren, gab ihm niemals Kontra, sondern führte akribisch aus, was er von ihr wollte. Ideen oder gar lästige Verbesserungsvorschläge musste er von ihr nicht erwarten.

Wie sollte sie bloß mit dieser Erniedrigung umgehen? Was heute passiert war, würde sich rasend schnell herumsprechen. In einem Kaff wie Altkirchen war das unvermeidlich. Die Leute würden über sie reden!

Ohne dass sie sich dagegen wehren konnte, kamen immer mehr Fragen in ihr hoch, Fragen, die sie bisher konsequent verdrängt hatte: Was sollte sie mit sich anfangen? Mit der Zeit, die sie nun im Überfluss zur Verfügung haben würde? Mit ihrem restlichen Leben?

Später, versuchte sie sich zu beruhigen. Eins nach dem anderen. Morgen würde sie darüber nachdenken oder übermorgen, aber nicht jetzt. Heute wollte sie nur vergessen. Ihn. Ihr bisheriges Leben. Alles.

Ihr Blick fiel auf die schlichte, aber formschöne Glasflasche, die in Zellophan-Papier verpackt und mit einer grünen Samtschleife versehen leicht verstaubt im Regal stand. Sie trank kaum Alkohol und hatte vorgehabt, sie bei passender Gelegenheit weiterzuverschenken. Der Inhalt würde ihr helfen zu vergessen. Schnell und gründlich.

Sie stand auf und holte ein Glas aus dem Vitrinenschrank. Einen Moment lang kamen ihr Zweifel. Sollte sie wirklich? Sie schnupperte vorsichtig. Der Geruch der trüben, dunklen

Flüssigkeit schien ihr nicht besonders verlockend. Verschiedene unbekannte Aromen stiegen ihr in die Nase: muffig … erdig.

Ach was! Augen zu und durch. Entschlossen hob sie das randvolle Glas und trank einen großen Schluck.

Samstag, 14. August

Kurz nach neun

»Übernächstes Wochenende soll es bis zu 38 Grad heiß werden.«

Hannah ließ die Zeitung sinken. Schon beim Gedanken an solche Temperaturen brach ihr der Schweiß aus.

»Nun warte doch erst mal ab«, brummte Jan hinter seiner Seite und griff ohne hinzuschauen zu der Brötchenhälfte auf seinem Teller. »So genau wissen die Wetterfrösche das zwei Wochen im Voraus nicht.«

»Meistens stimmt die Vorhersage – jedenfalls in der Tendenz.«

Sie bekam keine Antwort. Auch nicht von Lasse, der sich in die Kinderseite vertieft hatte und gelegentlich vor sich hin kicherte, weil er wie immer zuerst die Witze las. Jan und Lasse litten deutlich weniger als Hannah unter den extremen Hitzewellen, die auch das Münsterland immer öfter heimsuchten, und hatten wenig Verständnis, wenn sie darüber jammerte. Auch äußerlich glich Lasse seinem Vater – bis hin zu der schwarzen Haarpracht, die bei Jan allerdings zunehmend mit Grau durchsetzt war.

»Vergiss nicht, dein Müsli zu essen!«, mahnte Hannah ihren Sohn. »Sonst machst du nachher beim Spiel schlapp. Hast du deine Sporttasche schon gepackt?«

»Hm«, brummte er. »Meine Fußballschuhe sind futsch.«

»Die stehen im Schuhschrank – frisch geputzt. Morgen

zeige ich dir, wie das geht. Dann kannst du es demnächst selber machen.«

Ihr Sohn zog es vor, dieses Angebot zu überhören. Aber sie würde hartnäckig bleiben, nahm Hannah sich vor.

Jan goss sich Kaffee ein und schmierte sein zweites Brötchen. »Komm doch mit zum Turnier nach Ostbevern! Heute ist es wirklich nicht so warm.«

»Frau Dahlmann wird heute beerdigt. Ich will gleich zur Kirche.«

»Warum denn das? So gut kanntest du die Frau doch gar nicht.«

»Immerhin hatte ich wegen Lasses Erstkommunion ziemlich häufig mit ihr zu tun. Bei ihr im Pfarrbüro liefen die Fäden zusammen für die Eltern, die die Vorbereitungsgruppen geleitet haben. Eine sehr nette und patente Frau, die nie den Überblick verlor. Und außerdem hat Barbara mich gefragt, ob ich mitgehe.«

»Barbara?«

»Barbara Uphoven. Sie war für eine der anderen Gruppen verantwortlich. Wir haben sie neulich auf dem Pfarrfest beim Würstchenstand getroffen. Klein, rote halblange Haare.«

»Kann sein. Jedenfalls schade, dass du nicht mitkommst. Die anderen Eltern haben schon nach dir gefragt.«

Hannah blätterte die Seite um. Dass sie lange geschwankt hatte, ob sie wirklich zu dem Gottesdienst gehen sollte, verschwieg sie ihrem Mann lieber. Ohne Barbaras Zureden wäre sie vermutlich nicht mal auf die Idee gekommen.

»Ziehst du dich wieder ganz schwarz an wie bei Oma?«

Lasse schaute sie mit großen Augen an. Die Beerdigung von Hannahs Mutter im letzten Jahr war seine erste gewesen und ging ihm immer noch im Kopf herum.

»Nein. Wenn man mit der verstorbenen Person nur bekannt war, muss man keine schwarzen Sachen tragen. Aber knallrot oder gelb natürlich auch nicht.«

»Und werden beim Kaffeetrinken hinterher wieder lustige Geschichten über die Tote erzählt?«

»Kann sein, aber ich werde nicht dabei sein. Ich gehe nur zum Gottesdienst.«

»Ach so.«

Jan blickte auf seine Uhr. »Lasse, jetzt musst du dich aber wirklich langsam beeilen. Wir fahren in einer Viertelstunde los.«

Hannah musste schmunzeln, als Lasse hastig seine Tasse leer löffelte. Sie selbst hatte noch Zeit, denn der Gottesdienst begann erst um zehn.

Plötzlich stutzte sie. »Merkwürdig! Sie haben die Todesanzeige für Elisabeth Dahlmann heute noch mal gedruckt.«

»Dann schau genau hin!«, meinte Jan. »Meistens haben sie eine falsche Uhrzeit oder einen falschen Ort genannt.«

Konzentriert las Hannah den Text, bis sie auf den letzten Satz stieß. »Das gibt es doch nicht! Hier steht: ›Die Beisetzung findet zu einem späteren Zeitpunkt im kleinen Kreis statt.‹ Vor zwei Tagen hieß es noch, dass die Beerdigung im Anschluss an den Gottesdienst auf dem katholischen Friedhof sein soll. Was hat das denn zu bedeuten?«

Jan trank seinen Rest Kaffee und stand auf. »Könnte spät werden bei uns. Gehst du einkaufen? Ich koche dann heute Abend.«

Zwanzig vor zehn

Der Himmel wölbte sich milchig über dem Ort. Die Temperaturen waren nach der Rekordhitze vor einigen Tagen abgestürzt und mit gut 20 Grad recht angenehm.

Der Fahrtwind ließ Hannahs hellgraue Bluse und die dunkle Hose flattern. Sie hoffte, damit passend gekleidet zu sein. Allerdings war es die erste Beerdigung in Altkirchen, an der sie nach ihrem Umzug im November des vergangenen Jahres teilnahm. Ihr geräumiges Haus mit prächtigem Garten hatte vorher dem verstorbenen Bruder von Hannahs Lieblingskollegin Dorothee und seiner Frau gehört.

Zum ersten Mal seit längerer Zeit dachte sie an die Doppelhaushälfte in Gievenbeck, die sie verkauft hatten. Nein, sie vermisste ihr früheres Zuhause nicht.

Nach wenigen Minuten erreichte sie die in den frühen 60er Jahren abseits der Ortsmitte errichtete Severinskirche. Der gepflasterte Kirchplatz lag wie ausgestorben da. Nur die zahlreichen Räder und voll belegte Parkbuchten deuteten auf eine große Trauergemeinde hin. Sie stellte ihr Fahrrad ab und schaute auf die Uhr. Noch zehn Minuten bis zum Beginn des Gottesdienstes. Einen Moment lang spielte sie mit dem Gedanken, wieder nach Hause zu fahren.

Lächerlich! Jetzt war sie schon einmal hier! Langsam stieg sie die wenigen Stufen zum weit geöffneten Eingangsportal hoch.

Es dauerte einige Sekunden, bis sie sich an das diffuse Licht im Kirchenraum gewöhnt hatte. Die hinteren Bänke schienen besetzt zu sein. Die Hitze steckte noch in den Wänden, und die offenen Kirchentüren brachten kaum Abkühlung. Schweiß brach ihr aus.

Endlich hatte sie eine Lücke erspäht. Die Frau am Rand der Bank rückte bereitwillig ein wenig zur Seite.

Nur gelegentliches Hüsteln und Räuspern unterbrach die Stille. An den Altarstufen stand neben üppigem Blumenschmuck ein Foto von Elisabeth Dahlmann mit schwarzem Trauerflor.

Die Kirche mit ihren nüchternen Backsteinwänden und dem Chorraum aus Beton war so gar nicht Hannahs Fall. Altar, Kerzenständer, Ambo und Tabernakel waren aus Bronze und wirkten zweckmäßig, aber nicht ansprechend. Ein schmaler Fries aus abstrakten Glasmosaiken in kühlen Farben lief unterhalb des Deckengewölbes an den Seitenschiffen entlang. Im Münsterland gab es mehrere ähnlich gestaltete Kirchen aus der Nachkriegszeit, aber selten hatte Hannah sich in einem Gotteshaus so unwohl gefühlt wie in St. Severin. Die stickige Luft, die bedrückende Stille taten das Ihre dazu.

Unvermittelt kamen ihre Zweifel wieder hoch: Warum war sie überhaupt hierher gekommen? Sie kannte doch niemanden! Keiner hätte sie vermisst.

Plötzlich Bewegung um sie herum: Das erste Lied wurde angezeigt. Automatisch griff Hannah wie alle anderen zum ausliegenden Gesangbuch und blätterte. Sekunden später erklang ein zartes Glöckchen, dann die Orgel. Das Vorspiel ging über in das traditionelle Beerdigungslied »Wir sind nur Gast auf Erden«.

Bei der zweiten Strophe kam durch den Mittelgang eine kleine Prozession in Hannahs Blickfeld: mehrere Frauen hinter einer Fahne, etliche Messdienerinnen und die Lektorin – eine ältere Frau, die Hannah flüchtig aus ihrer Gymnastikgruppe kannte. Als Letzter schritt Pastor Boberg in einem mit Goldornamenten verzierten schwarzen Gewand auf den

Chorraum zu. Nach der Kniebeuge an den Altarstufen gingen alle an ihre Plätze.

Hannah hatte den schlanken Geistlichen bisher nur bei Lasses Erstkommunionfeier und auf der Fronleichnamsprozession gesehen, zu der die Kommunionkinder und ihre Familien besonders eingeladen waren. Er war gut vierzig, das faltenlose Gesicht und sein volles, aschblondes Haar mit dem exakten Seitenscheitel ließen ihn noch jünger wirken.

Mit voller Stimme singend eröffnete Boberg den Gottesdienst. Dann begrüßte er die Angehörigen der Verstorbenen und die »Brüder und Schwestern im Herrn zu diesem traurigen Anlass«.

Nach einer winzigen Pause fuhr er fort: »Sicher haben viele heute Pastor Deggenkamp an meiner Seite erwartet. Er lässt sich entschuldigen. Bedauerlicherweise ist er auf einer Wallfahrt mit der Frauengemeinschaft seiner neuen Gemeinde.«

Ein Raunen erfüllte die Kirche. Hinter sich hörte Hannah eine sonore Stimme klar und deutlich sagen: »Feigling!«

Der Gottesdienst nahm seinen Gang. Pastor Boberg sang ausdauernd, die Lektorin mit der eisgrauen Kurzhaarfrisur las die beiden Lesungen sehr getragen, die Orgel hinkte dem Gesang der Gläubigen verlässlich hinterher.

Die Predigt rauschte an Hannah vorüber: der unerwartete Tod von Elisabeth Dahlmann ... aus dem vollen Leben herausgerissen … dürfen wir Trost darin finden, dass sie dem Herrn entgegengegangen ist – wie auch wir es unser Leben lang tun … hat eine Wohnung im Haus des Herrn gefunden … der Herr Jesus Christus, der uns mit seinem Tod am Kreuz erlöst hat, hat sie mit offenen Armen erwartet …

Nach fünf Minuten war er fertig mit seiner Aneinanderreihung frömmelnder Floskeln, setzte sich auf seinen Schemel und senkte den Kopf.

Plötzlich ein Knacken in der Mikroanlage. Hannah schaute auf.

Am Ambo stand eine hochgewachsene, kräftige Frau mit dunkler Hornbrille. Pastoralreferentin Charlotte Wegscheidt ordnete mit ernstem Gesicht einige Zettel und strich ihre schwarzen Haare hinter die Ohren. Kein einziger Laut war in der Kirche zu hören. Die Trauergemeinde schien die Luft anzuhalten.

Sie begann mit ihrem Entsetzen bei der Nachricht, dass die beliebte Pfarrsekretärin so plötzlich verstorben war, sprach von der Leere, die Elisabeth nach Jahrzehnten im Pfarrbüro hinterließ, von dem offenen Wort, das sie jederzeit zu sprechen bereit war, dem Trost, den sie vielen Menschen aus der Gemeinde gespendet habe, vor allem in Grenzsituationen wie dem Tod von Angehörigen.

Als die Pastoralreferentin erwähnte, wie sehr es ihr zu schaffen mache, dass sie sich nicht persönlich von Elisabeth verabschieden konnte, hörte man lautes Schluchzen aus den vorderen Reihen. Auch Charlotte Wegscheidt drohte die Stimme zu versagen, aber sie fing sich wieder, als sie von der festen Hoffnung sprach, dass Elisabeth geborgen sei, dort, wo sie nun ist.

Um Hannah herum kramten Leute nach Taschentüchern. Die Frau vor ihr nickte und schaute ihren Mann an, der ihr sachte über den Arm strich.

Als die Pastoralreferentin zu ihrem Platz im Kirchenschiff ging, war zaghaftes Klatschen zu hören, das aber schnell verebbte.

Pastor Boberg saß noch immer mit gesenktem Kopf da. Als er aufschaute, war ihm keinerlei Regung anzusehen. Ohne ein Wort des Dankes fuhr er mit der Eucharistiefeier fort – exakt so, wie es das Messbuch vorschrieb.

Als sie zur Kommunion aufstand, schaute sie sich um: Die sonore Stimme aus dem Hintergrund konnte nur zu einem älteren Herrn mit schlohweißem Haar passen, den sie noch nie gesehen hatte.

Nach dem Schlusssegen erhob sich in der ersten Reihe ein Mann in schwarzem Anzug und ging zum Ambo. Nach mehrmaligem Räuspern sagte er: »Wie Sie vielleicht in der Zeitung gelesen haben, muss die Beerdigung meiner Tante leider auf einen späteren Zeitpunkt verschoben werden. Wir glauben, es wäre im Sinne von Tante Elisabeth gewesen, diesen Gottesdienst, für den sich so viele von Ihnen Zeit genommen haben, trotzdem stattfinden zu lassen. Im Namen der Familie Dahlmann bitte ich um Entschuldigung für die kurzfristige Änderung.«

Es dauerte einige Sekunden, bis die Menschen sich nach und nach erhoben. Man wartete respektvoll, bis die engere Familie gemessenen Schrittes durch den Mittelgang die Kirche verließ, dann schloss sich die Trauergemeinde Bank für Bank an.

Niemand schien sofort nach Hause gehen zu wollen. Vom Treppenabsatz aus war Barbara Uphoven in der dicht gedrängt stehenden Menschenmenge auf dem Kirchplatz nicht auszumachen. Hannah hielt weiter nach ihr Ausschau, während sie sich zwischen den einzelnen Grüppchen hindurch in Richtung Fahrradstand schlängelte.

Irgendwann blieb sie stecken: Die beiden Frauen direkt vor ihr drehten ihr den Rücken zu und schienen sie nicht zu bemerken. Ein Ausweichen war unmöglich.

»Das war also ihr Neffe da vorne am Mikro?«

»Muss wohl«, antwortete die Kräftigere. »Ist ja ihr nächster Angehöriger.«

»Wollte der das Geld für den Beerdigungskaffee sparen

oder was soll das Ganze? Der soll sich mal nicht so haben. Er dürfte ja wohl ein ordentliches Sümmchen erben.«

Endlich bewegten sich einige Leute seitlich von den beiden Frauen. Schnell schlüpfte Hannah durch die entstandene Lücke. Kurz vor dem Fahrradstand traf sie endlich auf ein bekanntes Gesicht.

»Schön, dass du es doch geschafft hast, Hannah«, begrüßte Barbara sie mit freundlichem Lächeln. Ihr kupferrotes, kinnlanges Haar glänzte in der Sonne. »Ich hatte dich schon vermisst. Kein Wunder! So voll habe ich die Kirche schon lange nicht mehr gesehen.«

»Das kannst du wohl laut sagen«, meinte die ältere Frau im dunklen Kostüm neben Barbara – Karola Apelbeck, die Lektorin mit der merkwürdigen Betonung.

»Die arme Elisabeth!«, seufzte Barbara. »So ganz allein sterben zu müssen. Schrecklich!«

»War Frau Dahlmann eigentlich schon länger krank?«, erkundigte sich Hannah.

»Meines Wissens war es ein Herzinfarkt – ganz ohne Vorwarnung«, sagte Karola betrübt.

»Wie tragisch!«, stöhnte Barbara. »Auf mich wirkte sie immer total fit. Ich habe gehört, sie wollte sogar weiter im Pfarrbüro arbeiten, obwohl sie im Oktober hätte in Rente gehen können.«

»Das stimmt. Sie hat es mir selbst erzählt«, bestätigte die Lektorin. »Angeblich hat sie an ihrem Todestag erfahren, dass ihr Antrag auf Weiterbeschäftigung abgelehnt worden ist.«

»Sie hinterlässt wirklich eine große Lücke. Wird schwer für Jennifer Keller, wenn sie frisch aus der Elternzeit kommt und gleich Elisabeths Stelle übernehmen muss«, mischte sich eine schlanke Frau ein, die bisher schweigend zugehört hatte. Ihr gut geschnittenes, schwarzes Etui-Kleid stand ihr außerordentlich gut, fand Hannah.

»Kennt ihr euch eigentlich?«, fragte Barbara.

Hannah schaute die Frau an. »Von irgendwoher schon, aber im Moment ...«

»Lioba Hansen. Ich leite die Pfarrbücherei«, half die Frau ihr auf die Sprünge. »Sie waren vor einiger Zeit mit Ihrem Sohn da, um ihn anzumelden. Lasse Schmielink, nicht wahr?«

»Genau. Vermutlich werde ich morgen bei Ihnen einige Bücher und DVDs für meinen Sohn abgeben müssen, die längst überfällig sind.«

»Kein Problem. Kommen Sie gerne vorbei und stöbern selbst ein bisschen. Wir haben gerade einen Schwung Neuerscheinungen angeschafft.«

»Mache ich«, versprach Hannah.

»Ich weiß gar nicht, wo solche großen Beerdigungen demnächst stattfinden sollen«, jammerte Barbara. »Oder Hochzeiten, die Christmette an Heilig Abend, die Firmung. Unsere alte Martinskirche ist dafür jedenfalls viel zu klein. Und St. Severin soll ja abgerissen werden.«

»Wahrscheinlich müssen wir nach Everswinkel ausweichen. Gehört doch sowieso alles zusammen«, mutmaßte Lioba Hansen lakonisch.

Karola schnappte hörbar nach Luft. »Das wird ja wohl nicht wahr sein! Keinen Fuß setze ich in die Kirche!«

»Wieso denn nicht? St. Magnus ist wunderbar renoviert.«

»Kann wohl sein«, schnaubte Karola. »Jedenfalls kann unser Pastor überhaupt nichts dafür, dass unsere Pfarrkirche abgerissen werden soll. Ich weiß gar nicht, warum alle so auf ihm herumhacken. Die Sache war doch schon lange geplant. Und hat er sich heute nicht wieder selbst übertroffen? Singen kann er nun wirklich.«

»Na ja, ich weiß nicht ...«, warf Barbara ein.

Ungerührt fuhr die Lektorin fort. »Pastor Deggenkamp habe ich jedenfalls keine Spur vermisst. Unser neuer Pastor ist viel besser organisiert und außerdem immer pünktlich in der Sakristei.«

»Dafür konnte Pastor Deggenkamp wesentlich besser mit den Leuten und war äußerst beliebt«, beharrte Lioba Hansen etwas angesäuert.

»Das ist ja wohl Ansichtssache«, schnaubte Karola. »Genau wie dieser Auftritt von unserer Pastoralreferentin. Ich kann mir nicht vorstellen, dass sie sich damit beim Pastor einen Gefallen getan hat.«

»Vielleicht wollte sie das gar nicht«, sagte Barbara betont freundlich. »Sehen wir uns eigentlich alle am Donnerstag bei der Pfarrversammlung wegen St. Severin? Könnte spannend werden.«

Karola zuckte wortlos mit den Achseln.

»Ich werde kommen«, antwortete Lioba Hansen. »Aber bringen wird das nicht viel. Das Ganze ist eine beschlossene Sache.«

»Werden wir ja sehen«, konterte Barbara. »Hannah, noch Lust auf einen Kaffee?«

Platz gab es reichlich auf der kleinen Freifläche neben der Bäckerei. Im Moment war nur ein weiterer Tisch besetzt.

»Ich lade dich ein. Was soll ich dir mitbringen?«, fragte Barbara.

»Oh, danke. Einen Milchkaffee, bitte.«

»Ein Brötchen?«

»Nicht nötig. Ich habe ausgiebig gefrühstückt.«

Während Barbara die Bäckerei betrat, schaute Hannah sich um. Sie hatte hier noch nie gesessen, es gab schönere

Plätze. Der samstägliche Verkehr brauste in ziemlicher Lautstärke vorbei, aber immerhin hatte man sich Mühe gegeben mit den Blumenkübeln.

Barbara rückte an der Theke nur langsam vor, hielt hier und da ein Schwätzchen mit anderen Kunden. Ganz Altkirchen deckte sich anscheinend für das Wochenende ein.

Mittlerweile kamen weitere Gäste in dunkler Kleidung, vermutlich auch direkt aus dem Gottesdienst. Jeder grüßte freundlich und musterte Hannah interessiert.

Endlich kam Barbara zurück. Sie bugsierte ein Tablett vor sich her, vollbeladen mit zwei Tassen, einem belegten Brötchen, zwei Gläsern Orangensaft und zwei Stückchen Bienenstich.

»Ich habe ein bisschen vorgesorgt«, erklärte sie der erstaunten Hannah. »Mir war da drin nämlich plötzlich, als könntest du noch Appetit bekommen.«

»Das solltest du aber nicht, Barbara.«

»Lass mich doch! Ich freue mich, dass du mir Gesellschaft leistest«, meinte Barbara lächelnd. Die feinen Fältchen um ihre Augen und Altersflecken auf den Händen verrieten, dass sie um einiges älter als Hannah sein musste. Vermutlich ging sie auf die sechzig zu.

Hannah trank ihren Orangensaft beinahe in einem Zug leer. »Das tat wirklich gut.«

Barbara griff zu ihrem Brötchen. Mehrere Armreifen aus Silber klimperten an ihrem Handgelenk, dazu trug sie einen passenden Ring mit einem kleinen Edelstein. »Was sagst du denn eigentlich zu Charlottes Würdigung unserer Pfarrsekretärin?«

»Einfach großartig. Ich war sehr angetan.«

»Dachte ich mir. Du bist empfänglich für ihre Art.«

»Sie hat auch den tollen Gottesdienst zu Lasses Erstkommunion vorbereitet. Selbst mein Mann war beeindruckt, obwohl er sonst nicht allzu viel mit Kirche am Hut hat.«

Barbara nickte. »Kann ich verstehen. Charlotte ist immer absolut authentisch. Gott kommt bei ihr erst ins Spiel, wenn sie die Menschen erreicht hat.«

»Genau die richtige Reihenfolge.«

»Findest DU, weil du dich in die Gefühle anderer hineinversetzen kannst. Muss man ja wohl, wenn man in einer Beratungsstelle arbeitet.«

»Ich finde, dass Empathie auch für Seelsorger absolut notwendig ist. Allerdings hat Pastor Boberg damit anscheinend ein Problem.«

»Wem sagst du das?«, seufzte Barbara. »Glücklicherweise muss ich mich nicht mehr mit ihm herumschlagen.«

Hannah fächelte sich mit der Speisekarte Luft zu. Die Sonne lugte mittlerweile über das Dach der Bäckerei und prallte voll auf die Terrasse.

»Warte mal eine Sekunde«, murmelte sie, stand auf und versuchte, den mächtigen, mit Segeltuch bespannten Sonnenschirm neben ihrem Tisch zu öffnen, aber sie hatte nicht genug Kraft, den Hebel ganz nach oben zu drücken.

»Darf ich Ihnen helfen?«

Ein braun gebrannter Herr mit graumeliertem Bart und randloser Brille – sie schätzte ihn auf Mitte 60 – war am anderen Ende der Terrasse beflissen aufgesprungen. Hannah trat bereitwillig einen Schritt zur Seite.

Als der erste Anlauf auch bei ihm nicht klappte, verstummten die Gespräche an den anderen Tischen. Man beobachtete seine Bemühungen mit unverhohlenem Interesse. Erst beim dritten Versuch schaffte der Mann es endlich, den Schirm komplett zu öffnen.

Hannah bedankte sich bei ihm.

»Gerne«, sagte er freundlich, nickte Barbara lächelnd zu und ging wieder zu seinem Tisch. Seine Begleiterin tätschelte ihm den Arm, die Gespräche ringsum wurden wieder aufgenommen.

»Das war Winfried Plog. Er und ein paar andere waren mal ziemlich aktiv in der Gemeinde«, flüsterte Barbara ihr zu. »Sie wollten, dass St. Severin vom Bistum als ökofaire Gemeinde zertifiziert wird. Anfangs kamen sie durchaus vorwärts damit, aber dann kam Pastor Boberg.«

»Schon wieder Boberg! Das musst du mir aber jetzt mal näher erklären.«

»Er krempelt unsere Gemeinde eben total um.«

»Du hast vorhin gesagt, dass du dich nicht mehr mit ihm herumschlagen musst. Was meintest du damit?«

Nachdem Barbara sich unauffällig umgeschaut hatte, holte sie tief Luft. »Ich war Lektorin in St. Severin. War, wohlgemerkt! Nach Eckhards Tod suchte ich damals neue Aufgaben. Wir sind sonntags immer in den Gottesdienst um zehn gegangen, aber ohne ihn fühlte ich mich dort ziemlich verloren. Deshalb habe ich mich gemeldet, als neue Lektoren gesucht wurden. Der Dienst hat mir wirklich Freude gemacht, aber mit Boberg wurde alles anders. Vor einigen Wochen habe ich endgültig die Segel gestrichen.«

Barbara schob den Brötchenteller energisch an die Seite und machte sich nahtlos über ihren Bienenstich her. »Für Pastor Deggenkamp war eine Lesung am Sonntag völlig ausreichend. Er hat immer die genommen, die für die Gemeinde besser zu verstehen war. Boberg hat selbstverständlich von Anfang an auf zwei Lesungen bestanden – wie es ja auch eigentlich Vorschrift ist und von Rom vor einiger Zeit noch mal ausdrücklich gefordert wurde.«

Sie stach vehement in das Kuchenstück. »Und dann begann er auch noch damit, an meiner Betonung herumzumeckern. Ich würde zu viel persönlichen Ausdruck in die Texte legen. Da hat es mir endgültig gereicht. Als ich ihm das gesagt habe, schien er nicht besonders böse zu sein. Die getreue Karola ist gerne in die Bresche gesprungen und liest natürlich sehr viel besser.«

Der zynische Unterton bei Barbaras letzten Worten war unüberhörbar.

»Unglaublich lecker«, sagte sie genüsslich. Sie hatte den Bienenstich schon fast verputzt. »Probier doch mal!«

Hannah ließ sich überreden und bereute es nicht. Außerdem konnte der Kuchen angesichts der Uhrzeit gut und gerne als Mittagessen gelten.

»Ich kann gut verstehen, dass du lieber auf diesen Ärger mit Pastor Boberg verzichtest. War sicher eine gute Entscheidung.«

Sie plauderten noch eine Weile, bis Hannah aufbrach, um ihre Einkäufe zu machen.

Es kam ihr so vor, als sei Barbara ein kleines bisschen enttäuscht.

Gegen halb acht abends

Noch einen Moment, sagte Hannah sich und ließ den Blick durch den Garten schweifen, der deutlich größer war als der in Gievenbeck. Die Terrasse ging nach vorne raus zur wenig befahrenen Straße. Allerdings schirmte die noch von den Vorbesitzern stammende, mehr als mannshohe Hainbuchenhecke den Garten an drei Seiten komplett ab. An der Grundstücksgrenze endete ein schmales Pättken, das zur Parallelstraße führte.

Lasse trainierte »Ball hochhalten« auf dem Rasen hinter

dem Haus. Die Geräusche waren unüberhörbar, ebenso seine Kommentare, wenn eine vielversprechende Serie abriss.

Seufzend stand sie auf, um ihre allabendliche Gießaktion zu starten. Die letzte der drei Tonnen, die das Regenwasser vom Dach des Schuppens auffingen, leerte sich zusehends.

Sie konzentrierte sich auf die Blumen, die unbedingt Wasser brauchten, vor allem die Geranien und Petunien in den Kübeln – die einzigen Pflanzen im Garten, die Hannah selbst ausgesucht hatte. Alle Blumen wirkten kraftlos, selbst der Rasen war kaum mehr als Stroh.

»Die Küche ist sauber, Spülmaschine läuft«, sagte Jan, als sie sich zu ihm auf die Terrasse setzte. »Der Weißwein müsste kalt genug sein. Möchtest du?«

»Erst mal Wasser«, sagte sie und griff zur bereitstehenden Flasche. Sie trank das Glas in einem Zug leer und goss es gleich noch einmal voll. Aus dem Hintergrund hörten sie immer noch Lasse beim Training.

»Wie geht es eigentlich Natalie?«, erkundigte Hannah sich. »Hat sie sich nach ihrer Baby-Pause schon gut im Präsidium eingelebt?«

»Doch, ja. Sie scheint es zu genießen, wieder unter Leute zu kommen, aber sie wirkt noch ein bisschen fahrig.«

»Und Gerrit will die beiden Kinder ein volles Jahr betreuen? Finde ich stark.«

»Der wird noch merken, wie anstrengend das ist. Mir sind die zwei Monate mit Lasse damals schon lang vorgekommen«, grinste Jan.

»Hat Natalie den Fall Dahlmann übernommen?«, fühlte Hannah vorsichtig vor.

»Wie kommst du darauf, dass es einen solchen Fall gibt?«

»Ich habe gehört, dass niemand dabei war, als sie gestorben ist. Ist doch ganz normal, dass ihr dann eingeschaltet werdet. Du wusstest also doch, warum die Beerdigung verschoben wurde!«

Jan zuckte mit den Achseln. »Nicht hundertprozentig. Ist ja Natalies Fall.«

»Der Hausarzt ist wahrscheinlich von einer natürlichen Todesursache ausgegangen. Ich habe von einem Herzinfarkt läuten hören.«

»So ist es. Auch die Kollegen aus Telgte, die zuerst vor Ort waren, haben keinerlei Verdacht geschöpft.«

»Aber?«

»Na ja, die Tote hatte eine hohe Lebensversicherung zugunsten ihres Neffen abgeschlossen.«

»Und die Versicherung will jetzt eine genauere Untersuchung?«

»Mit allem Drum und Dran«, bestätigte Jan. »Toxikologisches Gutachten auf tödliche Substanzen – Schlaftabletten zum Beispiel. Wenn nötig, auch eine Obduktion.«

»Sie wollen wissen, ob sie sich vielleicht selber umgebracht hat«, vermutete Hannah.

»Ganz genau. Dann müssten sie nämlich nicht zahlen. Ist aller Voraussicht nach nur ein Sturm im Wasserglas. Nichts deutet auf einen Suizid hin. Keine leeren Tabletten-Packungen, kein Abschiedsbrief. Vor allem fehlt ein Motiv.«

Einen Moment lang war Hannah versucht, ihm von den Gerüchten über Elisabeth Dahlmanns Quasi-Kündigung zu berichten. Aber wenn da etwas dran war, würde Natalie das schon selbst herausfinden.

Hinter der Hecke waren Stimmen zu hören, die Hannah bekannt vorkamen. Wahrscheinlich Nachbarn, die noch ausgehen oder einen abendlichen Spaziergang machen wollten.

»Wenn es nachher kühler wird, wässere ich noch den Rasen«, sagte Jan. »Schau nicht so kritisch! Wenn ich es jetzt nicht tue, verbrennt er, und ich habe umsonst neu eingesät, um die vielen Löcher zu flicken.«

»Mit Leitungswasser? In der Zeitung schreiben sie schon von Knappheit.«

»Die machen doch nur die Pferde scheu. Irgendwann wird es schon regnen.«

Hannah verkniff sich eine Antwort. Es war zwecklos, dieses Thema mit Jan zu erörtern.

Lasses Ball rollte in ihr Blickfeld. »Jippie!«, hörten sie ihn juchzen. »23 mal getitscht, ohne dass der Ball den Boden berührt hat, Papa!«

»Klasse! Immer dran bleiben an der Technik!«, rief Jan ihm zu. »Aber jetzt komm mal her und trink noch einen Schluck. Für heute ist es genug. Morgen musst du fit sein.«

Erstaunlicherweise war Lasse einsichtig, handelte noch eine halbe Stunde Fernsehen heraus und verzog sich ins Haus.

»Spätestens das Viertelfinale werden die Jungs morgen verlieren. Also sind wir zeitig zurück«, versicherte Jan, anscheinend um bessere Stimmung bemüht. »Wollen wir dann noch eine kleine Radtour machen und irgendwo Eis oder Pizza essen? Oder beides?«

»Das wäre schön«, strahlte Hannah.

»Ich könnte das Rasensprengen noch mal verschieben, damit wir früh ins Bett gehen können.« Jan schaute sie mit treuherzigen Augen an. »Oben ist es bestimmt schön mollig warm. Du müsstest nicht so frieren.«

»Wieso frieren? Was meinst du?«, gab Hannah sich ahnungslos.

»Na, wenn ich dich ...« Langsam zog er am Ärmel ihrer leichten Jacke und küsste ihren Hals.

»Ach so? ...«, lächelte sie zurück.

Sonntag, 15. August

Kurz nach ein Uhr nachts

Sie stand händeringend am Straßenrand, aber das Polizeiauto fuhr mit Blaulicht und eingeschalteter Sirene an ihr vorbei. Merkwürdigerweise wurde die immer lauter, je weiter der Wagen sich entfernte. Sie drehte sich um zu dem Wrack, das vor ihr im Graben lag. Der Nebel waberte, löste sich immer weiter auf und ...

Erschrocken wachte Hannah auf. Im Schlafzimmer war es stockdunkel. Ein Blick auf den Wecker bestätigte, dass sie nicht lange geschlafen hatte.

Mit ziemlicher Verspätung wurde ihr bewusst, dass die Sirene aus ihrem Traum real war. Sie wurde leiser und verstummte schließlich ganz. Der Wind hatte das Geräusch von der Hauptstraße hierher geweht. Jan hätte am Signalton unterscheiden können, ob es sich um die Feuerwehr oder einen Rettungswagen handelte, aber an seinen tiefen Atemzügen konnte sie hören, dass er fest schlief.

Sie stand auf und stellte sich einen Moment an das gekippte Fenster. Die Straßenlampe vor dem Haus schräg gegenüber brannte am Wochenende die ganze Nacht. An Werktagen wurde sie wie jede zweite Laterne in Altkirchen zwischen ein und fünf Uhr zwecks Energiesparen ausgeschaltet.

Sie begann zu frösteln und kroch wieder ins Bett.

Gegen elf Uhr

Unterwegs kamen ihr einige Leute entgegen – vermutlich Kirchgänger. Die Sonntagsmesse war also vorbei, die Gemeindebücherei geöffnet.

Der Schatten der alten Martinskirche, ein geduckt wirkender Bau aus mächtigen Sandsteinquadern, fiel auf den Vorplatz des Pfarrheims. Im Erdgeschoss des stattlichen Zweistocks aus dunklem Backstein waren die Bücherei, das Pfarrbüro und mehrere Gruppenräume untergebracht, in der oberen Etage wohnte der Pfarrer.

Nachdem Hannah ihr Rad im verbeulten Fahrradständer abgestellt hatte, öffnete sie die schwere, schleifende Eichentür. Das rautenförmige Muster aus schwarzen und weißen Bodenfliesen war in dem fensterlosen, schmalen Flur nur zu erahnen.

Die Tür zur Bücherei stand einen Spalt breit offen. Durch ein Fenster fielen Sonnenstrahlen auf Lioba Hansens Kurzhaarfrisur mit blonden Strähnchen. Kerzengerade saß sie auf einem riesigen blauen Pezziball hinter einem schlichten Holztisch und inspizierte akribisch den Inhalt eines bunten Kartons. Ein etwa zehnjähriges Mädchen beobachtete die Büchereileiterin mit offensichtlicher Anspannung.

Hannah klopfte an den Türrahmen. Lioba Hansen sah auf, und sofort erschien ein kurzes Lächeln auf ihrem Gesicht.

»Sie haben Wort gehalten!«, rief sie. »Einen Moment noch. Dann habe ich Zeit für Sie. Alina bringt sowieso immer alles in tadellosem Zustand zurück. Schauen Sie sich gerne schon mal um.«

Das Mädchen wuchs augenblicklich um mehrere Zentimeter. Hannah packte die Stofftasche mit Lasses ausgeliehenen Sachen aus und begann ihren Rundgang.

Der gesamte erste Raum war den Kindern vorbehalten. Die Vielfalt war verblüffend: Spiele, CDs, Bilderbücher, Pferdebücher, Kinderkrimis in Serie und Tonies.

Ein Durchgang führte in einen zweiten, im rechten Winkel abzweigenden Raum, der die Medien für Erwachsene enthielt. Direkt im ersten Regal lagen einige Bücher zur Ansicht. Mit wachsendem Erstaunen studierte Hannah Cover und Titel: allesamt Neuerscheinungen, von denen sie in letzter Zeit gehört oder gelesen hatte.

Sie stöberte eine Weile und traf eine erste Vorauswahl. Im Hintergrund hörte Hannah eine Frau mit durchdringender Stimme, die die Büchereileiterin anscheinend in ein längeres Gespräch verwickelt hatte.

Ein paar Schritte weiter fand sie endlich die Krimis. Trotz des wenigen Platzes gab es mehrere Serien, die Hannah seit Jahren verfolgte, sogar einige Bände, die sie noch nicht gelesen hatte.

Die beiden Frauen sprachen inzwischen über einen lichterloh brennenden Strohballen, den die Feuerwehr letzte Nacht hatte löschen müssen. Vergangene Woche habe es einen ähnlichen Einsatz gegeben. Einige Fetzen des Gesprächs kamen bei Hannah im hinteren Raum an.

Auf vier Bücher war ihr Stapel inzwischen angewachsen. War das zu viel? Sollte sie eins zurücklegen?

»Aber überleg doch mal: Wenn ein neues Pfarrzentrum gebaut wird, hättet ihr vermutlich viel mehr Platz für eure Bücher und die anderen Medien«, trompetete die unbekannte Frau.

Lioba Hansens Antwort war nur schlecht zu verstehen, klang aber diplomatisch.

Das Regal mit den Biographien hatte Hannah bisher übersehen. Auf die Schnelle verschaffte sie sich einen Überblick und hatte sich rasch entschlossen. Dann näherte sie sich wieder dem Durchgang zum vorderen Raum.

»Hast du gehört, dass Pastor Boberg sie in Rente schicken wollte?«

»Ich weiß nicht, ob man das so sagen kann«, erwiderte die Büchereileiterin.

»Ich vermute ganz stark, er hat es Elisabeth übel genommen, dass sie die Pläne an den Kirchenvorstand durchgestochen hatte. Wenn es nach ihm gegangen wäre, hätte der Abriss bestimmt noch eine Weile geheim bleiben sollen. Nun hat er einen Haufen Leute gegen sich aufgebracht und auch noch diese Pfarrversammlung am Hals. Er soll sich kolossal aufgeregt haben. – So, jetzt muss ich mich aber sputen. Du verlängerst die beiden Schmöker für mich?«

Als Hannah den vorderen Raum wieder betrat, war Lioba Hansen am PC beschäftigt. Eine Frau mit halblangen grauen Haaren saß neben ihr, schaute kurz auf und lächelte Hannah freundlich an, bevor sie sich einem Stapel Bücher widmete, die wohl einsortiert werden mussten.

»Ah, die Biografie der ehemaligen First Lady«, lobte die Büchereileiterin Hannahs Auswahl. »Die muss man gelesen haben!«

»Bin bisher noch nicht dazu gekommen. Genau das Richtige bei der extremen Hitze, die auf uns zukommt. – Gibt es eigentlich eine Obergrenze, wie viele Medien man ausleihen darf? Und kann man verlängern?«

Eine Frau mit zwei Kindern betrat die Bücherei. Die beiden Kleinen begannen sofort, in der Kiste mit den Bilderbüchern zu wühlen. Mehrere Exemplare landeten auf dem Boden. Die Büchereileiterin warf ihnen einen besorgten Blick zu, fischte einen Flyer aus einer Ablage und reichte ihn Hannah: »Hier drin steht alles, was man über die Ausleihe wissen muss. Sie können sich auch online in den Web-Opac des Bistums einloggen und bequem von zu Hause auswählen, verlängern und sogar vorbestellen. – Von extremer Hitze habe ich übrigens noch gar nichts gehört.«

Hannah war nicht überrascht. Bestimmt gehörte Lioba Hansen zu den beneidenswerten Menschen, die sich bei Temperaturen jenseits der 30-Grad-Marke erst so richtig wohlfühlen.

Mit einiger Mühe gelang es Hannah, die Stofftasche mit den Büchern in ihrem Fahrradkorb unterzubringen.

»Das sieht nach einer guten Ausbeute aus.«

Charlotte Wegscheidt stand lächelnd neben ihr und wies auf Hannahs Tasche. »Da kann die große Hitze ja kommen!«

Die Pastoralreferentin hatte keinen großen Aufwand für ihr Outfit betrieben: eine luftige Hose, ein T-Shirt, das mühelos ein paar Pfunde kaschierte, und flache Sandalen. Die schwarze Hornbrille ließ sie recht streng wirken.

»Das dachte ich mir auch und habe zwei Fliegen mit einer Klappe geschlagen«, antwortete Hannah. »Eigentlich musste ich nur den Laufburschen für meinen Sohn spielen, der es wieder einmal nicht geschafft hat, seine Sachen pünktlich zurückzugeben.«

»Kenne ich«, schmunzelte Charlotte Wegscheidt und schob eine dunkle Haarsträhne hinter das rechte Ohr. »Darin war mein Sohn auch Weltmeister.«

»War? Ist er inzwischen zu alt für ›Gregs Tagebücher‹?«

»Definitiv. Er ist vor einigen Wochen sechzehn geworden und überragt mich mittlerweile.«

»Dann sind online-Spiele bestimmt wesentlich interessanter für ihn. Haben Sie noch mehr Kinder?«

Charlotte Wegscheidts Gesichtsausdruck veränderte sich minimal. Hannahs Frage war wohl zu persönlich gewesen.

»Nein«, kam die knappe Antwort. »Jakob ist ein Einzelkind.« Sie klimperte mit einem Schlüsselbund. »Die Idee mit dem Bücher-Ausleihen ist gut. Aber erst mal die Arbeit. Ich treffe mich gleich mit Jennifer Keller im Pfarrbüro. Dort ist eine Menge liegen geblieben. Ich will ihr ein bisschen auf die Sprünge helfen, damit sie weiß, was zuerst erledigt werden muss und was warten kann.«

»Frau Dahlmann ist bestimmt nicht so schnell zu ersetzen«, ging Hannah bereitwillig auf den Themenwechsel ein.

»Das wird schwierig. Sie hatte nicht nur die Abläufe im Pfarrbüro im Griff. Vermutlich hat sie mehr seelsorgliche Gespräche geführt als wir anderen Hauptamtlichen zusammen.«

»Sie sprachen bei der Trauerfeier davon. Ich fand Ihre Worte wirklich sehr berührend. Ich glaube, das ist vielen so gegangen.«

»Danke für die Rückmeldung. Ich hatte zwar ein gutes Gefühl, aber gesagt hat mir bisher niemand etwas. Letztlich bin ich einfach davon ausgegangen, wie es mir selbst mit Elisabeths Tod geht, und von der Vorstellung, dass andere ähnlich empfinden könnten. Wenn man den richtigen Ton trifft, entsteht oft ein Gefühl von Verbundenheit. Gemeinsames Beten und Singen können das verstärken. Im besten Fall – und wenn von oben jemand mithilft – stärkt uns das Erleben von Gemeinschaft, und wir fühlen uns getragen.«

»Mir hat vor allem gefallen, dass Sie nicht als Erstes von ›Gottes großer Liebe‹ gesprochen haben«, sagte Hannah mit Nachdruck. »Diese Holzhammer-Methode finde ich total unpassend für die heutige Zeit. Die Leute haben doch nicht sofort Gott Vater, Sohn und Heiligen Geist im Kopf, wenn sie in die Kirche gehen. Man muss sie abholen, wo sie stehen.«

Um Charlotte Wegscheidts Mundwinkel zuckte es kurz. »Kirchensprech ist heutzutage wieder sehr verbreitet.«

»Kirchensprech? Sie meinen die ewig gleichen, uralten Floskeln, die keinem mehr etwas sagen?«

»Keinem würde ich nicht sagen, aber nur noch wenigen.«

»Jetzt sagen Sie doch mal ehrlich: Warum redet ein relativ junger Priester wie Pastor Boberg dermaßen an den Menschen vorbei? Ich kann das einfach nicht begreifen.«

Die Pastoralreferentin holte tief Luft. »Gerade die Geistlichen seiner Generation benutzen gerne wieder diese alte Sprache und achten akribisch auf die Einhaltung aller Vorschriften. Selbst ihre Kleidung drückt die rückwärts gewandte Haltung aus. Die Kalkleiste zum Beispiel.«

»Kalkleiste?«

»Dieser kleine Stehkragen am Hemd.«

»Stimmt. Unser Pastor trug so etwas früher nicht.«

»Viele Pastöre der vorigen Generation sind noch anders drauf. Bobergs Vorgänger Deggenkamp war zum Beispiel bedeutend lockerer und hat die Laien einfach machen lassen, wenn es eine neue Initiative in der Gemeinde gab oder Gottesdienste gestaltet werden sollten. Das ist mehr oder weniger vorbei. Ausnahmen gibt es natürlich immer. In allen Generationen.«

»Traurig. Und die Kirchen werden immer leerer.«

»Wir können es nicht aufhalten.« Charlotte klang resigniert.

»Wenn Boberg sich so sklavisch an alle Regeln hält, war er bestimmt nicht glücklich über Ihre Ergänzung zu seiner Predigt.«

Das Lachen der Pastoralreferentin hörte sich gequält an. »Ergänzung? Schön formuliert. – Ich treffe mich übrigens alle zwei Wochen mit einigen Frauen, um besondere Gottesdienste vorzubereiten: kleine Projekte im Jahresablauf wie Urlaubszeit, Karneval oder Advent – je nachdem wie wir Zeit und Lust haben. Die Gruppe nennt sich ›Unterwegs‹. Möchten Sie am Donnerstag mal dazukommen? Ich wollte Sie schon nach Lasses Erstkommunion fragen, aber dann habe ich Sie irgendwie aus den Augen verloren.«

»Ehrlich gesagt bin ich nicht gerade die fleißigste Kirchgängerin«, gab Hannah zu. »Aber die Gruppe interessiert mich schon.«

»Wir sind fünf, sechs Frauen in etwas wechselnder Besetzung. Einige sind jünger als Sie, andere älter. Barbara Uphoven ist auch dabei. Viertel vor sieben bei mir. Etwas früher als sonst, weil einige anschließend noch zur Pfarrversammlung gehen wollen. Ich würde mich freuen.«

Als Hannah auf ihr Fahrrad stieg, fühlte sie sich plötzlich wie beflügelt. Endlich hatte sie die Chance, wirklich in Altkirchen anzukommen.

Später Vormittag

Hannah hatte sich ihren Korb mit Bügelwäsche vornehmen wollen, aber die Temperaturen draußen waren einfach zu verlockend. So verzog sie sich auf die Bank am Kirschbaum und schlug in gespannter Erwartung einen der ausgeliehenen Krimis auf. Es war zwar warm, aber nicht so extrem heiß wie in den letzten Tagen. Bald hatte sie sich in den neusten Fall der beiden ungewöhnlichen Ermittler vertieft und genoss deren vertrautes Geplänkel.

Im Hintergrund läuteten die Glocken von St. Severin. Danach war es so still, dass sie erst beim ruckartigen Öffnen einer Terrassentür wieder in der Wirklichkeit auftauchte. Vermutlich die Nachbarn von gegenüber, ein jüngeres Paar. Stühle wurden verschoben, Geschirr klapperte. Man wollte frühstücken.

Drei Glockenschläge. Viertel vor zwölf. Eigentlich hatte sie Jan und Lasse schon eher zurückerwartet. Ob die Mannschaft sich doch besser geschlagen hatte als vermutet?

Irgendwer schlurfte im Pättken hinter der Hainbuchenhecke entlang. »Moin, Sabine. Herrlicher Tag heute.« Der Nachbar, dessen Garten an ihren grenzte. Der mit dem ziemlich großen Hund, den er zwei Mal am Tag ausführte. Ansonsten saß das Tier in einem Zwinger und gab nie einen Laut von sich.

»Allerdings! Wir wollen gleich noch das Wetter nutzen und mit den Rollerblades los. Ab morgen soll es ja schlechter werden.«

Hannah schmunzelte. Niemand auf der Straße oder in den umliegenden Gärten hatte anscheinend auf dem Schirm, dass sie solche Gespräche auf der anderen Seite der Hecke bestens mithören konnte.

»Dann mal viel Spaß. Brecht euch nicht die Knochen!«

»Dir auch noch einen schönen Sonntag.«

Hannah griff zu ihrem Handy und rief einen Wetterdienst auf. Tatsächlich! Die Vorhersage hatte sich seit gestern völlig verändert. Von morgen an sollte es von Tag zu Tag kühler werden. Zur Sicherheit überprüfte sie die Temperaturen auf einer zweiten Seite: Dort wurde für Mittwoch sogar ein bisschen Regen für Altkirchen gemeldet – mit einer Wahrscheinlichkeit von 50 Prozent. Besser als nichts.

Sie wollte gerade prüfen, ob Jan eine Nachricht geschrieben hatte, als sie das vertraute Motorengeräusch hörte. Sekunden später schlugen zwei Autotüren zu.

»Vergiss deine Sporttasche nicht!«

»Ja, ja!«, brummte ihr Sohn unwirsch. Die Kofferraumklappe wurde heftig zugeschlagen. Spiel verloren, schlussfolgerte Hannah.

Auf ihren Krimi konnte sie sich nicht mehr konzentrieren, aber sie blieb auf der Bank sitzen. Von der Niederlage würde sie früh genug erfahren.

Es dauerte nur ein paar Minuten, bis Jan sich zu ihr gesellte. »Na, hattest du einen ruhigen Vormittag?«, fragte er und leerte eine Wasserflasche.

»Doch, ja. Und ihr? Ich hatte euch früher zurückerwartet.«

»Ich auch, aber das erste Spiel fiel aus. Die gegnerische Mannschaft ist heute gar nicht mehr angetreten. Angeblich nicht genug einsatzbereite Spieler. Unsere Jungs mussten sich die Zeit vertreiben und dann im Halbfinale gegen die E1 von Preußen Münster spielen. Natürlich keine Chance. Null zu fünf. Feierabend.«

So genau hätte sie es gar nicht wissen wollen, aber offensichtlich musste auch Jan ein bisschen Dampf ablassen, was er selbstverständlich nie zugeben würde.

»Gegen eine solche Mannschaft darf man verlieren. Aber dass ausgerechnet Lasse ein Eigentor geschossen hat und von seinem Torwart mächtig angebrüllt wurde, hat er nicht so gut verkraftet. Er wurde immer schlechter und dann auch noch ausgewechselt. Na ja, kommen auch wieder bessere Tage.«

Eine Stunde später erschien Lasse wundersamerweise völlig zufrieden mit sich und der Welt auf der Terrasse und verkündete, dass er fürchterlichen Hunger habe. Hannah staunte immer wieder, wie schnell er seinen Frust über Niederlagen im Fußball vergessen hatte.

Einstimmig beschlossen sie, eine Radtour nach Everswinkel zu machen, wo es mehrere Gaststätten gab.

Auf dem schmalen Radweg entlang der Landstraße kamen ihnen Heerscharen von Radlern entgegen oder überholten. Allmählich machte Hannah sich Sorgen, ob sie überhaupt Platz in einem Lokal finden würden.

Sie fuhr voraus und gab ein gemütliches Tempo vor, um Lasses Elan zu bremsen. Jan bildete wie immer die Nachhut. »Lasse, aufpassen!«, hörte sie ihn ein ums andere Mal von hinten rufen. »Guck nach vorne!« Das war nötig, denn Lasse schaute gerne sorglos in die Gegend und fuhr ihr dabei gelegentlich fast ins Hinterrad. Gut, dass sie seine irren Schlenker hinter ihr nicht sehen konnte.

Der Mais auf den Feldern sah erbärmlich aus. An manchen Stängeln war kein Fitzelchen Grün mehr zu erkennen, andere wirkten auf den ersten Blick noch intakt, hatten aber keine Kolben ausgebildet. Was konnten die Bauern mit diesen verdorrten Pflanzen noch Sinnvolles anfangen? Vielleicht taugten sie noch als Silage.

»Vorsicht, Lasse!«

Jans Tonfall ließ Hannah unwillkürlich zur Seite schauen. Eine Gestalt mit schwarzem Helm zog in irrer Geschwindigkeit an ihr vorbei. Einen Warnruf oder eine Klingel hatte Hannah nicht gehört.

Hinter ihr schien alles gut gegangen zu sein. Nur allmählich beruhigte sich Hannahs Puls wieder.

»Das war knapp, Lasse!« Jan klang ziemlich ungehalten. »Fahr endlich vernünftig geradeaus!«

Ohne weitere Zwischenfälle erreichten sie Everswinkel und rollten über den Kirchplatz. Ihr Ziel war ein Lokal, dessen rückwärtig gelegenen Biergarten sie bei einem früheren Besuch eher zufällig entdeckt hatten. Hannah liebte es, unter der Schatten spendenden Linde zu sitzen und den Ausblick auf die Ziegeldächer der Pfarrkirche und Häuser ringsum zu genießen.

Auf dem einzigen freien Tisch stapelten sich benutzte Teller, halbvolle Gläser und zerknüllte Servietten. Die Bedienung schien mit dem Ansturm der Gäste nicht mithalten zu können. Verstohlen sah sich Hannah um. Auf den meisten Tischen waren Getränke geliefert, Servietten und Besteck lagen bereit, aber die Speisen fehlten. Das konnte dauern.

Endlose Minuten später erschien eine Kellnerin. Hannahs Blick folgte der jungen Frau, als könne sie sie hypnotisieren, und tatsächlich kam sie direkt an ihren Tisch, räumte ab und nahm gleich anschließend ihre Bestellungen auf.

Hannah atmete auf. Jetzt lief es endlich.

Strahlend nahm Lasse die Waffel mit drei Kugeln entgegen. Im Gegensatz zu Hannah und Jan hatte er noch genügend Platz für einen Nachtisch aus der Eisdiele. Sie schlenderten zurück zu ihren Rädern, während Lasse genüsslich schleckte.

»Lass uns noch einen kleinen Bogen um die Kirche machen, bevor wir losfahren. Dann kannst du in Ruhe dein Eis essen«, schlug Hannah vor. Sie kannte Everswinkel von gelegentlichen Einkäufen, aber heute wollte sie mal etwas mehr davon sehen.

Als sie die mannshohe Sandstein-Skulptur am Rand des Kirchplatzes passierten, überkam sie ein Hauch von Urlaubsgefühl. Sich alte Häuser anzuschauen, gehörte für sie an unbekannten Orten genauso dazu wie »Leute gucken«. Und irgendwie war ihr Altkirchen und Umgebung noch immer ein bisschen fremd.

Eine Radfahrerin hielt auf der anderen Seite des Platzes an und stieg ab: windschnittiger dunkler Helm, Sonnenbrille, dunkle Hose und passendes Oberteil. Sehr schlank, braun gebrannt.

Plötzlich winkte die Person in Hannahs Richtung. Unwillkürlich hob sie den Arm und grüßte zurück.

»Das ist doch die Raserin von vorhin«, wunderte sich Jan. »Woher kennst du die denn?«

Irritiert schaute Hannah sich um, aber da war sonst niemand, den die Frau gemeint haben konnte. »Ich kenne sie überhaupt nicht. Ist bestimmt eine Verwechselung«, wiegelte sie ab. »War sie das wirklich? Ich habe sie nur ganz kurz vorbeihuschen sehen.«

»Der Helm stimmt, die Kleidung auch. Lasse, was sagst du?«

»Ich weiß nur, dass sie so komisch glänzende Sachen anhatte.«

Die Frau holte ihr Handy hervor und wischte.

»Vielleicht fährt sie Rennen«, spekulierte Jan. »Schau dir die schmalen Spezialschuhe an! Und das superleichte Rad! Sieht fast professionell aus.«

»Eine Radrennfahrerin kenne ich erst recht nicht«, sagte Hannah mit Nachdruck. Das Thema war für sie erledigt.

»Was ist das denn für ein Mini-Haus dahinten?«

Lasse zeigte auf ein winzig schmales, schmuckes Häuschen mit schwarzem Fachwerk, das mit roten Klinkern ausgemauert war. Eine Tafel besagte, dass es sich um das Geburtshaus eines längst verstorbenen Bischofs von Münster handelte.

Sie folgten nun dem Sträßchen, das in einem für das Münsterland typischen Bogen um die Kirche herum führte. Hannah blieb vor jedem Haus stehen und bestaunte Fassaden, bunte Türen und Blumenkästen. Es kam ihr ein bisschen so vor, als wäre hier die Zeit stehen geblieben. Wie viele Menschen mochten im Lauf der Jahrhunderte in diesen Häusern gewohnt haben?

Hinter ihr biss Lasse krachend in seine Waffel. »Mein Eis ist alle, Mama. Mir ist langweilig.«

Und schon war sie zurück in der Gegenwart.

Dienstag, 17. August

Auf dem Weg nach Münster

Wie üblich nahm Jan Hannah mit nach Münster. Zurück musste sie öfter den Schnellbus vom Hauptbahnhof aus nehmen, was sie erheblich mehr Zeit kostete. Eine hellgraue Wolkenschicht kündigte den gemeldeten Wetterwechsel an.

Nach dem entspannten Sonntag hatte sie sich gestern nur mühsam mit dem eng getakteten Alltag in der Beratungsstelle anfreunden können. Bei Arbeitsbeginn musste sie sich mächtig zusammenreißen, um ihren Klienten die nötige Aufmerksamkeit entgegenzubringen. Heute hatte sie schon erheblich mehr Schwung und Motivation.

Je näher sie der Innenstadt kamen, desto dichter wurde der Verkehr. Jan fuhr einen Umweg über den Hansaring und ließ sie in der Nähe des Ludgeri-Kreisels aussteigen. Von dort waren es nur noch ein paar Schritte bis zur Beratungsstelle in der Schützenstraße.

»Hallo!«, grüßte sie die beiden jungen Kolleginnen, die in der Teeküche mit ihren Handys beschäftigt waren und ohne aufzuschauen eine Antwort murmelten. Hannahs Laune sank augenblicklich. Nie würde sie sich daran gewöhnen, dass die beiden offenbar keinen großen Wert auf Kommunikation legten.

»Ist Dorothee schon da?«, fragte sie.

»Kommt heute nicht. Sie musste ihren Mann ins Krankenhaus bringen.«

Hannah war sofort besorgt. Dorothees Mann hatte vor einigen Monaten einen schweren Herzinfarkt erlitten. »Was ist passiert?«

»Frag Tine. – Hey, hier steht, dass es Regen geben soll. So ein Mist! Gerade hatte man sich an das tolle Wetter gewöhnt.«

Glücklicherweise hatte Tine beruhigende Nachrichten. »Dorothee hat vorhin aus dem Franziskus-Hospital angerufen«, sagte sie ohne Vorrede. »Ist wohl nicht so dramatisch wie es heute Nacht schien. Sie meldet sich bei dir, soll ich dir sagen.«

Hannah atmete auf und dankte Tine, der guten Seele der Beratungsstelle. Sie war die Einzige, die außer Dorothee und Hannah vom alten Team übriggeblieben war.

In der Frühstückspause kam eine Nachricht von ihrer Lieblingskollegin: »Lass uns heute Mittag telefonieren.« Hannah schickte ein knappes »Okay« zurück.

Ihre Beratungsgespräche folgten im Stundentakt und ließen den Rest des Vormittags schnell vergehen. Als die letzte Klientin vor der Mittagspause ging, griff Hannah nach ihrer Jacke und verließ eilig ihren Arbeitsplatz.

Draußen war sie einen Moment unschlüssig, dann ging sie die wenigen Schritte zur Promenade und marschierte los, ohne auf ihre Umgebung zu achten. Sie ließ den Kanonengraben hinter sich und kreuzte die Weseler Straße in der Nähe der drei Riesen-Kugeln am Ufer des Aasees.

Unter dem dichten Blätterdach entlang der Aa war erheblich weniger Betrieb. Die Bewegung tat ihr gut, sie atmete tief durch.

Vorzeitig gefallenes Laub raschelte unter ihren Füßen, das Gras auf der Westerholt'schen Wiese, wo früher Reitturniere stattgefunden hatten, war voller Löcher. Vergeblich schaute sie nach einer freien Bank, bis das barocke Schlossgebäude mit dem schlanken Türmchen in Sicht kam. Schlagartig hatte sie einen sonnigen Herbsttag vor Augen, an dem sie sich in eine endlose Schlange von Erstsemestern zur Immatrikulation eingereiht hatte. Wie jung sie damals gewesen war! Und so unglücklich wegen einer verflossenen Liebe ...

Glücklich war sie heute auch nicht gerade, musste sie sich eingestehen. Aber unglücklich?

In den stressigen Jahren nach Lasses Geburt und der Demenzerkrankung ihrer Mutter war die Beratungsstelle immer ihr fester Anker gewesen. Nie hätte sie gedacht, dass sich daran etwas Grundlegendes ändern könnte. Aber wie früher würde es nie mehr sein. Der kurze Plausch vor Arbeitsbeginn, die Mittagspausen mit dem gesamten Team im Café 99 am Marienplatz, die Anteilnahme an Freud und Leid der anderen – alles vorbei!

Durch das Tor seitlich vom Schloss ging sie auf den Botanischen Garten zu und zog ihr Handy aus der Tasche. Sie durfte Dorothee nicht mit ihrem Durchhänger belasten, denn die hatte wirklich andere Sorgen.

Doch die Freundin hatte sich schon gefangen. Ihr Mann würde heute im Franziskus Hospital nur noch durchgecheckt. Es war noch mal gut gegangen. Dorothee hatte vor, morgen wieder zur Arbeit zu kommen. Während sie noch eine Weile redeten, lauerten Hannahs trübe Gedanken im Hintergrund.

Gegen halb sieben abends

Sollte sie oder sollte sie nicht?

Dreimal hatte sie sich in der letzten halben Stunde umentschieden. Jetzt musste sie sich endlich durchringen, ob sie das wöchentliche Gymnastiktraining schwänzen oder doch etwas für ihre Fitness tun wollte.

Am vergangenen Dienstag hatte sie sich hitzefrei gegeben, aber heute konnte sie sich nicht schon wieder mit den Temperaturen in der Halle herausreden. Nach zwei kühleren Tagen war es dort sicher gut auszuhalten.

Es musste also sein! Seufzend packte sie ihre Gymnastikschläppchen, ein großes Handtuch und eine Wasserflasche in ihre Sporttasche und hängte sie sich um. Die gerollte Bodenmatte verstaute sie auf dem Gepäckträger.

Sie war spät dran. Absichtlich, denn sie wusste nicht so recht, mit wem sie sich in der Sammelumkleide unterhalten sollte. Anfangs hatte sie sich öfter woanders hingesetzt und versucht, mit den Frauen ins Gespräch zu kommen. Aber sie hatte schnell gemerkt, dass einige irritiert bis böse schauten, wenn ihr Stammplatz mir nichts dir nichts von einer Neuen besetzt wurde.

Also wartete sie in einer ruhigeren Ecke des Umkleideraums auf den Beginn des Trainings, aber der Lärmpegel ließ vermuten, dass sich das Mitteilungsbedürfnis der rund zwanzig Frauen zwischen 30 und 70 noch lange nicht erschöpft hatte.

Die Luft kam Hannah heute besonders muffig vor. Es roch nach ungewaschenen Füßen und Schweiß von unzähligen Grundschulkindern.

»Wenn ich es dir doch sage!«, war auf einmal eine tiefe, fast männlich klingende Stimme zu hören: Regina, die Sprecherin der Altkirchener Frauengemeinschaft, führte wie üblich das Wort. »Sie hat wahrscheinlich Walnusslikör getrunken. Direkt vor ihrem Tod.«

Innerhalb von Sekunden waren die meisten Frauen verstummt. Die letzten Gespräche wurden durch Anstupsen und ein »Pssst« unterbrochen. Alle hatten sich der Frau mit der sportlichen Figur und den raspelkurzen, dunklen Haaren zugewandt.

»Redest du von Elisabeth Dahlmann?«, fragte jemand.

»Allerdings.«

»Woher willst du das mit dem Likör wissen?«

»Von Gisela Umbreit, die bei Elisabeth geputzt hat. Ich habe sie vorhin beim Einkaufen getroffen.«

»Und was ist nun mit diesem Likör?«

»Gisela hat noch einen Schlüssel von Elisabeths Wohnung und wollte gestern nach dem Rechten sehen. Plötzlich tauchten Leute in weißen Plastikanzügen auf und haben alles auf den Kopf gestellt.«

Regina machte eine Kunstpause und genoss die volle Aufmerksamkeit der Anwesenden. Eine junge Frau, die verspätet kam und fröhlich in die Runde grüßte, wurde angezischt, still zu sein.

»Und? Was war dann?«

»Die angebrochene Flasche und ein benutztes Glas standen wohl noch auf dem kleinen Tisch neben dem Sessel, in dem Gisela Elisabeth gefunden hat. An dem Tag herrschte ein derartiges Chaos, dass niemand groß darauf geachtet hat. Die Spurensicherung hat jetzt beides mitgenommen. Es soll eine Flasche von unserem letzten Adventsbasar gewesen sein, sagt Gisela.«

Ein Raunen ging durch den Raum. Einige tuschelten.

»Walnusslikör haben letztes Jahr viele gemacht«, sagte jemand. »Gab ja so viele Nüsse. Der muss nicht unbedingt von unserem Basar sein.«

»Gisela sagt, die Verpackung aus diesem rosa Zellophanpapier lag im Plastikabfall und ein grünes Samtband auf dem Tischchen.«

Entgeisterte Stille. Eine Frau sagte leise: »So waren Karolas Flaschen verpackt. Sie gibt sich jedes Jahr viel Mühe, ihre Liköre nett aufzumachen.«

»Wo ist die eigentlich? Sonst fehlt sie doch nie.«

In dem Moment öffnete sich die Tür zur Halle. Alexandra, ihre Übungsleiterin – wie immer in modischem Outfit. »Warum kommt ihr nicht in die Halle? Es ist fünf nach sieben. Wir müssen endlich loslegen mit unserem Programm.«

Die Luft in der Sporthalle wirkte noch verbrauchter als in der Umkleide. Nur ein einziges schmales Oberlicht war geöffnet.

Anfangs hatte Hannah die Übungen akribisch in der ersten Reihe verfolgt, aber mittlerweile war sie an die Abläufe gewöhnt und verzog sich in den hinteren Teil der Halle, wo sie ihre Matte ausrollte und das Handtuch darüber ausbreitete.

Es wurde munter weiter geplaudert, bis Alexandra eindringlich um Ruhe bat und die Musik für die Aufwärmübungen anstellte: allerlei Popsongs aus den vergangenen Jahrzehnten.

Schon bald sammelten sich die ersten Schweißtropfen auf Hannahs Stirn. Kein Wunder! Jahrelang hatte sie so gut wie keinen Sport getrieben.

Die meisten Frauen waren gertenschlank und absolvierten die schnelle Choreographie, ohne ansatzweise außer Puste zu kommen. Mit Erleichterung sah Hannah, dass sich die Frau vor ihr, die wie sie ein paar Pfunde zu viel mit sich herumschleppte, das Gesicht mit einem Tuch abtupfte und leise stöhnte.

Alexandra hatte gerade angekündigt, dass sie heute mit den Bändern arbeiten würden, als sich die Tür zur Halle öffnete: Karola Apelbeck. Wortlos huschte sie auf ihren Platz in der zweiten Reihe. Sofort begannen ihre Nachbarinnen, auf sie einzureden, wurden aber energisch von Alexandra zurechtgewiesen.

Während sie etwas für die verschiedenen Muskelpartien

von Armen, Beinen, Bauch und Rücken taten, wanderte Hannahs Blick in regelmäßigen Abständen zur Uhr, nur um festzustellen, dass die Zeit ungeheuer langsam verging. Musste sie sich diese Schinderei wirklich antun?

»So, jetzt legt euch bitte bequem auf den Rücken.«

Ruhige Musik erklang – die Entspannungsphase war erreicht. Wurde aber auch Zeit!

Schon auf dem Weg in die Umkleidekabine wurde Karola von einigen Frauen angesprochen, aber sie winkte ab. »Jetzt wartet doch ab! Ich will nicht alles doppelt und dreifach erzählen müssen.«

Alle wechselten rasch die Schuhe, tranken aus ihren Wasserflaschen. Niemand ging wie sonst vorzeitig, weil andere Termine warteten oder Kinder ins Bett gebracht werden mussten. Karola stierte vor sich hin und rang nervös die Hände. Sie sah erschöpft aus – und das bestimmt nicht von der Gymnastikstunde.

»Nun mach es nicht so spannend, Karola!«, drängte Regina sie.

Karola holte tief Luft. »Also, dass ihr es wisst: Die Polizei hat mich bis eben verhört.«

Vernommen, nicht verhört, lag Hannah auf der Zunge, aber sie beherrschte sich rechtzeitig. Es mussten ja nicht alle wissen, dass sie sich mit solchen Begriffen auskannte.

Karola schluckte. »In meinem ganzen Leben hatte ich noch nie mit der Polizei zu tun. Und jetzt das! Eine Stunde haben die mich in der Mangel gehabt. Ich bin jetzt noch völlig fertig.«

Regina konnte sich nicht mehr zurückhalten. »Was wollten die denn von dir?«

»Sie haben mir Fotos von einer Flasche mit dunklem Inhalt und der Verpackung gezeigt. Ob ich die identifizieren könnte, wollten sie wissen. Konnte ich. Eindeutig einer von meinen selbstgemachten Likören. Und dann ... « Sie atmete tief. » ... haben sie gefragt, wer meinen Walnusslikör auf dem Basar gekauft hat.«

Einen Moment lang blieb es still, dann redeten alle durcheinander, bis Regina »Ruhe!« brüllte. »Haben die Beamten gesagt, warum sie sich so für den Likör interessieren?«

»Natürlich nicht«, antwortete Karola matt. »Es war übrigens eine Beamtin. Eine sehr nette junge Frau.«

Natalie, war Hannah sofort klar. Jan hatte davon gesprochen, dass Gerrits Frau die Ermittlungen leitete.

»Aber es ist ja wohl klar, dass etwas mit dem Likör nicht in Ordnung war. Warum solltest du sonst verhört worden sein?«, schnippte die Frau neben Hannah.

»Was redest du denn?«, erwiderte Regina im Brustton der Überzeugung. »Unserer war vollkommen in Ordnung. Wie Walnusslikör eben schmeckt. Die Flasche ist schon lange leer.«

Mehrere Frauen nickten zustimmend.

»Acht Flaschen habe ich abgefüllt«, sagte Karola leise. »Die sind weggegangen wie warme Semmeln. Aber so sehr die Kommissarin mich auch gelöchert hat: Ich konnte ihre Fragen nicht vollständig beantworten.«

Sie stockte kurz und ratterte dann los. »Ihr wisst doch selbst, wie es auf dem Basar zugeht. Das Gedränge ist riesig, der eine will dies, die andere fragt das, hat Sonderwünsche. Ich hatte ja auch noch jede Menge andere Sorten Likör im Angebot. Man verkauft, kassiert Geld und weiß nicht, wo einem der Kopf steht. Nur dass Stammkunden wie Regina und meine Schwester sich mit Walnusslikör eingedeckt haben, ist sicher. Du musst übrigens damit rechnen, dass die

Polizei sich bei dir meldet, Regina. Ich habe ihnen deine Adresse und Telefonnummer gegeben.«

»Sollen sie ruhig. Ich kann ihnen versichern, dass wir alle noch leben.«

»Eine Flasche ist bestimmt an Pastor gegangen. Oder war er im Advent schon nicht mehr hier?«, fragte eine der ältesten Teilnehmerinnen.

»Doch, doch!«, schnaubte Karola. »Pastor Deggenkamp hat wie immer sein Fläschchen gekauft. Er hat noch gesagt, dass er beim Trinken an mich denken wird. Wer's glaubt!«

»War Pastor Boberg eigentlich auf dem Basar?«

»Nein, war er nicht«, sagte Regina brüsk. »Er hat zwar kurz darauf seine Stelle bei uns angetreten, es aber nicht für nötig befunden, sich bei einem der größten Events des Jahres blicken zu lassen.«

Einige entrüstete Ausrufe waren zu hören.

Karola kratzte sich geistesabwesend am Kopf. »An eine Kundin erinnere ich mich noch schwach, weil sie mir bekannt vorkam. Aber die restlichen Flaschen? Keine Ahnung.«

Jemand schaute verstohlen auf die Uhr.

»Und Elisabeth Dahlmann? Hat sie was von dem Walnusslikör gekauft?«, hakte Regina nach.

»Das hat sie eben ganz gewiss nicht!«, sagte Karola bestimmt. »Danach hat die Polizei übrigens auch gefragt. Wieso eigentlich?«

»Man hat eine angebrochene Flasche bei ihr gefunden«, erwiderte Regina.

»Und woher hatte sie die?«

»Tja, das ist die große Frage.«

»Vielleicht ein Geschenk?«

»Müsste aber von jemandem gewesen sein, der sie nicht

besonders gut kannte. Elisabeth trank keine harten Sachen, höchstens mal ein Bierchen.«

Die ersten Frauen schienen das Interesse zu verlieren und schoben sich mit ihren sperrigen Taschen durch die engen Gänge zwischen den Sitzbänken. Plötzlich war Aufbruchstimmung.

Regina rief den hinausströmenden Frauen hinterher: »Leute, vergesst nicht, euch anzumelden für den Gottesdienst auf dem Domplatz Ende September, organisiert von Maria 2.0. Die KFD-Gruppen im Bistum sind herzlich eingeladen. Wir wollen Fahrgemeinschaften bilden.«

Niemand reagierte. Regina zuckte mit den Achseln und wandte sich im Weggehen an Karola: »Du denkst daran, dass du morgen als Lektorin eingeteilt bist für die Gemeinschaftsmesse der Frauen?«

Karolas Antwort verstand Hannah nicht mehr, weil sie von dem Pulk aus der Umkleide gedrängt wurde.

Gegen halb neun

Der Energieschub, der sich nach der Gymnastik verlässlich einstellte, war allmählich verebbt. Hannah hatte verspätet zu Abend gegessen und mit Lasse erörtert, wie es beim Training gelaufen war, ob er seine Schultasche für den nächsten Tag gepackt und an die Turnsachen gedacht hatte. Ihre abendliche Gießaktion beschränkte sie auf die Kübel, die Prognosen diverser Wetterdienste versprachen unverdrossen Regen für den morgigen Vormittag.

Als Jan nach der Tagesschau einen Anruf bekam und sich ins Arbeitszimmer verzog, nahm sie den Lokalteil der Zeitung zur Hand, den sie beim Frühstück lediglich überflogen hatte. Grillfeste, geführte Fahrradtouren und Tagesausflüge der verschiedenen Altkirchener Vereine waren detailliert beschrieben und bebildert. Hannah konnte wenig damit anfangen. Die Gemeindeverwaltung wies darauf hin, dass noch ausreichend Trinkwasservorräte vorhanden seien, rief die Besitzer von Gärten aber angesichts der Temperaturen zu sparsamem Wasserverbrauch auf. Das Waschen von Autos auf heimischem Boden sei selbstverständlich untersagt. Wie in den letzten Tagen gab es mehrere Leserbriefe zum geplanten Abriss der Severin-Kirche, die Hannah aber übersprang, weil das Thema sie nicht sonderlich bewegte.

»Feuerteufel in Aktion?« Kopfschüttelnd las sie die reißerische Überschrift. Darunter Fotos von den qualmenden Resten eines Strohballens, im Hintergrund eine Remise mit landwirtschaftlichen Fahrzeugen. Sie überflog den Artikel. Innerhalb von zehn Tagen hatte es zum zweiten Mal in der Gegend gebrannt – dieses Mal auf einem Hof Richtung Wolbeck. »Eindeutig Brandstiftung«, gab der Sachverständige zu Protokoll. Durch das rasche Eingreifen der Feuerwehr hielt sich der Sachschaden in Grenzen. Es folgten Spekulationen, ob man sich am Beginn einer Brandserie befinde – wie in Gronau-Epe und Rheine, wo sich am Ende herausgestellt hatte, dass die Brände von Mitgliedern der Freiwilligen Feuerwehr gelegt worden waren.

»Schöne Grüße von Paul«, bestellte Jan, setzte sich in seinen Sessel und fischte den lokalen Sportteil aus dem Stapel von Blättern. »Bevor ich es vergesse: Kannst du Lasse am Donnerstag zum Training bringen und wieder abholen? Ich will mich nach der Arbeit mit Paul in Münster auf ein Bier treffen.«

»Schwierig. Ich möchte abends zu einem Treffen von Leuten gehen, die besondere Gottesdienste für die Gemeinde vorbereiten.«

Jan runzelte die Stirn. »Seit wann ist das denn akut?«

»Charlotte Wegscheidt hat mich am Sonntag dazu eingeladen. Unsere Pastoralreferentin«, fügte sie hinzu, als sie seinen fragenden Blick sah.

»Gottesdienste vorbereiten? Interessiert dich das?«

»Mache ich doch schon seit Jahren – beispielsweise bei Todesfällen in Schulen. Du wirst dich erinnern.«

Jan nickte. Nach der Trauerfeier für eine ermordete junge Lehrerin hatte er Hannah damals zum ersten Mal geduzt und versprochen, sich bei ihr zu melden. Ein Meilenstein ihrer Beziehung.

Seufzend fügte Hannah hinzu: »Außerdem lerne ich in der Gruppe vielleicht einige Frauen kennen. Ist hier ja ansonsten ziemlich schwierig.«

Das stimmte wirklich. Bisher hatte sie in Altkirchen wenig Kontakte, wenn man von Barbara Uphovens spontaner Einladung zum Kaffee am vergangenen Samstag absah.

»Was hast du dir vorgestellt?«, erwiderte Jan lakonisch. »Die meisten Altkirchener wohnen hier seit Ewigkeiten, bewegen sich in den immer gleichen Kreisen und haben keinerlei Bedürfnis nach neuen Bekannten. Von Freundschaften will ich gar nicht erst reden.«

Hannah seufzte. »Das habe ich gemerkt. Anscheinend kannst du besser damit umgehen.«

»Vielleicht habe ich geringere Ansprüche als du. Ich nehme die Leute wie sie sind – ganz nett und freundlich. Die meisten jedenfalls. Beim Fußball fiebert man mit den Jungs mit, regt sich über den Schiri auf, isst nach dem Spiel zusammen ein Würstchen.« Er zwinkerte ihr zu. »Und wenn du öfter mitkämst, könnte ich mal wieder ein Bierchen mittrinken.«

»Für mich ist Fußball stressig, weil ich zu sehr mitfiebere. Wenn die Jungs zu verlieren drohen, macht mich das ganz fertig.«

Jan rückte zu ihr aufs Sofa und legte den Arm um sie. »Du bist wirklich ein Sensibelchen«, sagte er zärtlich.

Mittwoch, 18. August

In der Beratungsstelle in Münster

Zu Beginn der Frühstückspause kam Dorothee mit zwei Kaffeepötten zu Hannah ins Beratungszimmer. »Jetzt lass uns mal eine Runde plauschen.«

»Ich bin total froh, dass du wieder da bist. Habe dich vermisst.«

»Tut gut, das zu hören«, lächelte Dorothee.

»Tage ohne dich sind ätzend«, hörte Hannah sich jammern. »Mit den jungen Kolleginnen kann ich wenig anfangen.«

Ein Schatten flog über das Gesicht der Kollegin. »Es könnte leider sein, dass du in Zukunft öfter ohne mich auskommen musst.«

Es war wie ein Schlag in den Magen. Hannah hatte etwas Ähnliches befürchtet, aber nicht so schnell.

Dorothee berichtete, wie ungern ihr Mann sie aus dem Haus gehen ließ, weil die Angst vor einem neuen Herzinfarkt ihn beherrschte. »Ich habe ein ungutes Gefühl, wenn ich ihn längere Zeit allein lasse. Deshalb überlege ich, meine Stunden hier weiter zu reduzieren.«

Hannah seufzte. In dem Moment vibrierte ihr Handy. Dorothee nahm ihren Kaffeepott und signalisierte, dass sie ebenfalls telefonieren wollte.

»Hallo, Natalie!«, begrüßte Hannah Jans Kollegin erfreut. »Das ist ja eine Überraschung. Wie ist die Lage?«

»Geht so.«

Sie klang sehr verhalten. Untypisch für Gerrits sonst recht forsche Ehefrau.

Hannah war beunruhigt: »Gibt es etwas Besonderes? Ist etwas mit Jan?«

»Nein, alles okay. Ich wollte dich nur fragen, ob wir uns heute Mittag treffen könnten. Ich möchte gerne etwas mit dir besprechen.«

Als Hannah die wenigen Schritte zum Marienplatz ging, nieselte es aus einem grauen Himmel heraus. Einen Schirm aufzuspannen, lohnte sich nicht, die Gehwegplatten wurden kaum nass. Wenn das der seit Tagen versprochene Niederschlag sein sollte, waren es im Wortsinn nicht mehr als Tropfen auf den heißen Stein.

Schon von Weitem sah sie Natalie am Rand des Platzes auf und ab gehen und telefonieren. Sekunden später erspähte sie Hannah, winkte ihr zu und drückte das Gespräch weg.

»Bin auch gerade erst gekommen«, sagte sie etwas atemlos und umarmte Hannah herzlich. »Draußen sitzen ist wohl nicht drin bei dem Wetter. Lass uns reingehen.«

Als sie das Lokal mit der komplett weißen Bestuhlung betraten, musterte Hannah die jüngere Frau verstohlen von der Seite: dunkle Ringe unter Natalies Augen, kleine Fältchen, die neu zu sein schienen, ein nachlässig gebundener Haarknoten, der die üppige Haarmähne kaum zu bändigen vermochte.

Unter einem abstrakten Bild in glühenden Farben fanden sie Platz. Wie immer setzte Hannah sich so, dass sie nach draußen schauen konnte. Eine eng beschriebene Tafel an der Wand informierte über die enorme Auswahl an Burgern und Bowls. Natalie bot an, sich für sie beide am Tresen anzustellen.

Derweil zog Hannah rasch ihr Handy aus der Tasche. »Geringfügiger Niederschlag in den nächsten 40 Minuten« wurde für Altkirchen gemeldet. Nicht sehr vielversprechend. Welchen Wetter-Dienst sie auch anklickte: kein weiterer Regen in den kommenden Tagen. Na, klasse!

Hannah nahm ihre Falafel mit Salat und Hummus entgegen, Natalie begnügte sich mit einem Salatteller. Sie hätte etwas Nahrhafteres vertragen können, fand Hannah, schwieg aber wohlweislich.

»Du siehst müde aus«, sagte sie stattdessen mitfühlend. »Bekommst wohl nicht allzu viel Schlaf?«

Natalie nickte. »Bis letzte Woche hatte Elias einen verlässlichen Rhythmus, aber ausgerechnet jetzt fängt er an, uns jede Nacht auf Trab zu halten. Gerrit gibt sein Bestes, aber er muss ja auch mal schlafen.«

Hannah dachte sich ihren Teil. Elias war fünf Monate alt, und sein älterer Bruder hatte gerade erst seinen dritten Geburtstag gefeiert. Sie selbst hätte es nicht mal mit einem Kind geschafft, so schnell wieder in den Beruf einzusteigen. In Vollzeit!

»Dazu kommt, dass Gerrit die Hausarbeit nicht schafft«, sagte Natalie leise. »Also muss ich nach Dienstschluss noch einkaufen, waschen, bügeln. Den Schmutz im Haus verdränge ich bisher erfolgreich.«

»Hast du schon überlegt, dir Hilfe zu holen? Zum Beispiel fürs Putzen?«

»Anders wird es wohl nicht gehen. Aber ...« Sie zögerte einen Moment und schaute Hannah direkt in die Augen. »... vielleicht könntest du mir helfen.«

»Ich? Beim Saubermachen?«

»Du weißt bestimmt, dass der Fall eurer Pfarrsekretärin auf meinem Schreibtisch gelandet ist.«

»Jan hat davon gesprochen«, sagte Hannah zögerlich. Sie hatte keine Ahnung, worauf Natalie hinauswollte.

»Anfangs schien es eine Routinesache zu sein, aber inzwischen ist klar, dass es ein komplexer Fall werden dürfte.«

»Kannst du nicht an einen Kollegen übergeben?«

»Wir sind momentan knapp besetzt, weil einige noch im Urlaub sind. Jan hat rundheraus abgelehnt, was ich voll verstehen kann. In einem kleinen Ort wie Altkirchen bringt das schnell eine gewisse Befangenheit.«

»Aber was kann ich für dich tun?«

»Du hast mir mal erzählt, dass du bei der Vorbereitung von Lasses Erstkommunion mitgemacht hast. Also kennst du einige Leute aus der Gemeinde, vielleicht auch von anderen Aktivitäten. Ich könnte mir vorstellen, dass du etwas aufgeschnappt hast, irgendwelche Informationen, die nützlich für mich sein könnten.«

Hannah war mulmig zumute. »Ich höre natürlich hier und da etwas, aber ich habe nicht die geringste Ahnung, was davon wichtig sein könnte. Geht es um den Walnusslikör?«

Natalie stutzte. »Du weißt davon? Hat Jan geplaudert?«

»Natürlich nicht! Er spricht kein Wort mehr mit mir über eure Fälle. Wenn er wüsste, worüber wir hier reden, wäre er wahrscheinlich ziemlich sauer. – Nein, in der Gymnastikgruppe gestern Abend wurde über den Likör gesprochen. Was ist denn nun damit?«

»Anfangs hat niemand dieser Flasche Beachtung geschenkt. Alles sah nach einem natürlichen Todesfall aus. Erst als die Lebensversicherung verlangte, dass die Todesursache genauer untersucht wird, änderte sich das. Weißt du, wie Walnusslikör aussieht?«

»Nicht dass ich wüsste.«

»Eine dunkle, trübe Flüssigkeit. Jedenfalls wenn man ihn

aus unreifen, grünen Walnüssen als Magenbitter herstellt. Elisabeth Dahlmann hätte ohne Weiteres darin Schlaftabletten auflösen können, ohne dass man etwas davon sehen würde. Die KTU hat das Zeug am Montag unter die Lupe genommen und eine spektakuläre Entdeckung gemacht: Da war jede Menge Digitalis drin.«

»Digitalis? Ist das nicht irgendein Arznei-Wirkstoff?«

»Herzmedikamente enthalten künstlich hergestelltes Digitalis. Aber in diesem Fall haben die Kollegen die natürliche Form gefunden.«

Hannah erinnerte sich vage. »Das heißt?«

»Fingerhut! Ist im Sommer in jedem zweiten Garten zu finden, weil er sich wild aussät. Vor allem die Blätter enthalten hochgiftige Digitalisglycoside. Die Pflanze ist nichts für Leute mit Kleinkindern, weil die gerne mit den Blüten und Blättern spielen und sich in den Mund stecken. Mit Übelkeit und Erbrechen fängt es an, dann folgen Sehstörungen, verminderte Pulsfrequenz, Herzrhythmusstörungen und schließlich Herzstillstand.«

»Deswegen hatte Elisabeth Dahlmanns Hausarzt einen Herzinfarkt diagnostiziert«, entfuhr es Hannah.

»Genau. Sie muss eine enorme Menge von dem Zeug auf einen Schlag zu sich genommen haben. 2,5 Gramm sind bereits tödlich. Die Pflanzenbestandteile waren so klein zermahlen, dass sie in der Flüssigkeit nicht auffielen und vermutlich auch nicht zu schmecken waren. Der Likör ist nämlich ziemlich bitter.

Hannah war geschockt. »Also Mord?«

»Auf alle Fälle ist es ziemlich unwahrscheinlich, dass sie den Likör selbst präpariert hat, um sich umzubringen. Das hätte sie einfacher haben können.«

»Es sei denn, sie wollte unbedingt, dass ihr Neffe das Geld aus der Lebensversicherung bekommt.«

Natalie runzelte die Stirn. »Wäre natürlich eine Möglichkeit, aber was wäre das Motiv für einen Suizid?«

»Sie hat exakt an ihrem Todestag von Pastor Boberg erfahren, dass sie ihre Lebensstellung im Pfarrbüro verliert.«

»Das ist mir neu. Auch ihre Verwandten haben keine Kündigung erwähnt. Woher weißt du davon?«

»Ein Gerücht, das ich irgendwo aufgeschnappt habe. Und es war keine Kündigung, sondern ihr Antrag auf Weiterbeschäftigung nach Renteneintritt ist abgelehnt worden.«

Natalie zuckte mit den Achseln. »Das müssen wir auf jeden Fall näher anschauen. Aber Mord bleibt auf jeden Fall auf unserem Radar.«

Es regnete! Fasziniert starrte Hannah aus dem Fenster. Richtige Tropfen! Nicht besonders dick, aber immerhin. Augenblicklich war sie versucht, ihr Handy zu befragen, ob es in Altkirchen ebenfalls regnete.

Sie riss sich zusammen und fragte: »Wie wollt ihr nun weiter vorgehen?«

»Ein Ansatzpunkt ist die Flasche. Woher hatte sie die? Die Frau, die den Likör hergestellt hat, ist nämlich hundertprozentig sicher, dass sie ihr keine verkauft hat. Heute Nachmittag werde ich Kontakt aufnehmen zu den Leuten, die auf dem Basar Walnusslikör erworben haben – soweit die Zeugin sich an sie erinnert. Dann befrage ich den Neffen und seine Familie. Vielleicht war die Flasche ein Geschenk oder ein Mitbringsel von Gästen. Hast du noch einen Tipp?«

»Sie war ziemlich beliebt in St. Severin. Vielleicht hat sie den Likör als Dankeschön von einem Gemeindemitglied bekommen. Könnte sein, dass ihre Kollegin oder ihr Chef etwas davon wissen.«

»Gute Idee«, murmelte Natalie. Auf einmal wirkte sie niedergedrückt, ohne jede Energie. »Mit den beiden werde ich auf jeden Fall reden. Auch wegen der Kündigung.« Hektisch schaute sie auf die Uhr. »Wird Zeit für mich.«

Es war keine Kündigung, schoss Hannah durch den Kopf, aber momentan hatte es wohl keinen Zweck, Natalie auf solche Feinheiten hinzuweisen.

»Danke für die Einladung«, sagte sie, als sie sich vor der Tür verabschiedeten.

Natalie nickte nur und senkte den Kopf, aber nicht schnell genug, um ihre Tränen zu verbergen.

»So schlimm?«, sagte Hannah und nahm sie kurz in den Arm.

Die junge Frau wischte sich über das Gesicht und schniefte. »Ich muss diesen Fall aufklären. Unbedingt! Ehrlich gesagt hatte ich Bedenken, wie das mit meinem Wiedereinstieg wird. Aber dass es mich so umhauen würde, hätte ich nicht gedacht. Ich kann doch jetzt nicht einfach die Brocken hinwerfen! Nach nur einer Woche!«

Auf dem Weg zur Beratungsstelle fiel Hannah das gestrige Gespräch in der Umkleide ein. Man war sich einig gewesen, dass die Pfarrsekretärin höchstens mal ein Bierchen getrunken hatte.

Der engere Zirkel von Haupt- und Ehrenamtlichen in der Gemeinde wusste das garantiert. Allerdings war das Pfarrbüro Anlaufstelle für all jene, die nur zu besonderen Anlässen wie Taufe, Erstkommunion, Hochzeit oder Beerdigung Kontakt zu St. Severin aufnahmen. Ein weites Feld für Natalie.

Altkirchen – gegen sechs Uhr abends

Ein Wochenendtrip nach Rees!

Je länger sie darüber nachdachte, desto mehr gefiel Hannah die Idee. Mal etwas anderes sehen, sich mit Gesine über Gott und die Welt unterhalten, abends lecker essen …

Jans Tochter hatte sich vor einer Stunde überraschend gemeldet. Wider Erwarten waren die Vormieter ihrer neuen Wohnung in dem Städtchen am Niederrhein bereits ausgezogen, und so ergab sich die Chance, die fällige Putzaktion ein Wochenende vorzuziehen. Ursprünglich hatte sie allein fahren wollen, war dann aber auf die Idee gekommen, Hannah um Mithilfe zu bitten, um das Nützliche mit dem Angenehmen zu verbinden. In einem kleinen Hotel in der Nähe des Rheins war kurzfristig ein Doppelzimmer zu buchen. Hannah musste nur noch »ja« sagen. Gesine bot sogar an, sie am Samstagvormittag in Altkirchen abzuholen. Alles perfekt. Fragte sich nur noch, was Jan dazu sagen würde. Eigentlich erwartete sie ihn schon längst zurück.

Nichts! Von Niederschlag war in ihren Beeten überhaupt nichts zu sehen. Oder das Regenwasser war im Laufe des Tages verdunstet. Wohl oder übel musste sie gießen. Als sie zur Kanne griff, riss das Vibrieren ihres Handys sie aus den trüben Gedanken. Natalie.

»Prima, dass ich dich so schnell erreiche!«, sprudelte es aus Jans Kollegin heraus. »Es gibt eine ganz neue Entwicklung.«

Hannahs Pulsschlag beschleunigte sich. Was hatte Natalie in der kurzen Zeit herausgefunden?

»Anfangs waren meine Nachforschungen nicht besonders erfolgreich. Niemand von den Verwandten hatte eine Ahnung, woher Elisabeth Dahlmann den Likör bekommen hat.

Das Pfarrbüro war heute Nachmittag geschlossen, aber die Dame von der Bücherei hat mir die Privatnummer von Frau Dahlmanns Kollegin Jennifer Keller gegeben.«

Hannah ließ sich auf der Bank an der Hainbuchenhecke nieder.

»Und jetzt halt dich fest: Diese Kollegin sagt, sie habe vor einigen Wochen einen Termin mit Pastor Boberg gehabt und vorher kurz ins Pfarrbüro hereingeschaut. Auf Elisabeth Dahlmanns Schreibtisch stand eine Flasche Walnusslikör – angeblich ein Geschenk von ihrem Chef, wie die Pfarrsekretärin ihr wohl gesagt hat.«

»Und?«

»Frau Dahlmann war nicht gerade begeistert, weil sie keinen Likör trinkt, wollte die Flasche aber trotzdem mitnehmen. Ein passender Adressat würde sich schon finden lassen, hat sie Jennifer Keller versichert. Was sagst du nun? Dieser Pastor ...«

Hannah fiel ihr ins Wort: »Du glaubst doch nicht, dass er die Pfarrsekretärin vergiften wollte? Warum sollte er das tun?«

»Die Dahlmann und Pastor Boberg konnten es überhaupt nicht miteinander. Das haben mir mehrere Zeugen bestätigt, unter anderem ihr Neffe. Kann doch sein, dass Boberg sie loswerden wollte. Schließlich hat er Jennifer Keller bei dem Termin gedrängt, möglichst schnell wieder in Vollzeit zu arbeiten.«

Irgendwer hatte von Differenzen zwischen der Sekretärin und ihrem Vorgesetzten gesprochen. Es war noch gar nicht lange her, aber ...

»Hannah, bist du noch dran?«

»Ja, bin ich. Mir schwirrt etwas im Kopf herum, aber so ganz habe ich es noch nicht. Gib mir mal einen Moment.«

Mit dem Handy am Ohr tigerte sie an den Staudenbeeten auf und ab. ... Sie standen auf Kriegsfuß ... wer hatte davon gesprochen ...

»Jetzt habe ich es! Jemand hat behauptet, Elisabeth Dahlmann habe den Kirchenvorstand vorzeitig über den bevorstehenden Abriss der Severin-Kirche unterrichtet. Boberg wusste angeblich von dem Plan, hat aber in der Gemeinde nichts davon verlauten lassen. Die Leute sind aufgebracht, weil die Sache hinter ihrem Rücken in Münster ausgekungelt worden ist.«

»Das ist ja ein perfektes Motiv! Gut, dass ich Boberg heute nicht angetroffen habe. Jetzt habe ich etwas gegen ihn in der Hand. Ich werde dem Herrn morgen früh als Erstes auf den Zahn fühlen. Vielleicht ist das schon der Durchbruch. Ich melde mich, wenn es etwas Neues gibt. Ciao, Hannah.«

Boberg ein Mörder? Mehr als fraglich, fand Hannah. Einen Suizid der Pfarrsekretärin schien Jans Kollegin überhaupt nicht mehr in Erwägung zu ziehen. So unüberlegt zu handeln, war normalerweise nicht ihre Art. Ob ihr der Job über den Kopf wuchs?

In Gedanken versunken füllte Hannah die Gießkanne in der Garage auf und goss dort, wo es am nötigsten war, obwohl sie die Aktion fürchterlich satthatte. Sie hatte sich einen größeren Garten gewünscht, aber die nicht enden wollende Sorge um die Pflanzen und die allabendliche Plackerei mit den Kannen nervte sie inzwischen total.

Auf einmal hörte sie ein Zischen, mal ganz leise, dann wieder lauter. Es kam aus dem angrenzenden Garten, wo der Mann mit dem Hund wohnte. Ein Rasensprenger!

Als Jan nach Hause kam, leistete sie ihm Gesellschaft beim Essen. Zu ihrer Überraschung drängte er sie regelrecht, den Vorschlag seiner Tochter anzunehmen und mit nach Rees zu fahren. »Dann kommst du mal raus aus dem Trott. Macht euch eine schöne Zeit!«

»Und was ist mit Lasse? Du hast doch am nächsten Wochenende Bereitschaftsdienst.«

»Kein Problem«, versicherte Jan. »Im Moment ist es recht ruhig. Falls ich zu einem Einsatz muss, bringe ich Lasse zu Anton nach Gievenbeck. Er quengelt sowieso ständig, dass er mal wieder bei seinem Freund übernachten will.«

Nach einem Telefongespräch mit Antons Mutter war alles geklärt. Hannah schickte Gesine eine Nachricht samt Smiley, der postwendend zurückkam. Doppelt!

Jan kratzte sich am Kopf. »Eigentlich müsste ich den Rasen wässern. Bei den momentanen Temperaturen verdunstet nicht so viel Wasser unnütz.«

»Fang du nicht auch noch damit an! Der Nachbar lässt schon seit zwei Stunden die Leitung laufen. Gestern stand in der Zeitung, dass wir sparsam mit Wasser umgehen müssen. Wenn es nicht regnet, rationieren sie bald das Trinkwasser.«

»Irgendwann kommt schon was runter. Aber bis dahin ist mein Rasen hinüber.«

Hannah zuckte mit den Achseln. Wenn Jan einen Entschluss gefasst hatte, war er sowieso nicht davon abzubringen.

Donnerstag, 19. August

Nachts gegen drei

Hannah wachte mit einem unguten Gefühl auf. Es dauerte einige Sekunden, bis sie wusste warum. Sie hatte geträumt … jemand hatte sie angefleht, ihr zu helfen …

Natalie! Jans Kollegin hatte sie in den Fall Elisabeth Dahlmann hineingezogen. Oder besser gesagt: Hannah hatte sich hineinziehen lassen, obwohl sie Jan versprochen hatte, sich nie wieder in die Arbeit der Kripo einzumischen.

Ihr Herz schlug auf einmal heftig. Erinnerungen stürmten auf sie ein – an Situationen, in denen sie nur um Haaresbreite davongekommen war. Nie wieder wollte sie so etwas erleben!

Bis jetzt war nicht viel passiert. Sie hatte Natalie Informationen gegeben, die die Kripo über kurz oder lang auf anderem Weg bekommen hätte. Mehr nicht. Dabei musste es bleiben. Natalie würde alleine klarkommen müssen.

Ihr Entschluss beruhigte sie augenblicklich. Ihre Glieder wurden rasch schwerer, und sie fand zurück in den Schlaf.

Viertel vor acht

Gelassen lenkte Jan den Wagen durch die verkehrsberuhigte Zone, die ihren Weg nach Münster abkürzte.

»Bleibt es dabei, dass du heute Abend zu diesem Gottesdienst-Treffen gehst?«, erkundigte er sich beiläufig.

»Das habe ich vor. Aber Lasse kann mit dem Rad zum Training fahren und nachher mal eine Stunde allein bleiben. Spätestens gegen acht bin ich zurück. Lass dir Zeit beim Bierchen mit Paul!«

Jan nickte wortlos. Hannah lehnte sich zurück, um sich zu entspannen, bevor der Stress des Arbeitstages auf sie einströmte. Kurz vor dem Abzweig auf die Landstraße stieg ihr ein unangenehmer Geruch in die Nase. Erst schwach, dann immer intensiver.

Jan drosselte das Tempo, als sie einen am Straßenrand geparkten Einsatzwagen der Polizei passierten. Die uniformierten Kollegen waren nirgends zu sehen, nur ein komplett niedergebrannter Stapel Holz auf der Grenze zum Nachbargrundstück. Der beißende Gestank ging wahrscheinlich von einer Plastikplane aus, die zu einem schwarzen Klumpen verschmolzen in der Einfahrt lag.

»Der dritte Brand in wenigen Tagen! Nicht mal ein Kilometer von uns entfernt!«, entfuhr es Hannah.

»Sieht ganz so aus«, brummte Jan. »Ich werde mich mal schlaumachen, was die Kollegen herausgefunden haben. Von allein fängt so ein Holzstapel ja nun nicht an zu brennen.«

Zu Beginn der Mittagspause überprüfte Hannah ihr Handy. Sie hatte einen Anruf von Natalie verpasst und eine Nachricht mit der Bitte, sich bei ihr zu melden.

Jetzt nicht!

Fünf Minuten später brachte Tine ihr das Festnetztelefon und flüsterte: »Kripo Münster. Kommissarin Höllmann.«

Ergeben griff Hannah nach dem Hörer. »Hallo, Natalie! Wie ist es in Altkirchen gelaufen?«

»Ich habe ihn nicht erwischt.« Ihr Seufzer klang nach Resignation. »Der Pastor hat donnerstags seinen freien Tag. Sagt

Jennifer Keller. Er verlässt gegen acht das Haus, vergnügt sich irgendwo und trifft sich mittags mit einigen Kollegen aus seinem Weihekurs in Münster zum Essen.«

»Und wann kommt er zurück?«

Natalie hörte sich mit jedem Wort verzagter an. »Irgendwann am Nachmittag. Dann ist er aber nicht zu erreichen, weil er sich in aller Ruhe auf seine Sonntagspredigt vorbereitet.«

»Darauf muss die Kripo doch keine Rücksicht nehmen!«

Einen Augenblick lang hörte Hannah nichts, dann sehr leise: »Ich kann nicht mehr, Hannah.«

»Was ist passiert?«

»Der Kleine hat die ganze Nacht geschrien. Gerrit war heute Morgen mit ihm beim Kinderarzt. Mittelohrentzündung! Elias muss schon tagelang schreckliche Schmerzen haben, ohne dass wir es gemerkt haben. Ich habe kaum Schlaf bekommen, die Augen fallen mir ständig zu. Ich fahre jetzt nach Hause. Boberg läuft mir ja nicht weg. Morgen ist auch noch ein Tag.«

Natalie verstummte.

»Hannah? Bist du noch da?«

»Ja, klar. Ich weiß nicht so recht, was ich dir sagen soll.« Sie holte tief Luft. »Vielleicht geht es Elias schon ein wenig besser mit der Medizin, die der Arzt ihm verschrieben hat. Der Kleine muss völlig fertig sein nach dieser Nacht. Gut möglich, dass er sich gesund schläft. Dann solltest du sehen, dass du auch ein paar Stunden Schlaf bekommst.«

»Ich werde es versuchen.« Natalies Stimme klang ein wenig fester. »Danke fürs Zuhören, Hannah.«

Gegen fünf

Lasse war pünktlich zum Training aufgebrochen. Ausnahmsweise erlaubte sie ihm, danach am PC zu spielen, bis sie nach Hause kam.

Mit zunehmender Unruhe erledigte sie Kleinigkeiten im Haushalt und überlegte, was sie anziehen sollte. Den ersten Eindruck wollte sie in der Gottesdienstgruppe auf keinen Fall vermasseln.

Minuten später hörte sie die Haustür ins Schloss fallen und eilte in den Flur.

»Training fällt aus«, stieß Lasse aus, ließ die Sporttasche fallen und kickte dagegen. »Weil wir morgen das Pokalspiel gegen Drensteinfurt haben. Sie haben Papa eine Nachricht geschickt.«

Die er wieder mal nicht gelesen hatte! Hannah musste kurzfristig umdisponieren. »Wie wäre es, wenn du Einzeltraining auf dem Rasen machst, bis das Abendessen fertig ist?«

Immer noch grummelnd fischte Lasse seinen Lederball aus der Tasche und verzog sich in den Garten.

Hannah schickte Jan eine Sprachnachricht. Zwei Minuten später hörte sie seine Antwort ab: »Sorry, hatte nicht mitbekommen, dass das Training ausfällt. Bin aber spätestens gegen halb acht zu Hause. Das Treffen mit Paul ist auf morgen verschoben. Er hat heute was Besseres vor. Anscheinend hat er jemanden kennengelernt. Das ist doch mal eine gute Nachricht!«

Charlotte Wegscheidt wohnte in einem Mehrfamilienhaus parallel zur Hauptstraße. Der Verkehr war um diese Tageszeit ausgedünnt, aber richtig ruhig wurde es hier wohl nur zwischen ein und vier Uhr nachts. Wenn überhaupt.

Sie stellte ihr Rad auf der gepflasterten Fläche vor dem Haus ab. »Charlotte u. Jakob Wegscheidt« las sie auf dem Namensschild. Nach dem Klingeln dauerte es, bis die Pastoralreferentin öffnete.

»Frau Schmielink!«, sagte sie leicht außer Atem. »Schön, dass Sie es geschafft haben. Sie sind die Erste. Kommen Sie herein!«

Im Flur trafen sie auf einen Teenager mit dunklem Haarschopf, zahlreichen Pickeln im Gesicht und endlos langen Armen und Beinen. Er starrte Hannah einen Moment an, dann huschte er wortlos in sein Zimmer.

Charlotte schüttelte missbilligend den Kopf und stöhnte: »Mein Sohn! Und ich habe gehofft, er hätte sich inzwischen Manieren angewöhnt.«

Sie ging voraus in einen großen Raum und wies auf einen runden Tisch mit einem Sammelsurium von Stühlen. »Suchen Sie sich einen Platz aus. Ich hole schnell die Getränke.«

Der Raum war anscheinend eine Kombination aus Arbeits- und Wohnzimmer. Vor dem Fenster stand ein Schreibtisch mit PC und mehreren Stapeln von Büchern mit bunten Merkzetteln. Ordner, Schnellhefter und Stifte lagen kreuz und quer auf der Arbeitsfläche, dazu ein Kaffee-Pott und ein benutzter Teller.

Eine Wand war komplett von einem Bücherregal ausgefüllt. Gegenüber hing ein Flachbildschirm an der Wand, davor ein kleiner Glastisch mit zwei Ledersesseln. Alles in allem recht behaglich.

Bevor Hannah sich die Aquarelle an den Wänden anschauen konnte, kehrte Charlotte Wegscheidt mit einem Tablett voller Gläser und Flaschen zurück und setzte es mit Schwung ab. Dann schaltete sie die Schreibtischlampe an und drehte sie so, dass der Tisch beleuchtet wurde.

Die Pastoralreferentin hatte auch heute keinen großen Aufwand mit ihrer Kleidung getrieben, sodass Hannah sich overdressed vorkam in ihrem hellen Jäckchen und den Sandalen mit Absatz.

Als es klingelte, ging Charlotte zur Haustür. Hannah hörte mehrere Stimmen im Flur und wartete gespannt.

»Hannah! Das ist ja eine Überraschung.« Barbara Uphoven kam freudestrahlend auf sie zu und deutete eine Umarmung und Wangenküsschen an. Ihre schmalen Armreifen, diesmal aus Gold, klimperten in gewohnter Weise. »Ich wusste gar nicht, dass du bei uns mitmachen willst.«

»Hat sich kurzfristig ergeben«, murmelte Hannah und bewunderte insgeheim Barbaras Mut zur Farbe. Zu ihrer weißen Hose trug sie eine Bluse in Violett-Tönen und ein rosa Tuch.

Die jüngere Frau, die mit ihr gekommen war, streckte Hannah die Hand hin und stellte sich als Annika vor.

Mittlerweile hatte es erneut geklingelt. Regina aus der Gymnastikgruppe wirbelte herein und grinste bei Hannahs Anblick. »So sieht man sich wieder! Schön, dass du dabei bist. Wie du heißt, habe ich allerdings vergessen.«

»Hannah Schmielink.«

»Regina Zielke. Aber Regina reicht völlig.«

»Damit sind wir für heute vollzählig«, sagte Charlotte Wegscheidt. »Zwei Frauen haben sich abgemeldet, weil sie momentan ziemlich eingespannt sind. Eventuell stoßen sie später zu unserem neuen Projekt hinzu. Nehmt Platz und bedient euch mit den Getränken. Wir sollten starten, einige wollen ja nachher zur Pfarrversammlung.«

Annika zog die Stirn kraus. Irgendetwas schien ihr zu missfallen, aber sie sagte nichts.

Man goss sich ein, kramte eifrig Mappen und Stifte aus

den Taschen. Barbara griff zu einem Schokoriegel und legte ihn an ihren Platz.

Weil Hannah zum ersten Mal dabei war, gab es eine kleine Vorstellungsrunde. Sie erfuhr, dass Regina als Kranken-
schwester in der Sendenhorster Klinik arbeitete und wie Barbara von Anfang an bei den Projekten der Gruppe mitgemacht hatte. Annika war nach der Erstkommunion ihrer Tochter dazugestoßen.

Als alle Hannah erwartungsvoll anschauten, räusperte sie sich kurz und berichtete vom Umzug ihrer Familie nach Altkirchen. »Ich arbeite als Schulpsychologin in einer Beratungsstelle in Münster. Wir werden auch bei Todesfällen in Schulen eingesetzt. Manchmal bereiten wir gemeinsam mit Schülern und Lehrern eine Trauerfeier vor, die den Betroffenen meistens recht guttut. So stelle ich mir auch die Arbeit in eurer Gruppe vor – natürlich mit anderen Themen.«

»Ich finde, du hast eine Menge einzubringen«, meinte Regina und nickte Hannah aufmunternd zu. »Wir hoffen nämlich auch, dass unsere Gottesdienste den Besuchern guttun. Zum Anfang der Ferien hatten wir uns das Thema ›Urlaub vom Alltag‹ vorgenommen. Charlotte hat zum Schluss den Reisesegen erteilt. Kam gut an in der Gemeinde.«

»Bei den meisten jedenfalls«, warf Barbara etwas bissig ein und wickelte ihren Schokoriegel aus. »Kritische Stimmen gibt es ja immer.«

Charlotte Wegscheidt zückte ihren Stift: »Wir sollten heute Abend auf jeden Fall beschließen, welches Projekt wir als Nächstes angehen wollen. Habt ihr schon Ideen?«

»Advent muss auf jeden Fall sein«, meinte Barbara. »Ist aber noch recht weit weg.«

»Finde ich auch«, stimmte die Pastoralreferentin zu.

»Hilf uns mal auf die Sprünge, Charlotte. Was liegt denn vorher noch im Kirchenjahr an?«, erkundigte sich Regina.

»Anfang Oktober ist Erntedank. Dazu könnte ich mir gut einen Gottesdienst vorstellen.«

»Erntedank ist doch traditionell Sache der KFD«, wehrte Annika brüsk ab. »Die Frauen schmücken die Kirche mit den Erntegaben, und gut ist es. Was sollen wir denn noch machen?«

»Ich finde das Thema ›Dankbarkeit‹ sehr spannend«, warf Hannah ein.

Barbara presste die Lippen zusammen. »Tut mir leid, aber ich kann nicht viel damit anfangen. In den letzten Jahren hatte ich kaum Anlass, dankbar zu sein. Dafür gab es einfach zu viele Nackenschläge und zu wenig Positives in meinem Leben.«

Einen Moment lang antwortete niemand. Barbara biss ein Stück von ihrem Schokoriegel ab. Im Licht der Leselampe sah Hannah hinter ihr Staubkörnchen tanzen.

Wie vertraut war diese Runde miteinander? Erwartete Barbara, dass jemand persönlich auf sie einging?

Es war Charlotte, die mit warmer Stimme die Stille unterbrach. »Das kann ich gut verstehen, Barbara. Viele Gottesdienstbesucher werden so ähnlich empfinden. Deswegen fände ich es passend, wenn wir diese Frage am Anfang aufgreifen, sodass die Leute sich angesprochen fühlen und aufmerksam werden.«

Spontan pflichtete Hannah ihr bei: »Genau das vermisse ich meistens in der Kirche: dass die Menschen sich ernst genommen fühlen in ihren unterschiedlichen Lebenssituationen.«

Barbara zuckte mit den Achseln, sah aber etwas besänftigt aus.

»Bestimmt können wir etwas aus dem Thema machen. Zum Beispiel Bewusstsein dafür wecken, dass man auch für kleine, alltägliche Dinge dankbar sein kann«, sagte Regina eifrig. »Auf jeden Fall sollte es wieder eine Aktion zum Mitmachen geben.«

Charlotte notierte sich etwas in ihrer Mappe und schaute in die Runde. »Annika, du bist anscheinend noch nicht überzeugt?«

Die junge Frau schnippte mit ihren Fingernägeln. »Das Thema ist okay, aber was soll das Ganze, wenn Boberg uns wieder dazwischenfunkt, unsere Texte ändert oder ganz streicht und durch eigene ersetzt? Dann können wir es auch gleich lassen. Ich glaube, das ist auch der Grund, warum die beiden anderen nicht mehr mitmachen wollen.«

»Ich stimme Annika voll zu«, schnaufte Barbara. »Pastor Deggenkamp war bedeutend toleranter. Bestimmt fand er nicht alles gut, was wir uns ausgedacht haben, aber er hat uns trotzdem machen lassen. Seitdem Boberg da ist, werden wir ständig gegängelt. Mir verleidet er unsere ganzen Aktivitäten. Soll er doch froh sein, dass überhaupt jemand die Initiative ergreift und etwas für die Gemeinde tut! Ich habe das Gefühl, er schätzt unsere Arbeit nicht im Geringsten.«

Das Glas klirrte, als die Pastoralreferentin es abstellte. »Wir ziehen beim nächsten Projekt alles genau so durch wie geplant«, sagte sie mit fester Stimme.

»Das gibt aber Ärger«, vermutete Annika sofort.

Charlotte Wegscheidt lächelte gequält. »Und wenn schon.«

Der Satz blieb im Raum stehen, ohne dass jemand ihn kommentierte. Sie sammelten weiter Ideen für den Gottesdienst, überlegten, Erfahrungen von anderen Gemeindemitgliedern zum Thema »Dankbarkeit« einzubeziehen, Lieder wurden vorgeschlagen, ein Flyer angedacht. Alle wirkten bemüht, aber Hannah kam es so vor, als wollte der Funke nicht recht überspringen.

Schließlich schaute Charlotte Wegscheidt auf die Uhr. »Bald zwanzig vor acht. Wir sollten für heute Schluss machen. Bestimmt wollt ihr pünktlich im ›Jäger‹ sein.«

»Allerdings«, bestätigte Barbara. »Ich schätze, es wird hoch hergehen. Bin gespannt, ob der Abriss der Kirche noch zu verhindern ist.«

»Kommt darauf an, wie viele Leute da sind und den Mund aufmachen«, meinte Regina kämpferisch und packte ihre Aufzeichnungen in die Tasche.

Charlotte räumte die Gläser auf das Tablett. »Ich komme etwas später, weil ich noch telefonieren muss. Wie ist es mit dir, Hannah? Kommst du mit?«

Hannah registrierte erfreut, dass die Pastoralreferentin stillschweigend zum »du« übergegangen war. »Könnte ich machen. Allerdings muss ich erst wissen, ob mein Mann inzwischen zu Hause ist.«

Sie verzog sich zum Telefonieren in den Flur. Glücklicherweise ging Jan sofort an den Apparat.

»Wann bist du denn zurück?«, wollte er wissen. An seinem Tonfall hörte sie, dass er nicht begeistert über ihre Planänderung war.

»Kann ich schlecht abschätzen. Ewig lange wird es wohl nicht dauern. Bis nachher.«

Annika schlüpfte mit einem knappen »Tschüss« an Hannah vorbei zur Wohnungstür hinaus.

Dann erschien Barbara im Flur. »Ich muss kurz nach Hause, weil ich nicht weiß, ob ich die Haustür abgeschlossen habe. Hältst du mir einen Platz neben dir frei, Hannah?«

»Mache ich gerne.«

Zwanzig vor acht

Die Sonne hatte sich tief gesenkt, Häuser, Menschen und Autos warfen lange Schatten. Die Luft kam Hannah frischer vor als in den letzten Tagen. Zum ersten Mal überkam sie eine Ahnung vom nahen Ende des Sommers. Die kommende Hitzewelle würde vermutlich die letzte in diesem Jahr sein.

Regina legte ein ziemliches Tempo vor und schaffte es, die einzige Ampel des Ortes noch bei gelb zu passieren, während Hannah geduldig anhielt, bis sie wieder freie Fahrt hatte.

Sie erreichte die Landstraße, wo der Verkehr ziemlich abgeflaut war, passierte das Pfarrheim und die benachbarte Martinskirche und kam alsbald am Lokal »Zum Jäger« an. Umgeben von einem Eichenwäldchen, lag das traditionsreiche Haus etwas zurückgesetzt von der Straße. Im vergangenen Winter hatte sie mit Jan und Lasse dort gegessen. Bodenständig. Westfälisch. Lecker.

Auf dem Parkplatz standen nur wenige Autos, aber der Fahrradstand war so überfüllt, dass Hannah Mühe hatte, zwischen den kreuz und quer abgestellten Rädern eine Lücke für ihre Leeze zu finden. Von Regina keine Spur, obwohl die durchtrainierte Frau längst da sein musste.

Als sie um das uralte Backsteingebäude herumging, sah sie, dass einige Tische in der Stube besetzt waren. Den stimmungsvollen Biergarten hinter dem Lokal mieden die Gäste angesichts der kühlen Witterung. Man speiste zufrieden und gönnte sich das eine oder andere Glas Bier oder Wein.

Noch bevor sie den wohl in den Sechzigerjahren angebauten Saal erreichte, hörte sie ein stetig anschwellendes Stimmengewirr. Trauben von Menschen standen auf der Terrasse und unterhielten sich angeregt. Hannah schlängelte sich durch die Menge hindurch, ohne dass sie jemanden erkannte. Das Gefühl kam ihr schmerzlich vertraut vor – ein Déjà-vu der Situation nach der Trauerfeier für Elisabeth Dahlmann.

Kurz vor acht. Sie beschloss hineinzugehen, um für Barbara und sich einen Platz im Saal zu sichern.

Der schmale Flur diente als Garderobe. Die hölzernen Kleiderbügel baumelten unbenutzt an der Stange. Nach links wies ein Messingschildchen den Weg »Zum Biergarten«, geradeaus zeigten launische Symbole an, wo »Fraulüh« und »Mannslüh« sich erleichtern konnten. Rechter Hand ging es »Zum Saal«.

Man hatte um die hundert Stühle aufgestellt, zwei Stapel im Hintergrund als Reserve. Momentan sah es nicht danach aus, als würden sie gebraucht, nur wenige Plätze waren besetzt.

Viele Stühle waren bereits mit Jacken, Tüchern, Brillenetuis und anderen Accessoires belegt. Die abgestandene Luft im Saal hatte wohl viele Besucher wieder nach draußen getrieben.

Nach freien Plätzen Ausschau haltend, bewegte sie sich auf das niedrige Podest zu, auf dem sich drei Männer unterhielten. Im vorderen Bereich erspähte sie zwei freie Stühle am Gang, setzte sich und legte ihre Tasche auf dem Stuhl neben sich ab.

Schräg vor ihr erhob sich eine schlanke Frau in einer eleganten dunklen Bluse, nestelte an ihrem Halstuch und legte es auf ihren Stuhl. Dann nahm sie ihre voluminöse Tasche und drehte sich um.

»Ach!« Lioba Hansen nickte Hannah zu. »So sieht man sich wieder.«

Eine Verlegenheitsfloskel, war ihr klar. Sie kannten sich

schließlich kaum. Seidenblusen schienen jedenfalls das Markenzeichen der Büchereileiterin zu sein.

»Könnte doch ganz interessant werden«, blieb Hannah vage.

»Denke ich auch. Aber diese schreckliche Luft hier drin!«, stöhnte Lioba Hansen.

»Allerdings!«, stieg Hannah auf das unverfängliche Thema ein. »Warum hat man die Fenster denn nicht geöffnet?«

»Der Wirt hat vergessen, tagsüber zu lüften. Und um diese Zeit sind die Mücken schon eine ziemliche Plage. – Ich gehe noch einen Moment nach draußen. Bis nachher.«

Sie lächelte Hannah zu und wandte sich in Richtung Ausgang.

Einer der Männer auf dem Podest testete zum wiederholten Mal die aufgebauten Mikros, aber die Anlage gab keinen Ton von sich. Trotz seines schütteren Haars schätzte sie ihn nur auf knapp vierzig. Er trug Jeans, ein offenes hellblaues Hemd und darüber ein Jackett.

Der Mann neben ihm – in dunklem Anzug und weißem Hemd mit weinroter Krawatte – war deutlich älter und korpulenter. Er redete pausenlos auf den jüngeren Mann ein und gestikulierte sichtlich ungehalten. In kurzen Abständen tupfte er sich mit einem Tuch das stark gerötete Gesicht ab.

Ein dritter Mann in grauem Hemd mit »Kalkleiste« und dunkler Hose stand ziemlich unbeteiligt daneben und schaute immer wieder zur Eingangstür. Er war klein, schmal und hatte tiefschwarzes, gewelltes Haar. Hannah kannte ihn, hatte den Namen des aus Indien stammenden Geistlichen aber vergessen.

Ein weiterer Mann kam von hinten in ihr Blickfeld. Lässig stieg er die beiden Stufen zum Podest empor und machte sich an den Mikros zu schaffen. Als er sich umwandte, erkannte sie ihn: Der Organist und Küster der Gemeinde war ihr bei der Vorbereitung der Erstkommunion einige Male über den Weg gelaufen. Sie hatte ihn nie anders als in saloppem T-Shirt und dunkler Kordhose gesehen.

Ein Knacken, dann piepte die Anlage vernehmlich. Der ältere Mann deutete aufgeregt auf seine Armbanduhr, woraufhin der Küster sein Handy aus der Hosentasche zog und seine schulterlangen Locken hinter die Ohren klemmte. Ohne ein Wort gesprochen zu haben, steckte er das Gerät kurz darauf wieder ein.

»Er geht nicht mal ans Telefon! Das ist ja wohl eine ziemliche Unverschämtheit!«, rief der ältere Mann aufgebracht. »Wo steckt er denn bloß? Um halb acht waren wir mit ihm an seiner Wohnung verabredet, um uns frisch zu machen. Er hat nicht mal die Tür aufgemacht, obwohl er eindeutig zu Hause war. Spätestens jetzt müsste er hier sein und uns begrüßen. Das ist ja wohl das Mindeste, was man erwarten kann, wenn man sich aus Münster auf den Weg macht, um für jemanden die Kohlen aus dem Feuer zu holen.«

Nach dieser Tirade zückte er wieder das Tuch und wischte sich den Schweiß von der Stirn. Der Jüngere gestikulierte beschwichtigend, kassierte aber offenbar einen Rüffel. Inzwischen hatte Hannah sich zusammengereimt, dass die Männer über Pastor Boberg sprachen. Vermutlich sollten sie gemeinsam mit ihm das Podium besetzen.

Die beiden Herren aus Münster berieten sich einen kurzen Moment. »Also gut«, hörte sie den Älteren resigniert sagen. »Holen Sie die Leute rein. Wir haben schließlich nicht ewig Zeit.«

Der Küster hatte es nicht eilig auf dem Weg zum Ausgang. Hannah schaute ihm nach und erspähte ein paar Reihen hinter sich einen Mann, der ihr bekannt vorkam. Sie war sicher, dass sie den braun gebrannten Bartträger mit randloser Brille kürzlich schon mal gesehen hatte, aber ihr fiel nicht ein, wo.

In der Zwischenzeit sprachen die beiden Männer mit dem Geistlichen aus Indien. An seinen hängenden Schultern war abzulesen, dass ihm nicht behagte, was er zu hören bekam. Schließlich nickte er und ging ebenfalls in Richtung Ausgang, wo er mit dem Pulk von hineinströmenden Leuten zusammenstieß. Höflich trat er an die Seite, um den Gemeindemitgliedern den Vortritt zu lassen und deutete mehrmals eine Verbeugung an.

Um Hannah herum füllten sich die Reihen. Regina und einige andere Frauen nahmen weit vorne Platz, direkt hinter Karola und einem älteren Herrn, der seinen Rollator im Gang abgestellt hatte.

Charlotte Wegscheidt tauchte in Hannahs Blickfeld auf. Zögerlich ging sie nach vorne und begrüßte die Herren aus Münster. Der Mann im Anzug redete sofort eindringlich auf sie ein, aber ihre Antwort schien ihn nicht zufriedenzustellen.

»Da bist du ja!«, hörte Hannah eine atemlose Stimme neben sich. Barbara setzte sich auf den frei gehaltenen Stuhl. »Ich dachte schon, ich käme zu spät.«

»Anscheinend haben sie noch auf Boberg gewartet, aber der ist bis jetzt nicht aufgetaucht.«

»So, so!«, sagte Barbara und schaute sich ungeniert um. »Mengenweise freie Plätze! Bin gespannt, ob es noch voller wird. Hauptsächlich ältere Semester. Du bist bestimmt eine der Jüngsten im Saal.«

Hannah sah sich um: Es stimmte auffallend. Und alle waren äußerst gesprächig.

»Mein Gott, ist das heiß hier!«, stöhnte Barbara und musterte weiter die Umsitzenden. Sekunden später flüsterte sie

Hannah ins Ohr: »Unser Kavalier ist auch da. Winfried Plog. Vom Café neulich.«

Hannah drehte sich möglichst unauffällig um. Natürlich! Der Mann hatte ihnen den Sonnenschirm aufgespannt.

»Winfried hatte ich auf jeden Fall hier erwartet«, raunte Barbara. »Allerdings bin ich total erstaunt, wer neben ihm sitzt. Ich dachte, die beiden wären Erzfeinde.«

Hannah schaute noch einmal hin. Im vertrauten Gespräch mit dem öko-bewegten Winfried erblickte sie den Mann mit der sonoren Stimme, der bei der Trauerfeier für Elisabeth Dahlmann hinter ihr gesessen hatte.

»Erzfeinde?«, hakte sie nach. »Danach sieht es aber ganz und gar nicht aus. Wer ist der andere Mann denn?«

»Hermann Ehling ist Landwirt. Besser gesagt Großbauer vom alten Schlag. Durch und durch Traditionalist. Mit Ökologie hat der nichts am Hut. Sitzt seit Jahren als stellvertretender Vorsitzender im Kirchenvorstand von St. Severin und hat keine Gelegenheit ausgelassen, gegen die Öko-Gruppe um Winfried Plog zu pesten.«

Vor ihnen wickelte sich Lioba Hansen sorgsam ihr Tuch um den Hals und setzte sich. Ihr jedenfalls war es nicht zu warm.

Der jüngere der beiden Herren aus Münster klopfte energisch auf das Mikro. Die Gespräche erstarben allmählich, und gespannte Stille breitete sich aus.

»Guten Abend, meine Damen und Herren. Ich darf mich kurz vorstellen: Mein Name ist Sebastian Glowitz. Ich gehöre zur Abteilung ›Pastoralberatung‹ im Bischöflichen Generalvikariat in Münster und begleite Entwicklungs- und Veränderungsprozesse in Kirchengemeinden. Pastor Boberg hat mich gebeten, den heutigen Abend zu moderieren, an dem es um die Vorstellung der Pläne für die Pfarrei St. Severin gehen soll. Leider ist er noch nicht eingetroffen, aber wir hoffen, dass Father Joseph ihn zeitnah hierher bringt.«

»Der will sich wohl drücken«, dröhnte eine sonore Stimme aus dem Hintergrund, die Hannah sofort erkannte. Das Geraune ringsum verstummte, als Sebastian Glowitz den anderen Herrn als Dr. Martin Hesterberg vorstellte, den zuständigen Sachbearbeiter in der Bauabteilung des Bistums.

Dr. Hesterberg setzte sogleich zu einem langatmigen Monolog an, von dem bei Hannah nur Schlagworte ankamen: Kirchenbau aus der Nachkriegszeit, fehlende Dämmung des Gebäudes, Heizungsanlage nicht energieeffizient, aufwändige Sanierung, Kosten-Nutzen-Abwägung, schmerzliche Entscheidung für Abriss und Neubau eines Pfarrheims an derselben Stelle.

»Was wissen Sie denn schon davon, wie schmerzlich es für die Altkirchener ist, wenn uns die Severinskirche genommen wird?«, platzte jemand mit nicht ganz fester Stimme in seine endlosen Ausführungen. Hannah schaute sich um und sah, wie Hermann Ehling sich vorbeugte, um dem Mann vor ihm anerkennend auf die Schulter zu klopfen.

Dem faltigen Gesicht nach zu urteilen war der ältere Herr weit über achtzig. Beifälliges Gemurmel von allen Seiten ermunterte ihn, weiterzusprechen. »Wir Älteren erinnern uns noch bestens, dass unsere Eltern und später auch wir selbst den Bau der Kirche zu einem beträchtlichen Teil aus eigener Tasche finanziert haben. Jahrelang wurde dafür gesammelt. So manche Kriegerwitwe hat sich das Geld für ihren monatlichen Beitrag vom Munde abgespart.«

Nun ergriff Regina beherzt das Wort: »Die meisten Altkirchener meiner Generation sind in St. Severin getauft worden und zur Erstkommunion gegangen, haben dort geheiratet und ihre toten Angehörigen beweint. Das sind Erinnerungen,

Emotionen, Erlebnisse von Gemeinschaft. Diese Kirche ist ein Stück Heimat für uns, das uns mit einem Federstrich genommen werden soll. Das können und wollen wir nicht akzeptieren.«

Das Geraune im Saal schwoll an. Hannah war verwundert, wie schnell die vorhin noch völlig entspannte Atmosphäre umgeschlagen war.

Sebastian Glowitz besann sich offenbar auf seine Aufgabe als Moderator und meldete sich in ruhigem Tonfall zu Wort: »Ich schlage vor, wir hören zunächst Dr. Hesterberg weiter zu, welche Gründe die Bauabteilung zur Entscheidung für einen Neubau bewogen haben. Anschließend wird genügend Zeit sein, Fragen zu stellen.«

In der ersten Reihe sah Hannah mehrere Leute beifällig nicken. Karola und der Mann neben ihr gehörten dazu.

Wegen der vielen Menschen stieg die Temperatur im Raum von Minute zu Minute an. Dr. Hesterbergs Gesicht war tiefrot. Mit dem Taschentuch wischte er sich mehrfach über das Gesicht und krächzte kurzatmig ins Mikrofon: »Das Generalvikariat ist sich der Bedeutung des Kirchenbaus für die Gemeinde natürlich sehr wohl bewusst.«

»Hört, hört!«, kam es aus unterschiedlichen Richtungen.

»Das glaube ich sehr wohl.« Eine kühle Stimme aus dem Hintergrund.

Barbara beugte sich zu Hannah und wisperte: »Winfried Plog. Dachte ich mir, dass der sich einiges für heute vorgenommen hat.«

Der ehemalige Leiter der Öko-AG war aufgestanden und bestens zu verstehen. »Das Generalvikariat muss geahnt haben, wie brisant die getroffene Entscheidung ist. Anders kann ich mir nicht erklären, warum die Verantwortlichen es versäumt haben, die entsprechenden Gremien der Gemeinde frühzeitig in den Planungsprozess einzubeziehen. Der Abriss wurde in einer Nacht-und Nebel-Aktion beschlossen und ist nur durch einen Zufall überhaupt in der Gemeinde publik geworden. Transparenz ist in diesen Kreisen wohl ein Fremdwort. Das Ganze ist eine Aktion von oben – ohne die Basis in irgendeiner Form zu beteiligen.«

»Er spielt darauf an, dass Elisabeth Dahlmann Wind von den Plänen bekommen hat«, flüsterte Barbara.

»Ich höre immer nur von Nachteilen der geplanten Änderungen«, warf Dr. Hestermann ein. »Vergessen Sie nicht, dass der Neubau des Pfarrheims der Gemeinde ganz neue Möglichkeiten eröffnen wird. Mehr und größere Gruppenräume, ein eigener Saal, eine geräumige Bibliothek, die auch als Veranstaltungsraum genutzt werden kann – etwa für Lesungen.«

Der Mann schwitzte inzwischen erbärmlich und rang sichtlich nach Luft. Sebastian Glowitz warf ihm einen besorgten Blick zu und gab dem Küster ein Zeichen. Der stand auf und öffnete eins der seitlichen Fenster einen Spalt breit. Erleichterte Seufzer waren zu hören.

»Warum muss es denn gleich ein Abriss sein?« Hermann Ehlings tiefe Stimme dröhnte durch den Saal. »Es gibt doch wunderbare Beispiele im Bistum, wo Kirchen zwar profaniert worden sind, aber einer anderen Bestimmung zugeführt wurden.«

»In die Renovierung der Kirche von Everswinkel ist eine Menge Geld aus dem Bistumshaushalt geflossen!«, rief jemand von hinten. »Warum nicht in unsere Pfarrkirche? Das ist doch eine himmelschreiende Ungerechtigkeit!«

Von allen Seiten hörte man Beifallsbekundungen.

Barbara klatschte und flüsterte Hannah zu: »Warst du schon mal in der Magnuskirche?«

»Bisher nicht.«

»Musst du dir unbedingt mal anschauen. Wirklich sehenswert.«

Während ihres Wortwechsels beobachtete Hannah, wie sich in der Nähe des geöffneten Fensters Unruhe breitmachte. Verschiedene Leute reckten den Hals und tuschelten. Vielleicht hatte die befürchtete Mückeninvasion bereits begonnen.

Der stellvertretende Vorsitzende des Kirchenvorstands meldete sich wieder zu Wort. »Ich möchte noch mal auf Alternativen zum Abriss zurückkommen. Natürlich brauchen wir hier auf dem Land kein Verlagsgebäude wie in der Münsteraner Bonifatius-Kirche. Ich denke eher an ein Wohnheim für beeinträchtigte Menschen wie in Rhede oder ein Kolumbarium wie in St. Michael in Rheine. Sicher gäbe es weitere Möglichkeiten, den Kirchenraum in geeigneter Form zu nutzen. Das würde in der Gemeinde sicher großen Anklang finden.«

Ehlings Worte waren nur mit Mühe zu verstehen. Die Leute am Fenster redeten immer lauter und hektischer. Auch die beiden Abgesandten aus Münster starrten mittlerweile dorthin. Irgendetwas ging da vor sich.

Eine Frau stand abrupt auf, hielt den Kopf an den offenen Spalt des Fensters und schreckte zurück. Als sie sich umdrehte, sah Hannah ihre weit aufgerissenen Augen.

»Was riecht denn hier so komisch?«, fragte Barbara. »Ist das etwa ...«

Plötzlich ein durchdringender Piep-Ton schräg vor Hannah, ein zweiter von der Seite. Zwei Männer sprangen fast gleichzeitig auf, nestelten an den an ihren Gürteln befestigten Ledertäschchen, nahmen ein Gerät heraus und hielten es sich ans Ohr. Die beiden Signaltöne verstummten in kurzem Abstand.

Ausrufe von der Fensterseite.

»Feuer!«

»Es brennt!«

Mehrere Frauen schrien auf. Auch Hannah erschrak mächtig.

»Die beiden sind von der Freiwilligen Feuerwehr«, sagte Barbara völlig unbeeindruckt. »Ihre Funkmeldeempfänger haben Alarm geschlagen.«

Die Männer schlängelten sich durch die Sitzreihen. Einer ging rasch auf das Podium zu. Sebastian Glowitz neigte sich zu ihm herunter.

Im selben Moment war ein Martinshorn zu hören, das immer lauter wurde.

»Die kommen hierher.«

»Raus!«

»Raus hier!«

Die ersten griffen nach Jacken und Taschen, sprangen auf.

Hannah schaute sich hilfesuchend nach Barbara um, die sich mehr für das Geschehen auf dem Podium interessierte. »Er spricht mit Alfred Potthoff«, sagte sie und wies auf den Küster und einen der Feuerwehrmänner. »Was hat das zu bedeuten?«

Draußen schwoll der Signalton noch weiter an, wurde kurz leiser, stoppte dann abrupt.

»Bitte bleiben Sie auf Ihren Plätzen!«

Das Zittern in Sebastian Glowitz' Stimme war unüberhörbar. »Das Feuer ist nicht in diesem Gebäude. Sie sind nicht in Gefahr. Bitte bleiben Sie auf Ihren Plätzen und lassen Sie zuerst die Männer von der Feuerwehr durch.«

Die meisten setzten sich zögerlich wieder hin, einige blieben stehen. Die beiden Feuerwehrleute liefen ungehindert zum Ausgang, der Küster schloss sich ihnen an. Ohne weiteren Zeitverlust verließen die drei den Saal.

»Bestimmt wieder dieser Feuerteufel!«, sagte jemand hinter Hannah. »Der traut sich was! Mitten im Ort – um diese Uhrzeit!«

Auf dem Podium bemühte sich Glowitz um Beruhigung der Situation. »Wir sollten mit unserer Veranstaltung fortfahren. Herr Dr. Hesterberg, möchten Sie zu den Vorschlägen bezüglich einer anderweitigen Nutzung des Kirchengebäudes Stellung nehmen?«

Der Lärmpegel nahm augenblicklich ab. Auch Hannah entspannte sich und schaute nach vorn, wo Dr. Hesterberg der Schweiß über das Gesicht lief. Er öffnete den Mund und schloss ihn sofort wieder.

»Es brennt im Pfarrheim!« Ein Mann aus der letzten Reihe war aufgesprungen. »Ich habe gerade eine Nachricht aufs Handy bekommen.«

Eine Sekunde lang herrschte ungläubige Stille, dann brach Tumult im Saal aus. Alle redeten durcheinander, die ersten standen auf und schoben sich an den Sitzenden vorbei. Hermann Ehling gehörte dazu.

Lioba Hansen drehte sich um und starrte mit weit aufgerissenen Augen in den Saal. An ihren Lippen las Hannah mehrmals das Wort »nein« ab.

»Meine Damen und Herren, bitte bewahren Sie Ruhe!«, mühte sich Glowitz um Kontrolle der Lage.

»Ach, hören Sie doch auf!«, rief jemand. »Wir können hier nicht weitermachen, während unser Pfarrheim abbrennt. Und die Martinskirche vielleicht noch dazu.«

Immer mehr Leute standen auf, um den Saal zu verlassen.

»Lass uns gehen!«, rief auch Barbara Hannah ins Ohr. »Das wird hier heute nichts mehr.«

Sie hatte recht. Die meisten Anwesenden drängten sich bereits in den beiden Gängen. Abgestellte Rollatoren wurden achtlos zur Seite geschoben. Glowitz versuchte vom Podium aus, die Menschen zum Bleiben zu bewegen, aber niemand hörte mehr auf ihn.

Zunächst kamen die Leute noch zügig voran, dann stockten sie vor dem Ausgang zum Flur, dem Nadelöhr, durch das alle hindurchmussten.

Auch Hannah und Barbara standen im Pulk. Zwei, drei Minuten lang tat sich gar nichts. Die Ersten murrten unwillig, gebrauchten ihre Ellenbogen. Rufe wie »Warum geht's nicht weiter?« erschollen. Als Hannah sich umschaute, sah sie Regina und mehrere Frauen hinter sich, unter ihnen Charlotte Wegscheidt, die sehr besorgt aussah.

»Noch ein Martinshorn!«, rief jemand und zeigte aufgeregt zum Fenster.

Ein zweiter Feuerwehrwagen! Die Situation schien ernst zu sein. Der Brandgeruch war mittlerweile stärker geworden.

Plötzlich kam Bewegung in die Menge. Ein ganzer Schwung Menschen passierte die Saaltür, die restlichen folgten zügig.

Als Hannah und Barbara den Flur erreichten, sahen sie, dass jemand die Tür zum Biergarten geöffnet hatte, die wahrscheinlich als Notausgang vorgesehen war. Ein Teil der Leute verließ auf diesem Wege den Saal und strebte in Richtung Parkplatz. Hannah und Barbara wählten die andere Tür und folgten Lioba Hansen, die sich energisch Platz verschaffte. »Lassen Sie mich durch! Ich muss sofort zum Pfarrheim. Bitte, gehen Sie zur Seite!«

Mit einiger Mühe erreichten sie den Fahrradstand, wo ein ganzer Schwung Leezen umgekippt und ineinander verkeilt war. Lioba Hansen begann in großer Hast, einzelne Räder zur Seite zu stellen.

»Nein, nein, so geht das nicht!«, redete sie laut mit sich selbst. »Ich brauche doch mein Fahrrad. Jetzt sofort!« Ihre Stimme klang immer schriller und ging in ein hysterisches Schluchzen über.

Hannah und Barbara sahen sich vielsagend an. »Die ist ja völlig von der Rolle«, flüsterte Barbara.

Hannah ging auf die Büchereileiterin zu und berührte sie am Arm. »Frau Hansen, das dauert viel zu lange. Wollen Sie nicht lieber zu Fuß zum Pfarrheim gehen? Es ist doch nicht weit.«

Lioba Hansen wischte sich Tränen vom Gesicht und stierte vor sich hin. Dann gab sie sich einen Ruck. »Kommen Sie mit?«

Hannah zögerte nur eine Sekunde mit der Antwort. »Gerne.«

Dann sah sie sich zu Barbara um. »Ich fahre nach Hause«, sagte die und zeigte auf ihr abseits stehendes Rad. »Das ist der Vorteil, wenn man als Letzte kommt.«

Schweigend folgten sie dem Weg entlang der Hauptstraße. Brandgeruch wehte in wechselnder Intensität herüber. Zügig überholte Lioba mehrere Personen, während sie Unverständliches vor sich hin murmelte. Hannah hatte in ihren Sandalen Mühe, mit ihr Schritt zu halten. Schließlich begann die Büchereileiterin zu laufen und verschwand um die Kurve.

Die Sonne war inzwischen untergegangen, aber Richtung Westen schimmerte noch ein heller Streifen am Himmel. Hannah überlegte kurz, zur Gaststätte zurückzukehren, um ihr Fahrrad zu holen und nach Hause zu fahren, aber sie brachte es nicht über sich, Lioba Hansen in dem Zustand sich selbst zu überlassen.

Als sie selbst um die Kurve bog, bot sich ihr ein geradezu gespenstischer Anblick: Schemenhaft war die Martinskirche vor dem in Rauch eingehüllten Pfarrheim zu erkennen. Ein riesiges Feuerwehrfahrzeug mit blinkendem Blaulicht und eingeklappter Drehleiter stand am Straßenrand, dahinter ein Rettungswagen.

Feuerwehrleute mit Atemmasken, schwarzen Hosen und Jacken mit breiten, gelben Signalstreifen beherrschten die Szenerie: Zwei Männer richteten einen Wasserstrahl in ein Fenster der Bücherei, andere waren mit dem exakten Einrollen eines Schlauches beschäftigt. Einer redete auf Dutzende von Schaulustigen ein, die sich im Gang zwischen Kirche und Pfarrheim eingefunden hatten und Hannah die Sicht auf das Gebäude versperrten. Spürbar unwillig wich die Menge zurück.

Hannah mischte sich unter die Leute, fragte nach Lioba Hansen, aber niemand hatte sie gesehen.

»Die Ärmste!«, sagte eine Frau. »Die Bücherei soll völlig zerstört sein. War doch ihr Ein und Alles. Berufstätig ist sie ja schon lange nicht mehr. Hat sie wohl auch nicht nötig.«

Im Gang stand ein Löschfahrzeug, daneben ein Feuerwehrmann mit hochgeklappter Atemmaske, der mit Hermann Ehling sprach. Dabei zeigte er auf das Pfarrheim und schüttelte den Kopf. Anscheinend bekam er als Mitglied des Kirchenvorstands vom Einsatzleiter erste Informationen über den Brand.

Mit jedem Schritt, den Hannah auf die Männer zuging, wurde der Gestank beißender. Flammen waren nicht mehr zu sehen. Anscheinend hatte man das Feuer weitgehend unter Kontrolle gebracht und das Schlimmste verhindern können.

Sie nahm sich ein Herz und sprach die beiden Männer an. »Entschuldigen Sie, ich suche die Büchereileiterin Frau Hansen.«

Hermann Ehlings Gesicht war stark gerötet. »Sind Sie eine Freundin?«

»Nein, ich kenne sie nur von der Bücherei. Aber ich bin Notfallseelsorgerin und mache mir Sorgen, weil sie sehr aufgebracht über das Feuer war.«

Ehling tauschte einen Blick aus mit dem Einsatzleiter, einem Mann in den Fünfzigern, dann sagte er: »Versuchen Sie es hinter diesem Fahrzeug – Richtung Kirche. Frau Hansen steht wohl unter Schock. Frau Wegscheidt ist bei ihr, aber sie kann vielleicht Unterstützung gebrauchen.«

Der Feuerwehrmann mischte sich ein: »Moment mal! Allein können Sie hier nicht herumlaufen. Der Einsatz ist noch nicht beendet. – Was gibt es denn, Thilo?«

Die Frage war an einen Feuerwehrmann gerichtet, der wie aus dem Nichts vor ihnen aufgetaucht war. Als er die Maske hochklappte, sah Hannah, dass es sich um einen recht jungen Mann handelte. Sie schätzte ihn auf gut zwanzig.

»Nichts zu machen, Chef. Die Wohnungstür lässt sich nicht öffnen. Wahrscheinlich verzogen von der Hitze. Wir müssen es von außen versuchen.«

»Okay!«, sagte der Ältere lakonisch und hob eine Hand. »Sekunde mal!« Dann sprach er in ein Mikro, das irgendwo in seinem Helm angebracht sein musste: »Kann losgehen. Aber Vorsicht! Hier laufen eine Menge Leute herum.«

Der Motor des Löschfahrzeugs neben ihnen sprang plötzlich an. Der Einsatzleiter wich ein Stück zurück. »Kommen Sie hierher!«, rief er Hannah und Ehling zu. »Der Wagen muss raus, und es ist verdammt eng. Ich muss jetzt los. Thilo, du begleitest die Dame ...«

Hastig warf der junge Mann ein: »Kann ich hochgehen, Andreas? Du hast mir versprochen, dass ich bald mal dran bin.«

»Aber nicht heute. Das machen Tom und Maik.«

Die Enttäuschung stand dem Jüngeren ins Gesicht geschrieben. Er holte tief Luft, verkniff sich aber in letzter Sekunde eine Antwort.

»Wie gesagt: Du begleitest die Dame!«, ordnete der Einsatzleiter an. Im Gehen nickte er Hannah zu: »Versuchen Sie es zuerst am Eingang zur Martinskirche.«

Wortlos stapfte Thilo los, immer an der Sandsteinfassade der Kirche entlang. Hannah blieb nichts anderes übrig, als ihm hinterherzuhasten. »Das war aber eine ziemliche Enttäuschung für Sie«, sagte sie mitfühlend, als sie zu ihm aufgeschlossen hatte.

»Ist schon klar, dass er Kollegen nimmt, die mehr Erfahrung haben. Wir wissen ja gar nicht, was uns da erwartet.«

Schlagartig ahnte Hannah, wovon er sprach. Mehr wollte sie eigentlich gar nicht hören, aber er redete ungerührt weiter. »Im oberen Stockwerk hat es nämlich auch gebrannt: ein Regal auf dem Absatz vor der Wohnungstür mit Unmengen von Sport- und Laufschuhen. Viel Plastik. Die Rauchentwicklung war gewaltig.«

Nicht darüber nachdenken, sagte Hannah sich und versuchte, das Entsetzen abzuschütteln, das sie bei den Worten des jungen Mannes erfasst hatte.

Hinter ihnen sprang dröhnend ein Motor an: Das an der Straße geparkte Fahrzeug fuhr los. Thilo ging unbeirrt weiter, Hannah folgte ihm. Alles war von Scheinwerfern taghell erleuchtet. Erst ein Blick nach oben zeigte ihr, dass die Dämmerung allmählich hereinbrach.

Nach wenigen Schritten hatten sie den Eingang zur Kirche erreicht. In einer Ecke standen Charlotte und die Büchereileiterin und starrten auf das riesige Fahrzeug, das Zentimeter um Zentimeter in den schmalen Gang bugsiert wurde. Die

Pastoralreferentin hatte den Arm um die kalkweiße Lioba Hansen gelegt und nickte Hannah zu.

Noch jemand lehnte an der Wand: Father Joseph – am ganzen Körper zitternd, mit verschmutzter Kleidung. Thilo zog sofort seine Jacke aus und hängte sie ihm um. Der Geistliche zeigte keine Reaktion. Auch als Hannah ihre Hand auf seinen Arm legte, blieb sein Kopf gesenkt.

»Was machen die denn da?«, rief Lioba Hansen aufgeregt und zeigte auf die von Scheinwerfern angeleuchtete Drehleiter, die sich in Richtung Pfarrheim emporschraubte. In kürzester Zeit erreichten zwei Feuerwehrleute mit Atemmasken vom Rettungskorb aus ein Fenster im ersten Stock und schlugen die Scheibe ein. Dunkle Qualmwolken drangen heraus. Ohne zu zögern stieg einer der Männer ein, der andere reichte ihm eine Trage an und kletterte hinterher.

Bis auf Father Joseph starrten alle nach oben. Mehrere Minuten vergingen, aber es tat sich nichts.

»Ist das nun ein gutes oder ein schlechtes Zeichen?«, flüsterte Lioba Hansen.

»Weder noch«, meinte Thilo. »Sie durchsuchen die Wohnung. Bei dem Qualm dauert das.«

»Ob sie ihn schon gefunden haben?«, hauchte Charlotte Wegscheidt.

Auch Hannahs Gedanken überschlugen sich: War Boberg wirklich in der Wohnung? Lebte er? Brauchte er Beatmung oder eine Herzmassage? Das konnte dauern. Bestimmt gaben die Feuerwehrleute alles.

Ein weiteres Martinshorn war zu hören. Vielleicht ein Rettungswagen? Ein Notarzt?

»Waren Sie in der Bücherei dabei?« Lioba Hansen starrte den jungen Feuerwehrmann an.

Thilo wandte sich um. »Ja, war ich.«

»Und wie ... wie sieht es da aus?«

»Totalschaden! Die vielen in Plastik eingeschlagenen Bücher, die Zeitschriften ... Hat alles wie Zunder gebrannt. Und den Rest hat das Löschwasser besorgt. Aber die Regale sind aus Metall, die Wände in dem Altbau dick. Das Feuer konnte sich nicht weiter im Gebäude ausbreiten, weil wir es schnell unter Kontrolle hatten.«

Lioba Hansens Lippen zitterten. Plötzlich weiteten sich ihre Augen, ihre Hand krallte sich in Charlotte Wegscheidts Arm.

Hannah folgte ihrem Blick und sah, wie die beiden Feuerwehrleute die Trage vorsichtig aus dem Fenster in den Rettungskorb hievten. Die Drehleiter glitt augenblicklich nach unten.

Gegen neun

Hannah setzte sich auf die Sessellehne zu Jan und gab ihm einen Kuss. Ohne den Blick vom Bildschirm abzuwenden, auf dem gerade bei dramatischer Musik ein Vulkan ausbrach, kräuselte er leicht die Nase: »Durfte man in der Versammlung rauchen?«

»Nein, aber im Pfarrheim hat es gebrannt.«

Wortlos nahm er die Fernbedienung, stellte den Ton ab und schaute sie eindringlich an: »Ist das dein Ernst?«

Sie nickte.

»Und du warst dort?«, fragte er voller Sorge.

»Du weißt doch, dass die Gaststätte nicht weit entfernt ist. Luftlinie nur ein-, zweihundert Meter. Als man den Rauch riechen konnte, gab es für viele kein Halten mehr.«

»Für dich etwa auch?«, fragte er ungläubig.

»Eigentlich wäre ich am liebsten nach Hause gefahren, aber die Büchereileiterin Lioba Hansen hat mich gebeten, sie zu begleiten. Sie war völlig aufgelöst wegen ihrer Bücher.«

Sie erhob sich, um sich aufs Sofa zu setzen. Plötzlich wankte sie.

Jan sprang auf und stützte sie. »Hey, was ist denn?«, flüsterte er ihr ins Ohr.

»Die verkohlten Bücher sind nicht das Schlimmste«, sagte sie leise. »Pastor Boberg war in seiner Wohnung im oberen Stockwerk. Ich habe keine Ahnung, ob er überlebt hat.«

Sein Griff wurde fester. »Boberg? Das ist doch ...«, stieß er aus und brach im selben Augenblick ab.

Sie löste sich von ihm und setzte sich. »Ich bin ziemlich erledigt. Machst du mir einen Tee?«

Er stand bereitwillig auf. »Welche Sorte möchtest du?«

»Egal. Irgendeinen Kräutertee, sonst kann ich nachher nicht schlafen.«

Hannah atmete durch. Sie brauchte einen Moment für sich, um sich zu sammeln. Die letzten Stunden hatten sie offenbar mehr Kraft gekostet, als ihr bewusst war. Jetzt ließ der Adrenalinschub nach, der sie angetrieben hatte, und sie spürte ihre Erschöpfung.

Jan hatte sich eben beinahe verplappert, als sie Boberg erwähnt hatte. Anscheinend war er darüber informiert, dass Natalie den Pastor heute befragen wollte, ahnte aber nicht, dass Hannah auch davon wusste.

Die Bilder von der gespenstisch anmutenden Szene am Pfarrheim tauchten vor ihr auf. Es war ziemlich schwierig gewesen, die aufgelöste Lioba Hansen und den völlig neben sich stehenden Father Joseph von Bobergs Abtransport abzulenken. Glücklicherweise hatten sie vom Eingang zur Kirche aus nicht viel sehen können, weil das Feuerwehrfahrzeug ihnen die Sicht versperrte, aber unter den Schaulustigen munkelte man, dass der Pastor ins Krankenhaus gebracht worden war.

Jan kam mit dem dampfenden Tee zurück. Sie umschloss den Pott und genoss, wie die Wärme in ihre Hände strömte.

»Besser?«, fragte Jan nach einer Weile.

»Hm.« Sie probierte den Tee. Glühend heiß, aber gut! »Meinst du, es war dieser Feuerteufel?«

»Liegt nahe, oder? Ich habe mir die bisherigen Fälle heute mal genauer angeschaut. Eigentlich ganz typisch für solche Serien.«

»Was meinst du damit?«

»Alle Feuer sind in einem engen Umkreis von wenigen Kilometern gelegt worden. Jedes Mal kamen die Löschzüge von Everswinkel und Altkirchen zum Einsatz.«

»Du glaubst, es war jemand von der Freiwilligen Feuerwehr?«

»In vielen Fällen ist das leider so. Wenn mehrere Einsätze dicht aufeinander folgen, haben viele Brandmeister die Sorge, einer von ihren Leuten könnte der Täter sein. Der Brand vorgestern Nacht wurde allerdings schon gegen 23 Uhr gemeldet, während die beiden ersten weit nach Mitternacht gelegt wurden. Kann aber trotzdem derselbe Täter sein, denn manchmal brauchen solche Leute im Lauf der Zeit mehr Nervenkitzel. Vor Mitternacht ist das Risiko, erwischt zu werden, deutlich höher.«

»Heute war es extrem hoch. Lioba Hansen hat bis kurz vor acht in der Bücherei gearbeitet. Als wir im Saal den Rauch bemerkt haben, war es schätzungsweise zwanzig nach acht. In diesem Zeitraum müsste es passiert sein.«

»Das ist ein guter Hinweis. Diese Frau Hansen müssten

die Kollegen auf jeden Fall vernehmen. Vielleicht hat sie etwas Verdächtiges beobachtet.«

Jan schaute plötzlich ziemlich ernst. »Und schon wieder bist du in eine Ermittlung hineingeraten.«

Hannah seufzte. »Ich kann doch nichts dafür. Eigentlich wollte ich nur ganz harmlos an dieser Gruppe teilnehmen, die etwas andere Gottesdienste vorbereitet.«

»Schon klar. Ich meine ja nur ...« Bei diesen Worten schaute Jan zum Bildschirm, wo inzwischen ein karibisch anmutender Strand zu sehen war. Augenscheinlich wollte er das Thema nicht weiter vertiefen.

»Ich werde früh ins Bett gehen«, sagte Hannah und trank von dem inzwischen abgekühlten Tee. Glücklicherweise konnte sie es morgen ruhiger angehen lassen, denn freitags arbeitete sie nur vormittag ein paar Stunden im Homeoffice.

»Was soll ich uns eigentlich morgen Abend Leckeres kochen?«

»Ich treffe mich doch nach Dienstschluss mit Paul. Wir essen dann eine Kleinigkeit«, antwortete Jan. »Denkst du daran, dass Lasse morgen um sechs das Pokalspiel in Drensteinfurt hat? Du müsstest ihn und seinen Kumpel hinbringen. Ihr solltet früh genug losfahren, weil die Jungs sich vorher noch einspielen müssen.«

Würde sie alles erledigen. Aber Lust dazu hatte sie keine. Erst recht nicht nach diesem Abend.

»Okay, aber du musst mir dann das Auto hierlassen«, sagte sie.

Jans Miene sprach Bände. Dass er morgen früh den Bus nehmen musste, hatte er offensichtlich nicht auf dem Schirm gehabt.

Entnervt roch sie an sich. Der Rauchgeruch war immer noch da. Dabei hatte sie sich geduscht, ihre Haare gewaschen, sämtliche Kleidungsstücke in einem Wäschesack verstaut und in den Keller gebracht. Weg mit dem Gestank, den Bildern, den Geräuschen.

Aber es funktionierte nicht!

Gesichter tauchten vor ihr auf: Father Joseph, Lioba Hansen – beide eindeutig unter Schock. Sie konnten nicht allein bleiben. Ohne viele Worte waren sich Hannah und Charlotte darüber schnell einig gewesen.

Dann waren die Fahrzeuge der Feuerwehr lärmend abgezogen. Hermann Ehling war noch da und sofort bereit, Father Joseph nach Telgte zu einem befreundeten indischen Geistlichen zu bringen. Charlotte hatte Lioba Hansen nach Hause begleitet, nachdem sie deren Mann im Krankenhaus von Sendenhorst erreicht hatte.

Alles gut geregelt, wenn da nur nicht die Trage gewesen wäre, die vom oberen Stockwerk …

Sie lenkte sich ab, plante, was sie morgen im Haushalt erledigen wollte. Samstag ging es nach Rees – mit Gesine. Sie musste ihre Sachen noch packen.

Am nächsten Wochenende stand Annes Besuch in Altkirchen an. Einen Moment lang schwelgte sie in Vorfreude, denn sie hatte ihre Freundin mehrere Monate nicht gesehen …

Die Entspannung setzte ganz allmählich ein, Arme und Beine wurden schwer … gleich würde sie …

Kurz vor dem Einschlafen hatte sie die Szene plötzlich wieder vor sich: der fast leere Saal ... drei Männer vorne auf dem Podium … der Mann mit Bauch … total aufgebracht … Unverschämtheit … halb acht in Altkirchen … hat die Tür nicht aufgemacht … er war zu Hause ... mit Sicherheit …

Sie musste Jan davon erzählen. Warum, wusste sie nicht. Ihr Kopf war … wie Watte. Sie musste endlich schlafen …

Freitag, 20. August

Kurz vor sieben

Jans Stimme im Zimmer nebenan drang in ihren Halbschlaf. »Hey, Kumpel! Wach werden! Du musst zur Schule.«

Entspannt drehte sie sich auf den Rücken, duselte wieder ein …

Eine zufallende Tür weckte sie endgültig.

Freitag!

Entspanntes Frühstück, ruhiger Vormittag im Homeoffice, Schriftkram für die Beratungsstelle erledigen, bis sie sich zur wöchentlichen Team-Sitzung um Punkt zwölf zuschalten musste …

Die Erinnerung kam schockartig: der Brand im Pfarrheim! Pastor Boberg!

Ein rascher Griff zum Handy. Vielleicht gab es schon Informationen, wie es um ihn stand. Sie rief die Seite der Lokalzeitung auf, scrollte zu den Nachrichten. Es war die Top-Meldung!

TOD IM PFARRHEIM! WAR ES DER FEUERTEUFEL?

»Oh Gott!«

»Mama, was ist mit dir?«

Lasse!

Hastig klappte sie das Handy zu. »Nichts. Es soll ziemlich heiß werden am Wochenende.«

»Cool!«

»Was wolltest du von mir?«

»Ich finde meinen Turnbeutel nicht.«

Sie stand auf, zog ihren Bademantel über und ging in Lasses Zimmer. Der Beutel lag hinter der Kiste mit Legosteinen.

»Frühstückst du heute nicht mit uns?«

»Doch. Ich putze mir schnell die Zähne und komme dann.«

Minuten später betrat sie die Küche. Jan legte die Zeitung zur Seite, goss ihr Kaffee ein. »Einigermaßen gut geschlafen?«

»Ganz okay«, sagte sie und trank den ersten Schluck.

»Denkst du an das Pokalspiel?«

»Na klar!«, antwortete sie betont munter.

Während sie sich ein Brot schmierte, schielte sie auf den ungelesenen Lokalteil. Sie würde sich beherrschen, bis ihr Sohn sich auf den Weg gemacht hatte.

Lasse trödelte wie immer. Erst nach mehrmaligem Mahnen stand er auf und schulterte seinen Tornister. »Wir haben fünf Stunden. Bist du zu Hause, Mama?«

»Bin ich. Viel Spaß in der Schule.«

Er verdrehte die Augen. »Tschüss.«

Hannah fischte nach der Altkirchener Seite und rief ihm hinterher: »Pass auf unterwegs!«

Zügig leerte Jan seine Kaffeetasse: »Ich muss auch los, sonst fährt mir der Bus weg.«

»Grüß Paul von mir und amüsiert euch gut!«, murmelte sie, während sie auf die Fotos starrte und den Anfang des Artikels überflog.

»Jegliche Bemühungen, den Geistlichen zu reanimieren, waren vergeblich. Er verstarb noch auf dem Weg ins Krankenhaus – vermutlich an den Folgen einer Rauchvergiftung beim Brand des Pfarrheims, der auch die Wohnung im Obergeschoss in Mitleidenschaft gezogen hatte. Daniel Boberg wurde nur 41 Jahre alt.«

Jan hatte sein Geschirr in die Spülmaschine geräumt und schaute ihr über die Schulter. »Der Pastor ist tot?«

Sie schaute auf. »Ja, wie grauenhaft! Mir ist gestern kurz vor dem Einschlafen noch etwas zu dem Brand eingefallen, aber ich weiß nicht mehr was. Auf jeden Fall hatte es mit den beiden Männern vom Generalvikariat zu tun.«

Mit einem schnellen Blick auf seine Uhr sagte Jan: »Welche Männer?«

»Boberg hatte sie zur Versammlung eingeladen.«

Jan runzelte die Stirn. »Erinnerst du dich an die Namen?«

»Nein, aber im Generalvikariat dürfte bekannt sein, wer gestern einen Termin in Altkirchen … «

Er unterbrach sie mit einem Kuss. »Mach dir keine Gedanken. Die Kollegen haben das schon im Griff. Bis heute Abend.« Mit einem schelmischen Grinsen fügte er hinzu: »Wird nicht allzu spät werden. Paul will bestimmt noch zu seiner Liebsten.«

Während sie weiter frühstückte, las Hannah den Rest des Artikels. Lang und breit wurden die Taten der Freiwilligen Feuerwehr gerühmt, die das seit Jahren gefährlichste Feuer in Rekordzeit unter Kontrolle bekommen hatte. Befragt zur Brandursache, verwies der Einsatzleiter auf die Sachverständigen, die ihre Arbeit noch machen müssten.

Die Gemeinde stehe unter Schock, hieß es im Folgenden recht pauschal. Anscheinend hatte der Verfasser des Artikels so kurz vor Redaktionsschluss nicht genauer recherchieren können.

Im letzten Absatz ausgiebige Spekulationen, ob es sich um eine weitere Tat des Feuerteufels handeln könnte. Am

Schluss wurde der Totalschaden der Bücherei als herber Verlust bezeichnet.

Hannah aß ihre Brote, trank die üblichen drei Tassen Kaffee und räumte den Tisch ab. Als sie die Terrassentür öffnete, um die gestern ausgefallene Gießaktion nachzuholen, präsentierte sich der Himmel stahlblau und wolkenlos – gänzlich unpassend zu ihrer Stimmung. Kanne um Kanne schleppte sie zu den dürstenden Pflanzen.

Vom angrenzenden Garten hörte sie ein leises »Wuff« – vermutlich gab es Frühstück für den Hund im Zwinger. Seitdem der Nachbar seine Glanzmispel kräftig beschnitten hatte, waren die Eisenstangen durch die Lücke zwischen ihrer Hecke und dem Schuppen zu erahnen.

Zurück im Haus, griff sie ruhelos zum Handy. Vielleicht gab es neue Informationen zur Brandursache.

Ein verpasster Anruf wurde ihr angezeigt. Von Charlotte! Sie hatten gestern Abend die Handynummern ausgetauscht – für alle Fälle. Allerdings hatte Hannah nicht damit gerechnet, so schnell von der Pastoralreferentin zu hören.

Charlotte reagierte sofort auf Hannahs Rückruf. »Danke, dass du dich so schnell meldest. Hast du von Boberg gehört?«

Sie klang atemlos, aber recht gefasst, was Hannah nicht sonderlich überraschte. Vorsichtig formulierte sie ihre Antwort: »Ich habe es gerade in der Zeitung gelesen. Ich hatte gehofft, er würde es schaffen.«

Ein Räuspern am anderen Ende. »Ich habe am späten Abend von seinem Tod erfahren. Anscheinend hatte er keine Chance bei der Menge an giftigen Gasen, die er eingeatmet hatte.«

»Ich nehme es an. Sicher ein ziemlicher Schlag für die Gemeinde.«

»Einige werden sehr betroffen sein.«

»Und dazu die dramatischen Umstände!«

»Sehe ich auch so«, pflichtete Charlotte ihr bei. »Die Leute werden reden wollen, aber wir können uns natürlich nicht im Pfarrheim treffen. Die Sachverständigen müssen erst die Schäden abklären und die gesamte Statik unter die Lupe nehmen. Wir brauchen unbedingt einen anderen Anlaufpunkt für die Gemeinde.«

»Wie wäre es mit der Severinskirche?«

»War mein erster Gedanke, aber meiner Erfahrung nach ist die Kirche für viele Altkirchener der Ort für den Gottesdienst und ein persönliches Gebet. Sie akzeptieren nicht, wenn man dort zusammenkommt, um miteinander zu reden. Und gerade das ist jetzt nötig. Trauerrituale sind dann später dran. – Ich bin gerade im ›Jäger‹. Den Saal können wir leider nicht nutzen, weil dort schon für eine Feier am Abend eingedeckt ist, aber der Wirt ist bereit, uns den Biergarten bis heute Nachmittag zur Verfügung zu stellen. Bist du schon in der Beratungsstelle?«

»Nein, ich arbeite heute von zu Hause.«

»Das trifft sich gut. Könntest du dir vorstellen, eine Weile hierherzukommen? Du hast Erfahrungen mit solchen Situationen, und ich könnte Unterstützung gebrauchen. Ich hoffe, der Treffpunkt Biergarten spricht sich herum. Ich habe ihn auch auf die Homepage der Gemeinde und in die sozialen Medien gesetzt. Das Pfarrbüro ist ja leider momentan telefonisch nicht erreichbar.«

»Meinst du, dass viele kommen werden?«

»Kann ich schlecht abschätzen, aber bei mir gehen laufend Nachrichten und Anrufe ein. Die Vorsitzende unseres Pfarreirats ist zur Zeit leider in der Reha, aber Regina und Barbara werden irgendwann dazustoßen.«

»Also gut, ein bisschen Zeit kann ich mir freischaufeln.«

Gegen neun Uhr

Sie entschloss sich, das Auto zu nehmen, um später Einkäufe für die nächsten Tage zu machen. Unterwegs sah sie nur wenige Menschen. Berufstätige und Schulkinder waren bereits vor Ort, Rentner saßen noch gemütlich am Frühstückstisch.

Die Arbeitsstunden würde sie irgendwann nacharbeiten müssen, aber das war zu verschmerzen. Sie wurde jetzt gebraucht. Im Gegensatz zum gestrigen Abend fühlte sie sich nicht besonders angespannt. Unterstützung in Krisensituationen war eindeutig ihr Metier. Sie würde die Leitlinien für Krisenintervention im Hinterkopf halten und ansonsten einfach sie selbst sein. Das hatte sich in vielen Fällen bewährt.

Da sie kein Auto hinter sich hatte, verlangsamte sie das Tempo in Höhe der Martinskirche und warf einen schnellen Blick auf das Pfarrheim. Zwei Fahrzeuge waren dort geparkt, eins davon war ein weißer Van, den sie kannte: die KTU.

Der Brand wurde also kriminaltechnisch untersucht. Vermutlich war Natalie auch da, unglücklich darüber, dass sie es gestern versäumt hatte, Pastor Boberg zu befragen. Ob er mit dem Tod von Elisabeth Dahlmann zu tun hatte, würde tragischerweise vielleicht nie geklärt werden.

Als sie am Eingang zum »Jäger« vorbeiging, stiegen ihr leckere Düfte in die Nase. Die Tür zum Anbau stand offen, und eine frische Brise empfing Hannah in dem kleinen Flur. Jemand hatte für Durchzug gesorgt.

Bei vollem Tageslicht wirkte der Saal viel freundlicher als gestern. Die Stuhlreihen waren verschwunden. Stattdessen hatten fleißige Helfer runde Tische aufgebaut und mit allem eingedeckt, was für ein mehrgängiges Menu vonnöten war, inklusive üppigem Blumenschmuck.

Als sie sich umwandte, sah sie an der Wand einen Tisch mit

einem Stapel zerlesener Bilderbücher. Einen Moment war sie versucht, das zuoberst liegende Exemplar durchzublättern, denn sie hatte es Lasse oft vorgelesen. Aber Charlotte wartete sicher schon auf sie.

Die mächtigen Kronen der Eichen schirmten den Biergarten von Hektik, Lärm und Hitze ab. Nur an wenigen Stellen fielen Sonnenstrahlen durch das Blätterdach auf die rustikalen Tische und Bänke. Sicher ein guter Ort, um Trost zu finden.

Charlotte Wegscheidt und der Küster wischten Laub von den Tischen. Die Pastoralreferentin war so eifrig bei der Sache, dass sie Hannah erst bemerkte, als sie laut und vernehmlich grüßte.

»Hallo! Toll, dass du schon da bist. Alfred und ich müssen hier noch Ordnung schaffen. Könntest du die Kartons auf dem Tisch dort drüben auspacken?«

»Mache ich«, antwortete Hannah. Alfred in seiner üblichen braunen Kordhose nahm keine Notiz von ihr.

Als sie den ersten Pappkarton öffnete, kamen eine Kaffeemaschine zum Vorschein, eine Packung Transfair-Kaffee, Warmhaltekannen, Kaffeepötte, eine angebrochene Packung Zuckerwürfel, Kaffeemilch und Löffel.

»Wohin damit?«, rief Hannah.

»Ich komme.« Charlotte wischte noch einmal über die Tischplatte, während Alfred ein Päuschen machte und ausgiebig seine Schultern lockerte.

»Ich fand, wir müssten den Leuten etwas anbieten. Bei einer Tasse Kaffee redet es sich leichter«, erklärte die Pastoralreferentin. »Und weil es hier heute Morgen keinen Service gibt, habe ich das Nötigste mitgebracht.«

Fahrig berührte sie mehrere Porzellanbecher und ratterte weiter: »Hoffentlich habe ich an alles gedacht. – Könntest du die Sachen auf den Tischen verteilen? Die ersten Leute werden sicher gleich kommen. Ich setze im Saal Kaffee auf. Hier draußen gibt es leider keine Steckdosen.«

Ungeschickt klemmte sich Charlotte die Kaffeemaschine unter den Arm, griff nach dem Kaffeepulver und scannte nervös die ausgepackten Dinge. Hannah war verwundert: Bei der Vorbereitung der Erstkommunion hatte die Pastoralreferentin selbst im größten Trubel Gelassenheit ausgestrahlt.

»Mist!«, stieß Charlotte ärgerlich aus. »Ich habe die Filtertüten vergessen. Alfred, könntest du schnell welche besorgen?«

Der Küster zog die Stirn kraus und sah demonstrativ auf seine Armbanduhr: »Schaffe ich nicht. Ich habe anderes zu tun.«

Charlotte schluckte sichtlich, als Alfred den Biergarten ohne ein Wort der Erklärung fluchtartig verließ. Dann setzte sie die Kaffeemaschine wieder ab und griff nach den Warmhaltekannen: »Muss eh noch Wasser holen. Ich frage die Wirtin, ob sie uns aushelfen kann. Hältst du bitte so lange die Stellung hier, Hannah?«

»Charlotte?«, rief Hannah ihr hinterher.

»Ja?« Zögerlich drehte die Pastoralreferentin sich um.

Hannah schaute ihr in die Augen. »Alles in Ordnung mit dir? Du wirkst so angespannt.«

Charlottes Schultern sackten augenblicklich herunter. »Ich ... ich weiß auch nicht ...«

»Ist wohl alles nicht so einfach für dich.«

Charlotte schüttelte den Kopf. »Liegt vielleicht daran, dass ich auf einmal für alles verantwortlich bin. Boberg ist nicht mehr ... Und auf Father Joseph kann ich im Moment nicht zählen. Er hat mit sich selbst genug zu tun.«

»Das stelle ich mir ziemlich belastend für dich vor.«

Charlotte ließ den Kopf hängen. Die dunklen Haare fielen

ihr ins Gesicht. »Sind ja eigentlich genug Leute da, die helfen. Es liegt an mir.«

»Wie meinst du das?«

»Ich habe einen Hang zum Perfektionismus. Schon immer.«

»Kann auf Dauer ganz schön anstrengend sein«, erwiderte Hannah lächelnd. »Aber Einsicht ist bekanntermaßen der erste Schritt.«

Charlotte hob den Kopf. »Meinst du?«

»Ja. In erster Linie geht es heute Morgen doch um Seelsorge. Glaubst du, dass die Leute es tragisch finden, wenn es mit dem Kaffee ein bisschen holprig läuft?«

Die Pastoralreferentin rang sich ein winziges Lächeln ab. »Stimmt. Wir sind keine Profis. Ich hole jetzt erst mal Wasser und Filtertüten aus der Küche. Alles andere wird sich finden.«

Plötzlich war es still – bis auf ein durchdringendes Zwitschern. Eine Amsel? Hannah versuchte, sie zu erspähen, aber der Vogel hatte sich im Grün ringsum perfekt getarnt.

Die Temperatur war bereits merklich angestiegen, aber noch recht angenehm. Unter ihren Füßen raschelte welkes Laub, einige Blätter lagen auf den gerade erst gesäuberten Tischplatten. Und das im August!

Wieder zwitscherte der Vogel ausdauernd. Dieses Mal kam Antwort aus der entgegengesetzten Richtung.

Charlotte ließ immer noch auf sich warten.

Von jetzt auf gleich genoss sie den Moment, die Ruhe, das Grün, das Tirili der Vögel.

Wo das dichte Gebüsch zwischen den Baumstämmen eine Lücke ließ, schimmerte etwas Helles. Die Martinskirche? Die Richtung konnte passen.

Ein Geräusch ließ sie herumfahren. In der Tür zum Flur stand eine ältere Frau mit einer Plastiktüte an jeder Hand.

»Wo soll ich die Sachen hinpacken?«, fragte sie zaghaft. »Sind für die Bücherei.«

Augenblicklich ging Hannah ein Licht auf: »Was haben Sie denn Schönes dabei?«

»CDs, Spiele und Bücher. Meine Nachbarin gehört zum Büchereiteam und hat mir vorhin von der Sammelaktion erzählt, die Frau Wegscheidt im Internet gestartet hat. Da will man doch helfen. Ist ja schrecklich genug, dass die ganze Bücherei im Feuer ...«

Ihre Stimme brach. Hannah nahm ihr die Tüten ab. »Ich bringe die Sachen gerne für Sie in den Saal. Möchten Sie sich setzen und eine Tasse Kaffee trinken? Frau Wegscheidt kocht gerade welchen.«

»Wohl gerne«, sagte die Frau erfreut und nahm Platz. Dann brach es aus ihr heraus: »Der Herr Pfarrer! So jung sterben zu müssen! Wie kann unser Herrgott das zulassen?« Sie rang die Hände und schüttelte den Kopf.

»Das ist wirklich schwer zu verstehen«, versicherte Hannah ihr und rückte näher an sie heran.

»Und dabei haben wir so wenig Pastöre! Wir brauchen doch jeden! Was soll sein Tod für einen Sinn haben? Können Sie mir das sagen?«

»Nein«, sagte Hannah leise. »Das ist unbegreiflich. Ich tröste mich manchmal damit, dass Gott so etwas wie einen Plan für jeden Menschen hat.«

Die Frau nickte.

Jetzt nur nichts zerreden!

Auf einmal stand Charlotte an ihrem Tisch. »Frau Möllerkerk! Wie schön, dass Sie gekommen sind.« Sie setzte sich zu der alten Dame und legte ihr kurz die Hand auf den Arm.

Hannah beschloss, sich nützlich zu machen, ordnete die

Kaffeebecher, stellte Löffel, Zucker und Milch bereit. Dann nahm sie die Plastiktüten und brachte sie in den Saal.

Die Kaffeemaschine röchelte in den letzten Zügen.

»Da habe ich gestern ja wohl ein ziemliches Spektakel verpasst«, hörte sie eine bekannte Stimme hinter sich.

Barbara!

»Spektakel würde ich es nicht nennen«, erwiderte Hannah unangenehm berührt. »Es war einfach nur schrecklich!«

»Da hast du natürlich recht. So sollte niemand sterben müssen. Aber du weißt ja, was ich von Boberg hielt. Groß trauern kann ich wirklich nicht um ihn.«

Barbara drehte sich zum Büchertisch um. Nur ein Lackgürtel zum knielangen schwarzen Leinenkleid und eine Kette aus Bernstein lockerten ihr Outfit auf.

»Und was soll das hier?« Mit einem verkniffenen Gesichtsausdruck hielt Barbara ein zerfleddertes Buch hoch.

»Ist alles für die Bücherei.«

»Bestimmt Charlottes Idee – wie diese ganze Aktion hier. Ich kann mir kaum vorstellen, dass die Betroffenheit über Bobergs Tod so groß ist. Er war doch erst ganz kurz da. Und außerdem sehr unbeliebt.«

Hannah sparte sich eine Antwort und schüttete den Kaffee um in eine Wärmekanne. Barbara vertiefte sich in die Inhaltsangabe eines dem Cover nach zu urteilen blutrünstigen Krimis.

»Guten Morgen!«, tönte es plötzlich durch den Saal. Ein Mann mit grauem, etwas schütterem Haar stand in der Tür.

Barbara ließ den Krimi in ihre Umhängetasche gleiten und strahlte über das ganze Gesicht. »Martin! Wie schön, dass du kommen konntest.«

Sie ging auf den Mann zu und umarmte ihn überschwänglich. Als sie ihn losließ, musterte sie ihn ausgiebig: »Gut siehst du aus.«

»Du aber auch, Barbara«, gab er freundlich zurück, wandte sich Hannah zu und gab ihr die Hand. »Wir kennen uns noch nicht. Martin Deggenkamp«.

Es klingelte sofort bei Hannah. Keine »Kalkleiste«, registrierte sie automatisch. Stattdessen eine saloppe Jeans, ein kurzärmeliges Hemd und Sandalen. Sonnenbräune und auffällig muskulöse Oberarme deuteten auf sportliche Betätigung im Freien hin.

Sie stellte sich ebenfalls vor und schob hinterher: »Sie sind Pastor Bobergs Vorgänger. Ich habe von Ihnen gehört.«

»Der arme Daniel«, sagte er mit ernster Miene. »Bin ja erst vor wenigen Monaten von hier weg. Als ich heute in der Zeitung von seinem Tod las, habe ich mich gleich auf den Weg gemacht.«

»Ich dachte mir, dass du nicht lange auf dich warten lassen würdest«, rief Barbara aus dem Hintergrund. »Du lässt doch deine früheren Schäfchen in so einer Situation nicht allein. Möchtest du erst mal einen Kaffee?«

»Wohl gerne«, sagte Deggenkamp seufzend.

Energisch nahm Barbara Hannah die Kanne aus der Hand und redete munter auf den Pfarrer ein, während sie ihn aus dem Saal führte.

Als Hannah ihnen wenig später folgen wollte, traf sie im Flur auf Hermann Ehling, der ziemlich angegriffen aussah. Sein prächtiger weißer Schopf war zerzaust, als habe er sich sorgenvoll die Haare gerauft.

»Guten Morgen«, grüßte er freundlich, aber mit ernster Miene. »Auch schon wieder im Einsatz?«

»Nur als Unterstützung für Frau Wegscheidt. Wie ging es Ihnen gestern noch mit Father Joseph?«

»Auf dem Weg nach Telgte hat er keinen Ton gesagt, so sehr ich mich auch bemüht habe, ein Gespräch anzufangen. Aber bei Pfarrer Chandra ist Joseph gut aufgehoben.«

»Das freut mich zu hören. Möchten Sie eine Tasse Kaffee, Herr Ehling?«

Er seufzte tief. »Wohl gerne, aber mein Blutdruck macht mir zu schaffen. Einen Schluck Wasser würde ich nehmen.«

Gemeinsam betraten sie den Biergarten. Die ältere Dame saß immer noch an ihrem Platz, eine weitere Frau hatte sich inzwischen dazugesellt. Hermann Ehling schloss sich Pastor Deggenkamp, Barbara und Charlotte an, die sich im Stehen unterhielten.

Hannah besorgte schnell ein Glas Wasser für ihn. Nach einem kräftigen Schluck berichtete er: »Ich komme gerade vom Pfarrheim. Sieht so aus, als wären wir bezüglich des Gebäudes mit einem blauen Auge davongekommen. Die Gruppenräume und das Pfarrbüro werden wir in einigen Tagen wieder nutzen können.«

»Das wäre ja schon mal ein großer Schritt«, sagte Charlotte erleichtert.

»Das obere Stockwerk sieht schrecklich aus, weil der Qualm überall hingezogen ist. Alles ist mit einem Schmierfilm bedeckt«, fuhr Ehling fort. »Für die Bücherei müssen wir natürlich eine andere Lösung finden. Jedenfalls übergangsweise. Aber das ist ja bei weitem nicht das Schlimmste, was dieser verdammte Feuerteufel angerichtet hat. Wenn sich nur nicht irgendwann herausstellt, dass es jemand von der Freiwilligen Feuerwehr war.«

»Bloß nicht!«, stieß Barbara aus.

Hermann Ehling redete sich zunehmend in Rage. »Ist aber oft so. Erst zündet er arglosen Mitbürgern das Kaminholz an, dann fackelt er beinahe eine Scheune ab, und nun scheint der Typ ein Menschenleben auf dem Gewissen zu haben.«

Plötzlich wankte Ehling leicht und griff sich an die Brust. Hannah sah es als Erste und versuchte, ihn zu stützen. Mit einer energischen Geste wehrte er ab: »Lassen Sie nur! Geht gleich wieder.«

»Vielleicht sollten wir uns einen Augenblick setzen«, schlug Charlotte vor und wies auf die nächste Sitzgruppe. »Wem dürfen wir denn noch etwas zu trinken anbieten?«

Während Stühle gerückt wurden, übernahm Hannah die Versorgung mit Getränken. In dem Moment erschien ein älteres Ehepaar an der Tür. Charlotte bat Barbara, sich um die beiden zu kümmern. Ihrer Miene nach zu urteilen, hatte sie keine große Lust, die Runde zu verlassen.

Als Hannah Kaffee und Wasser einschenkte, empfand sie das Schweigen in der Runde als unangenehm. Plötzlich wandte sich Ehling abrupt an Martin Deggenkamp: »Ich meine, Sie sollten den Trauergottesdienst für Pfarrer Boberg zelebrieren, Pastor. Die Gemeinde ist Ihnen ja noch gut vertraut.«

Deggenkamp zuckte sichtlich zusammen und räusperte sich umständlich, als suche er nach Worten. »Ähem. Das mache ich natürlich gerne, aber meinen Sie nicht, dass man in Münster schon Überlegungen angestellt hat ... «

Hannah flüchtete sich in Richtung Saal. Vielleicht konnte sie sich am Büchertisch nützlich machen.

Weit kam sie nicht, weil Karola Apelbeck ihr entgegenkam. Beim Anblick der kleinen Runde im Biergarten stoppte sie abrupt und raunte mit kaum verhohlener Abneigung: »Was will Pastor denn hier? Seinen alten Posten zurückhaben? Ich glaube, hier bin ich fehl am Platz. Ich geh wohl besser wieder.«

»Wie wäre es, wenn du dich erst mal an den Tisch dort

drüben setzt, Karola?«, schlug Hannah ihrer Turnschwester vor und zeigte auf die beiden Damen, die inzwischen angeregt miteinander plauderten. Die Lektorin steuerte umgehend auf sie zu. Man kannte sich anscheinend!

Als Hannah sich umdrehte, standen zwei weitere Personen etwas verloren an der Tür zum Biergarten. Father Joseph sah immer noch elendig aus. Er hielt den Kopf gesenkt und schien sich hinter dem anderen Mann verstecken zu wollen. Vermutlich der indische Mitbruder aus Telgte – in Jeans und dunklem Blouson. Eine randlose Brille und graue Schläfen ließen ihn deutlich älter wirken als Joseph.

»Guten Tag. Ich bin Josephs Freund Jigi Chandra. Sind Sie Frau Wegscheidt?«, fragte der Geistliche in fast akzentfreiem Deutsch und begrüßte Hannah mit Handschlag.

Sie musste zu ihm aufsehen, da er sie um mehr als einen Kopf überragte. »Ich bin Hannah Schmielink. Frau Wegscheidt ist gerade in einem Gespräch. Sie wird bestimmt gleich Zeit haben. Wollen wir uns so lange setzen?«

Der Geistliche nickte und bugsierte Joseph zu einem der Tische.

»Joseph, möchten Sie etwas trinken?« Gespannt wartete Hannah auf eine Reaktion des jungen Mannes, aber die kam nicht. Ratlos schaute sie seinen Freund an, der daraufhin in einer fremd klingenden Sprache mit ihm redete. Leise und stockend antwortete der verstörte Mann.

»Erst mal möchte er nichts trinken«, dolmetschte sein Freund.

»Und Sie?«

»Einen Kaffee. Später.«

Spontan sagte Hannah: »Wie gut, dass Sie beide eine Sprache sprechen.«

Jigi Chandra nickte. »Joseph tut sich schwer mit dem Deutschen. Das ist ein großes Problem.«

»Und nun noch das Feuer!«, fühlte Hannah mit. »Ich habe gestern gemerkt, wie sehr ihn das aus der Bahn geworfen hat. Haben Sie mit ihm darüber sprechen können?«

»Ein wenig. Er hat das Gefühl, versagt zu haben.«

»Warum das denn?«

»Weil er versucht hat, das Feuer allein zu löschen.«

»Löschen? Wie das?«

»In der Männertoilette unten stand ein kleiner Eimer – wohl zum Putzen. Den hat er mehrmals mit Wasser gefüllt und es über das brennende Schuhregal vor Pastor Bobergs Wohnung geschüttet. Aber das hat natürlich nichts gebracht. Im Gegenteil! Der Rauch wurde immer heftiger. Dazu kam der schrille Daueralarm der Feuermelder, der ihn völlig kopflos gemacht hat. Er macht sich heftige Vorwürfe, dass er am Tod seines Chefs schuld ist.«

Hannah schüttelte den Kopf. »Im Pfarrheim hängt doch bestimmt irgendwo ein Feuerlöscher.«

»Danach habe ich gestern Abend auch gefragt. Er sagt, er hat das rote Ding oft gesehen, aber er wusste nicht, wozu es gedacht ist.«

Hannah stöhnte unwillkürlich auf. Was für eine tragische Geschichte! Sie ahnte Böses. »Hat er 112 gewählt?«

Jigi Chandra schüttelte den Kopf. »Er kannte die Nummer nicht. Erst als er merkte, dass er nichts ausrichten konnte, ist er auf die Hauptstraße gerannt und hat in seiner Verzweiflung Passanten angesprochen, die dann die Feuerwehr gerufen haben. So ist wertvolle Zeit verloren gegangen.«

Father Joseph starrte vor sich hin, ohne dass ersichtlich war, ob er ihr Gespräch verstand. Vielleicht ahnte er, worum es ging.

»Joseph!« Charlotte war plötzlich an ihrem Tisch aufgetaucht. Sie setzte sich neben ihren Kollegen und legte den Arm um ihn. Sofort liefen Josephs Tränen. Schluchzend barg er sein Gesicht in den Händen.

Wortlos hielt Charlotte ihn eine Weile fest. Als er sich etwas beruhigt hatte, redete sie leise auf ihn ein. »Du musst keine Angst haben, Joseph. Du kannst nichts dafür. Es war ein Unglück. Ein schlimmes Unglück.«

»Was wird …sein mit mir? Ich gehen muss – bald, ganz bald«, stieß Joseph unvermittelt aus. Die Konsonanten klangen weich, die Sätze abgehackt, aber verständlich.

»Warten wir ab«, beruhigte Charlotte ihn. »Ich telefoniere mit Frau Schnieders und setze mich für dich ein. Das verspreche ich dir.«

Nach zehn – im Saal

Die Stapel mit Büchern, CDs und Spielen waren weiter angewachsen. Das Bedürfnis, irgendetwas tun zu können, war offensichtlich groß, und so mancher Altkirchener hatte auf die Schnelle seinen Beitrag leisten wollen, die Bücherei zu unterstützen.

Hannah setzte neuen Kaffee an und schaute auf die Uhr. Eine Stunde hatte sie noch, dann musste sie aufbrechen. Noch weniger, wenn sie den Einkauf vorher schaffen wollte. Mittlerweile schwirrte ihr Kopf von den vielen Gesprächen.

Sie stellte sich an eins der Fenster zur vorderen Terrasse, wo ein kleiner Brunnen plätscherte. Die Bestuhlung war moderner als im Biergarten und wurde durch eine Reihe Büsche von der Straße abgeschirmt.

Warme Luft strömte von draußen in den Saal. Gerade

wollte sie sich abwenden, als sie zwei Männerstimmen hörte, die näher kamen. Eine davon erkannte sie sofort. Rasch trat sie einige Schritte vom Fenster zurück.

»Dass Sie sich so schnell wieder nach Altkirchen trauen, hätte ich nicht gedacht.« Der tiefe Bass von Hermann Ehling.

»Mich trauen? Was wollen Sie damit sagen?«

Die beiden waren wohl vor dem Fenster stehen geblieben. Hannah war ziemlich sicher, wer der zweite Mann war.

Ehling lachte höhnisch auf. »Tun Sie nicht so! Ihr Abgang kam für alle aus heiterem Himmel. Niemand wusste Bescheid, auch Ihre Kollegen nicht. Es gab nicht mal eine Verabschiedung von der Gemeinde – angeblich wegen einer plötzlichen Erkrankung. Und dann – nach drei Monaten Sabbatzeit – die wundersame Genesung und eine neue Stelle. Wenn das nicht seltsam ist, weiß ich es auch nicht.«

»Ich verstehe nicht, was Sie damit andeuten wollen. Schließlich bin ich nicht der erste Pfarrer im Bistum, der eine Auszeit brauchte.«

»Wobei die Beweggründe der einzelnen Geistlichen sicher unterschiedlich sind. Bei Ihnen tippe ich auf Feigheit.«

Einen Moment lang hörte Hannah nichts.

»Feigheit?« Deggenkamp war kaum zu verstehen.

»Wie wollen Sie es denn nennen, wenn der verantwortliche Leiter der Gemeinde die Biege macht, weil er sich nicht traut, seinen Schäfchen reinen Wein einzuschenken?«

»Reinen Wein? Ich weiß absolut nicht, wovon Sie sprechen.«

»Dann also Klartext! Sie haben es nicht gewagt, der Gemeinde mitzuteilen, dass die Severinskirche abgerissen werden soll. Passt hervorragend zu Ihnen, dass Sie stattdessen lieber das Weite gesucht haben.«

»Das trauen Sie mir zu?«

»Natürlich! Ein Aufstand in St. Severin gegen die Beschlüsse aus Münster wäre eine Katastrophe für Sie gewesen. Dann hätten Sie nämlich Stellung beziehen müssen.«

Wieder hörte Hannah einige Sekunden lang nichts. Ehling schien sich ausgetobt zu haben.

Sein Gegenüber reagierte mit Verzögerung: »Ich hätte es besser gefunden, wenn Sie schon eher mit mir gesprochen hätten, Herr Ehling. Dann hätte ich Ihnen sagen können, dass ich absolut nichts von den Plänen aus Münster wusste. Zugegebenermaßen ist mein Abschied für viele in der Gemeinde überraschend gekommen, aber es gab dafür ausschließlich private Gründe.«

Ob Ehling etwas erwidern wollte, blieb unklar, denn in dem Moment hörte Hannah eine tiefe Frauenstimme, die den beiden Männern einen guten Morgen wünschte.

Sekunden später rauschte Regina Zielke in den Saal und wuchtete zwei Baumwolltaschen auf den Büchertisch. Hannah hatte es gerade noch geschafft, ihren Horchposten zu verlassen und sich dort zu postieren.

»Was haben die beiden Kampfhähne da draußen denn verhandelt?«, stieß ihre Turnschwester aus und begann, die Taschen zu leeren. Etwas angewidert sah Hannah rote Flecken an der einen und fühlte sich an einen missglückten, aber umweltgerechten Transport von zwei durchweichten Pappschälchen mit Erdbeeren erinnert.

»Keine Ahnung!«, log sie, ohne mit der Wimper zu zucken. »Ich bin gerade erst gekommen. Habe nur gehört, dass jemand ziemlich laut wurde.«

»Das war Hermann Ehling«, bestätigte Regina. »Wieso der sich mit Pastor Deggenkamp in der Wolle hat, verstehe ich allerdings partout nicht. Die sind doch jahrelang bestens miteinander ausgekommen. Mit Martin konnte man überhaupt nicht streiten. Und du hast nicht gehört, worum es ging?«

»Sagte ich doch! – Du hast ja kräftig zu Hause aufgeräumt«, versuchte Hannah ein Ablenkungsmanöver.

»Hauptsächlich Kinderbücher von unserer Tochter. – Sind schon viele Leute da?«

»Einige«, antwortete Hannah lakonisch.

»Guten Morgen!«

Lioba Hansen. Blasser als sonst, mit dunklen Ringen unter den Augen sah sie nach einer schlaflosen Nacht aus.

»Ach!«, rief sie und starrte die Stapel auf dem Tisch an. »Das sind also die Spenden der Altkirchener.«

Sie nahm einen der verstaubten Hardcover-Bände in die Hand. »Hera Lind. War mal sehr gefragt, ist aber mittlerweile schon beinahe antiquarisch. Und jede Menge Hanni-und-Nanni-Bücher. Darauf stehen die Kids heutzutage auch nicht mehr so.«

»Hauptsache, man kann überhaupt etwas ausleihen«, bellte Regina offensichtlich verärgert und fuhr mit einer Hand energisch durch ihre kurzen, dunklen Haare. »Schließlich ist ja so ziemlich alles verbrannt. Außerdem haben die Leute das Bedürfnis zu helfen.«

»Da hast du sicher recht, Regina«, gab Lioba zu. »Wir könnten eine Wühlkiste einrichten, wo immer wir unser vorübergehendes Domizil aufschlagen dürfen. Aber diese ganzen Medien einzubinden und einzustellen, lohnt wirklich nicht. Das möchte ich meinem Team nicht zumuten.«

»Kann das Bistum nicht finanziell aushelfen? Es ist immerhin eine Notsituation«, erkundigte sich Hannah.

Lioba Hansen nickte. »Ich habe schon mit der Fachstelle in Münster telefoniert. Man wird uns übergangsweise einen besonderen Zuschuss für Neuanschaffungen bewilligen. Außerdem sind alle momentan ausgeliehenen Medien dort im Zentralcomputer registriert. Wenn sie zurückgegeben werden, können sie wieder in den Umlauf gehen.«

»Stimmt«, platzte Regina heraus. »Wir haben noch einen ganzen Korb voll zu Hause.«

»Es wird sich alles finden«, resümierte die Büchereileiterin und wandte sich zum Gehen.

»Genau! Zum Beispiel, was dieser Feuerteufel gegen die Severin-Gemeinde hat«, stieß Regina düster aus.

Lioba drehte sich abrupt um. »Was meinst du denn damit?«

»Dass alles zusammenhängt. Ich weiß gar nicht, warum noch keiner darauf gekommen ist.«

»Inwiefern alles?«, hakte Hannah nach.

»Man muss nur eins und eins zusammenzählen. Der erste Anschlag fand in Everswinkel statt und galt Alfred Potthoff.«

Lioba Hansen riss die Augen auf. »Wirklich? Das wusste ich gar nicht.«

Auch Hannah war komplett neu, dass der Küster und Organist der Gemeinde Opfer des Feuerteufels geworden war.

»Dann kam Hermann Ehling an die Reihe«, fuhr Regina ungerührt fort. »Immerhin der Vorsitzende des Kirchenvorstands. Dem hätte man fast den Hof abgefackelt. Nur dem Bellen seines Hundes hat er zu verdanken, dass er wach wurde und rechtzeitig löschen konnte.«

Darüber war Hannah noch erstaunter. Ehling hatte vorhin mit keinem Wort erwähnt, dass er selbst von den ominösen Vorfällen betroffen war. Aufgeregt hatte er sich allerdings ziemlich.

»Aber beim dritten Feuer waren die Opfer nicht aus St. Severin«, wandte die Büchereileiterin ein. »Die Leute sind erst vor einem Jahr nach Altkirchen gezogen. Ich meine, sie sind evangelisch.«

»Allerdings wohnen Beate Sawitzki und ihr Mann im Haus nebenan«, triumphierte Regina. »Sie war lange Jahre im Pfarrgemeinderat aktiv. Vielleicht hat der Brandstifter die Häuser im Dunkeln verwechselt. Die beiden Einfahrten liegen direkt nebeneinander, und ihm war bestimmt nicht klar, wem der Holzstapel gehört.«

Lioba Hansen schüttelte ungläubig den Kopf.

Regina holte tief Luft. »Und Pastor Boberg war sein letztes Opfer.«

Die Büchereileiterin protestierte energisch: »Warum sollte jemand ausgerechnet die Vertreter der Kirchengemeinde im Visier haben? Das macht doch überhaupt keinen Sinn.«

»Darüber kann man nur spekulieren: Vielleicht ist es jemand, der sich von der Kirche ungerecht behandelt fühlt oder aufgebracht ist über die Vertuschung des Missbrauchsskandals. Oder er ist fuchsteufelswild wegen des Abbruchs der Severinskirche. Ich weiß es auch nicht, aber dass der unsere Gemeinde auf dem Kieker hat, steht für mich bombenfest.«

»Ziemlich weit hergeholt, finde ich«, schnaubte Lioba Hansen. »So, nun brauche ich einen Kaffee. Wir sehen uns später.« Mit diesen Worten rauschte sie davon.

»Die Frau ist total cool wie immer«, murmelte Regina und nahm gedankenverloren eins der Hanni-und-Nanni-Bücher in die Hand.

Hannah schwieg dazu, aber Lioba Hansen schien sich wirklich recht schnell gefangen zu haben. Oder war das nur Fassade? Bis gestern hatte sie ziemlich kontrolliert auf Hannah gewirkt. Vielleicht war es ihr im Nachhinein peinlich, dass sie so völlig zusammengebrochen war.

»Hast du Pater Joseph schon gesehen?«, unterbrach Regina Hannahs Überlegungen.

»Ja. Charlotte spricht gerade mit ihm.«

»Der Ärmste! Heimweh ohne Ende und jetzt noch das Feuer.«

»Heimweh? Möchte er zurück nach Indien?«

»Na klar! Er kommt in Deutschland überhaupt nicht zurecht: fremde Kultur, andere Sitten … « Mit düsterer Miene setzte sie hinzu: »Aber immerhin muss er sich jetzt nicht mehr vor Boberg fürchten.«

Plötzlich wies Regina in Richtung Fenster: »Wen haben wir denn da? Die Kripo im Anmarsch. Der eine hat mich neulich über meine Walnusslikör-Flasche ausgequetscht. Ich verkrümele mich mal in den Biergarten und schaue, ob ich Joseph ein bisschen aufmuntern kann.«

Kaum hatte Hannah die Warmhaltekanne gefüllt, standen die beiden Männer schon vor ihr. Glücklicherweise kannte sie sie nicht.

»Guten Tag«, grüßte der Jüngere. »Cem Özgur. Kripo Münster. Das ist mein Kollege Klaus Thalhoff. Wir suchen eine Frau Hansen. Sie soll hier sein, wurde uns gesagt.«

»Das stimmt.« Sie griff nach der Kaffeekanne. »Ich begleite Sie gerne.«

Aus dem Augenwinkel schätzte sie Özgur auf knapp 40. Schwarze, kurz geschnittene Haare, an den Schläfen erstes Grau, dichte Brauen, glattrasiert. Zu seinem dunklen Anzug trug er ein weißes Hemd und dunkle Lederschuhe.

Sein Kollege war deutlich älter, leicht untersetzt und eher lässig in Jeans und abgewetzten Turnschuhen.

Keine Spur von Natalie! Ob sie sich hatte krankschreiben lassen?

An der Tür zum Biergarten verschaffte Hannah sich einen

kurzen Überblick, denn es waren inzwischen einige Gemeindemitglieder hinzugekommen. Lioba, Charlotte, Regina und Father Joseph saßen an einem Tisch. Jigi Chandra war nirgends mehr zu sehen. Hannah stellte die Kripobeamten vor.

Josephs Augen weiteten sich, als er das Wort »Polizei« hörte.

»Wir würden uns gerne kurz mit Frau Hansen unterhalten«, wiederholte Özgur sein Anliegen.

»Mit mir?« Lioba klang erschrocken. »Weswegen denn?«

»Sie könnten eine wichtige Zeugin sein.«

»Okay«, sagte Lioba zögerlich. »Ich weiß zwar nicht, wie ich Ihnen helfen kann ...«

Özgur lächelte vage und wandte sich an den indischen Geistlichen. »Man sagte uns, dass ein Father Joseph gestern als Erster an der Brandstelle war. Sind Sie das?«

Der junge Mann schluckte. »Ja, Joseph. Ich Joseph. Ich habe aber nix getan. Gar nix.« Seine angezogenen Schultern und der unstete Blick verrieten, dass er enorme Angst hatte, beschuldigt zu werden.

»Davon gehen wir nicht aus. Mein Kollege möchte sich nur anhören, was Sie beobachtet haben.«

»Beob ... achtet?«

»Ich glaube, er versteht das Wort nicht«, mischte Charlotte sich ein.

»Das merke ich«, sagte der Kripobeamte in neutralem Ton.

»Könnte ich eventuell an dem Gespräch teilnehmen?«, schlug Charlotte vor. »Ich bin Charlotte Wegscheidt, die Pastoralreferentin der Gemeinde, sozusagen seine Kollegin.«

Cem Özgur zog die Stirn kraus. »Pastoralreferentin?«

»So etwas Ähnliches wie eine Priesterin«, erläuterte sein Kollege Thalhoff grinsend.

»Aha! Selbstverständlich können Sie dabei sein, wenn

Father Joseph damit einverstanden ist. Ich schlage vor, Sie beide gehen mit Herrn Thalhoff in den Saal. Frau Hansen, wir beide unterhalten uns vorn auf der Terrasse.«

Liobas Hände glitten nervös über die Tischplatte. Sie setzte zu sprechen an, musste sich aber erst einmal ausgiebig räuspern. »Könnten wir mit dem Gespräch warten? Mir wäre es nämlich auch lieber, wenn Frau Wegscheidt dabei wäre. Ich habe noch nie mit der Kripo zu tun gehabt.«

»Das geht den allermeisten Menschen so«, entgegnete Özgur etwas unwirsch. »Wir haben allerdings nur begrenzt Zeit. Vielleicht könnte jemand anderes ...?«

Lioba Hansen wandte sich um. »Hannah, würdest du mitkommen?«

Sie mussten in der prallen Sonne Platz nehmen, weil die Büsche, die die Terrasse begrenzten, kaum noch Schatten warfen. Hannah bedauerte, dass sie kein Wasser mitgenommen hatte. Es war zu hoffen, dass dieses Gespräch nicht allzu lange dauern würde.

Cem Özgur zog einen kleinen Block und zwei Kugelschreiber aus der Innentasche seines Sakkos und schob Lioba Hansen einen Bogen hin, in den sie ihre Personalien eintragen sollte. Dann schlug er den Block auf.

»Und Ihr Name ist?«

Hannah schwieg einen Moment, um ihn zum Aufschauen zu bewegen. Es funktionierte.

Leise antwortete sie: »Hannah Schmielink.«

»Ach, Sie sind ...«

Mit einem minimalen Kopfschütteln signalisierte sie ihm, nicht weiterzusprechen. Er starrte sie ein, zwei Sekunden wortlos an und notierte ihren Namen.

Hannah war erleichtert. Lioba war mit ihren Personalien beschäftigt und hatte anscheinend nichts mitbekommen. Es musste sich ja nicht wie ein Lauffeuer im Ort verbreiten, dass Jan Hauptkommissar bei der Münsteraner Kripo war. Jedenfalls bis der Fall geklärt war. Glücklicherweise schien Cem Özgur verstanden zu haben.

Lioba schob ihm den Bogen hin. »Woher wussten Sie eigentlich, dass ich hier bin?«

»Von Ihrer Putzhilfe«, erklärte Özgur bereitwillig.

»Ach so! Ich dachte schon, Sie hätten meinen Mann angetroffen.«

Plötzlich griff der Kripobeamte in die Sakko-Tasche und holte sein Handy heraus. Abrupt stand er auf, entschuldigte sich kurz und ging einige Schritte in Richtung Parkplatz.

»Danke, dass du dabei bist, Hannah«, sagte Lioba Hansen. »Irgendwie ist mir wohler, wenn ich dieses Gespräch nicht allein führen muss.«

»Kein Problem. Mache ich gerne.«

Die Sekunden dehnten sich, ohne dass Hannah ein unverfängliches Thema einfiel.

Endlich kam Özgur zurück und setzte sich. »Zuallererst interessiert mich, warum Sie gestern im Pfarrheim waren, Frau Hansen. Wie ich hörte, hatte die Bücherei geschlossen.«

»Das stimmt«, antwortete Lioba Hansen, ohne zu zögern. »Aber ich arbeite gelegentlich außerhalb der Öffnungszeiten dort, um neue Medien zu bestellen oder Mahnungen zu verschicken. Gestern habe ich außerdem die jährliche Ausstellung zum Buchsonntag im November vorbereitet und …«

»Okay«, winkte Özgur ab. »Kommissarin Höllmann, mit der Sie am Mittwoch kurz gesprochen haben, hat Pastor Boberg gestern Vormittag nicht angetroffen. Haben Sie mitbekommen, wann er zurückgekommen ist?«

Die Büchereileiterin schüttelte den Kopf. »Nein, das kann ich nicht sagen. Irgendwann ist mir aufgefallen, dass von oben Musik zu hören war, aber ich bin daran so gewöhnt, dass ich sie nur im Unterbewusstsein registriere.«

»Um wie viel Uhr sind Sie selbst in der Bücherei eingetroffen?«

»Ich schätze, um kurz nach fünf.«

»Haben Sie Pastor Bobergs Auto auf dem Parkplatz gesehen?«

Lioba überlegte einen Moment. »Ich bin mit dem Fahrrad gekommen. Ich würde sagen, das Auto stand da, aber beschwören könnte ich das nicht.«

»Okay«, sagte der Kripobeamte und notierte sich wieder etwas. »Würden Sie mir dann bitte Ihre Begegnung mit den beiden Herren aus Münster schildern?«

Bei diesen Worten schaute er Hannah intensiv an. Sie ahnte, dass Jan ihren Hinweis auf die Männer vom Bistum umgehend an seine Kollegen weitergegeben hatte.

»Die beiden standen plötzlich in der Tür zur Bücherei. Sie waren ziemlich ungehalten, weil sie wohl fest mit Pastor Boberg verabredet waren. Aber er reagierte nicht auf ihr Klingeln.«

»Wissen Sie ungefähr, um welche Uhrzeit das war?«

Lioba lehnte sich zurück und schlug ein Bein über das andere. Die schwarze Satinhose schmiegte sich eng an und ließ ihre langen Ober- und Unterschenkel erkennen.

»Gegen halb acht. Ich habe auf die Uhr geschaut, weil ich rechtzeitig bei der Versammlung in der Gaststätte sein wollte.

Cem Özgur machte sich eifrig Notizen. Ohne aufzuschauen sagte er: »Die beiden standen plötzlich vor Ihnen. Die Eingangstür zum Pfarrheim war also nicht verschlossen. Warum nicht?«

»Wir schließen nicht ab, wenn sich jemand im Pfarrbüro oder in der Bücherei aufhält. Es wäre umständlich, für jeden Besucher aufstehen zu müssen, denn einen Summer gibt es in dem alten Gebäude nicht.«

Er schrieb wieder in seinem Block. Natürlich war das wichtig, war Hannah sofort klar. Der Brandstifter hatte möglicherweise davon gewusst.

»Was passierte dann, Frau Hansen?«

»Die Männer meinten, Boberg müsse doch zu Hause sein. Wegen der Musik. Er lässt immer klassische Musik laufen, wenn er sich auf seine Predigt vorbereitet. Das führt zu erhabenen Gedanken, hat er mal in irgendeiner Sitzung gesagt.«

Özgur zuckte mit den Schultern. »Klassische Musik also. Gut.«

Hannah setzte sich ein wenig um, damit ihr die Sonne nicht direkt ins Gesicht schien.

»Zurück zu den beiden Männern. Wie ging es weiter?«

»Ich habe ihnen vorgeschlagen, nach oben zu gehen und an die Wohnungstür zu klopfen. Das haben sie getan, aber Pastor Boberg hat immer noch nicht reagiert.«

»Kam Ihnen das nicht merkwürdig vor?«

»Eigentlich nicht. Ich dachte, entweder er hört sie nicht, weil er gerade unter der Dusche steht, oder er will sie nicht empfangen.«

»Was meinen Sie damit?«

»Die Herren kamen doch vom Bistum. Vielleicht sollten sie seine Wohnung nicht zu Gesicht bekommen, weil sie nicht aufgeräumt war oder weil sie seinen Fitnessgerätepark nicht sehen sollten. – Warum ist das eigentlich so wichtig?«

»Es könnte für unsere weiteren Ermittlungen von Bedeutung sein«, sagte Özgur lakonisch, während er sich Notizen machte. »Ihre Aussage deckt sich im Übrigen vollständig mit der der beiden Herren vom Bistum.«

Wieder warf der Kripobeamte Hannah einen vielsagenden Blick zu, ehe er fortfuhr: »Wenn wir Näheres wissen, wird es umgehend eine Pressekonferenz geben.«

Lioba nickte unkonzentriert. »Kann ich dann jetzt …?«

»Ein paar Fragen hätte ich noch, Frau Hansen. Haben Sie irgendetwas Ungewöhnliches bemerkt, während Sie im Pfarrheim waren? Ein Fahrzeug, das nicht dorthin gehörte? Eine Person, die sich auffällig verhielt? Ein Geräusch?«

Die Büchereileiterin schüttelte den Kopf. »Gar nichts. Ich war wohl zu sehr auf meine Arbeit konzentriert.«

»Haben Sie etwas beobachtet, als Sie das Pfarrheim verließen? Oder haben Sie jemanden gesehen?«

»Nein, da war niemand. Außer Alfred Potthoff. Den habe ich am Fahrradstand getroffen.

»Wer ist das?«

»Unser Küster und Organist. Als ich aufs Rad stieg, fummelte er hektisch an seinem Schloss herum, weil er es nicht aufbekam. Ich habe ihn hinter mir schimpfen hören wie ein Rohrspatz.«

Cem Özgur schaute interessiert auf. »Wissen Sie, warum er sich um die Uhrzeit dort aufhielt? Hatte er im Pfarrheim zu tun?«

»Möglich. Ich weiß es nicht.«

»Ist er auch hier?«

»Er ist schon gegangen«, warf Hannah ein.

»Okay«, sagte Cem Özgur. »Das war es fast schon, Frau Hansen. Nur eine Frage noch: Haben Sie die Eingangstür zum Pfarrheim hinter sich abgeschlossen?«

Lioba Hansen holte tief Luft. »Nein, habe ich nicht.«

Özgur tippte mit dem Kugelschreiber auf den Tisch. »Und warum nicht?«

Sie schluckte und senkte den Kopf. »Ich bin davon ausgegangen, dass Pastor Boberg kurz nach mir das Haus verlassen würde, um rechtzeitig bei der Veranstaltung zu sein. Es erschien mir unnötig, für die paar Minuten abzuschließen. Wahrscheinlich war es ein Fehler.«

Hannah beugte sich zu ihr hin. »Du konntest schließlich nicht wissen, was passieren würde.«

»Aber ich mache mir Vorwürfe. Die offene Tür war doch geradezu eine Einladung für den Brandstifter.«

»Ich stimme Frau Schmielink voll zu«, warf Cem Özgur ein. »Das konnten Sie nicht ahnen, Frau Hansen.«

Lioba Hansen wippte mit dem Fuß ihres übergeschlagenen Beins. »Tja, wahrscheinlich wohl nicht. – War es das jetzt?«

»Wenn Sie von sich aus nichts mehr hinzuzufügen haben …«

Sie straffte ihre Schultern. »Mehr fällt mir nicht ein. Dann möchte ich jetzt gehen.«

»Einen Moment noch, Frau Hansen«, wehrte der Kripobeamte ab. Er starrte sie einige Sekunden eindringlich an, ehe er fortfuhr. »Die Kollegen von der Kriminaltechnischen Untersuchung haben eine interessante Entdeckung gemacht, die ich Ihnen nicht vorenthalten möchte.«

Der Fuß wippte stärker.

»Obwohl die Tür zum Flur ordnungsgemäß verschlossen war, ist die Bücherei beinahe komplett ausgebrannt. Das Feuer ist in der Nähe eines Fensters ausgebrochen. Direkt daneben befand sich ein Bücherregal, das wohl sofort in Brand geriet. Seltsamerweise ist die Fensterscheibe intakt geblieben. Sie wurde also nicht von außen eingeschlagen. Haben Sie eine Erklärung dafür?«

Das Fußwippen hatte aufgehört. Lioba Hansens Lippen waren nur noch ein schmaler Strich. Kaum merklich schüttelte sie den Kopf.

Ungerührt fuhr Özgur fort: »Die Kollegen meinen, dass das Fenster möglicherweise nicht verschlossen war und der Täter den Brandsatz hindurchgeworfen hat.«

Einen Moment lang schwieg die Büchereileiterin. Dann brach es aus ihr heraus: »Ich habe das Fenster nachmittags selbst geöffnet, um frische Luft reinzulassen.«

Hannah legte ihr kurz eine Hand auf den Arm. Mit stockender Stimme fuhr Lioba fort: »Von meinem Arbeitsplatz aus kann ich es nicht sehen. Das Auftauchen der beiden Herren aus Münster hat mich wohl aus dem Konzept gebracht. Jedenfalls habe ich vergessen, das Fenster wieder zu schließen, bevor ich aufgebrochen bin.«

Gegen halb sechs – auf dem Sportgelände des SV Drensteinfurt

Als Hannah die Tür ihres Wagens öffnete, schlug ihr die schwül-warme Luft des Spätnachmittags entgegen. Trotzdem war sie froh, die halbstündige Fahrt hinter sich zu haben, denn Lasse und sein Mitspieler hatten sich völlig aufgekratzt ununterbrochen Witze erzählt, über Handyfotos gekichert und herumgealbert.

Die beiden Jungen griffen juchzend nach ihren Sporttaschen im Kofferraum und flitzten in Richtung Kabinen davon. Im selben Moment parkte der Wagen ihres Trainers neben Hannah. Der junge Mann grüßte freundlich und ging zu einer Gruppe von Frauen, die Hannah von ihren gelegentlichen Besuchen vom Ansehen her kannte. Mit einigen Kleinkindern im Schlepptau setzten sie sich in Richtung Spielfeld in Bewegung.

Hannah schloss sich der Gruppe an, ohne dass man groß Notiz von ihr nahm. Bald fiel der Name von Lasses Klassenlehrerin, die sich wieder mal erdreistet hatte, übermäßig viele und schwere Hausaufgaben zu geben. Lasse hatte gar nichts davon gesagt.

Am Rand des Kunstrasenplatzes hatte sich der männliche Anhang der Altkirchener E1 eingefunden, die Seitenlinie gegenüber war von den Fans der gegnerischen Mannschaft besetzt. Schatten gab es weit und breit nicht.

Hannah schaute auf ihre Uhr: noch massig Zeit bis zum Spielbeginn. Sie kramte in der Umhängetasche nach ihrem Käppi und setzte es seufzend auf.

»Hallo!«, hörte sie jemanden sagen. »Wir kennen uns doch?«

Ein Mann um die 60 löste sich von der Gruppe nebenan und gesellte sich zu ihr. Einen Moment lang war Hannah irritiert, dann erkannte sie Winfried Plog, den Kämpfer für die Öko-Zertifizierung der Gemeinde.

Sie lächelte. »Sie waren so nett, uns am letzten Samstag im Café den sperrigen Sonnenschirm aufzuspannen.«

»Jetzt erinnere ich mich. Sie saßen dort mit Barbara Uphoven. Kann es sein, dass ich Sie beide auch gestern bei der Versammlung zusammen gesehen habe?«

»Stimmt«, antwortete Hannah. »Und Sie saßen neben Hermann Ehling. Barbara fand das bemerkenswert.«

Er lachte. »Kann ich mir denken. Ehling und ich können sonst wirklich nicht besonders gut miteinander, aber beim Abriss von St. Severin haben wir gemeinsame Interessen.«

»Das merkte man«, sagte Hannah und fächelte sich Luft mit ihrem Käppi zu.

Plog wies auf ihre Kopfbedeckung und grinste: »Sie sind nicht der Typ für viel Sonne, oder?«

Seufzend bestätigte Hannah. »Das Spiel zu verfolgen, wird eine Strapaze für mich.«

»Wie wäre es stattdessen mit einer Portion Eis unter schattigen Bäumen?«, schlug Plog mit verschmitzter Miene vor und rieb seinen graumelierten Bart.

Hannah drehte sich zum Vereinsheim um. »Da drüben?«

»Viel besser. In Drensteinfurt.«

»Aber das Spiel ...«

» ... fängt erst in zwanzig Minuten an und dauert mit Pause 65 Minuten. Wir können meinen Wagen nehmen. Zur zweiten Halbzeit sind wir locker zurück. Ihr Sohn und mein Enkel werden uns bis dahin überhaupt nicht vermissen.«

Als Winfried Plogs Elektroauto fast lautlos startete, kamen Hannah leise Zweifel. Was tat sie in diesem Wagen? Sie kannte den Mann am Steuer überhaupt nicht.

»Zuerst das Eis«, unterbrach Plog ihre Grübelei und bog zur Ortsmitte ab. Hannah staunte nicht schlecht über die überraschend große Zahl an Geschäften und Lokalen, bis der pensionierte Biolehrer auf einem Parkplatz neben einem klotzigen Fachwerkbau anhielt.

»Die Alte Post«, erläuterte ihr Fahrer. »Heute kann man da heiraten. Unter anderem.«

Wenige Minuten später hatten sie ein Eis auf der Faust und ließen sich auf einer der zahlreichen Bänke am Kirchplatz nieder.

»Sie hatten nicht übertrieben«, lobte Hannah. »Amarena-Kirsch schmeckt schon mal super.«

»Freut mich«, schmunzelte Winfried Plog. »Übrigens könnten wir uns duzen. Beim Fußball ist das üblich.«

»Damit habe ich kein Problem. Ich heiße Hannah.«

»Winfried. Aber das hat Barbara dir bestimmt schon geflüstert.«

Hannah nickte. Es gefiel ihr auf dem kleinen Platz mit dem künstlich angelegten, leise plätschernden Bachlauf. Ringsum verteilten sich Häuser älteren Datums, üppige Blumenbeete und einige frisch gepflanzte Bäume. Linker Hand überragte die Backsteinkirche mit ihrer grünen Haube das Ensemble.

Zwei kleine Jungen ließen Stöckchen schwimmen, während ihre Mütter sich angeregt auf der Bank gegenüber unterhielten.

»Die haben ihren Spaß«, grinste Winfried. »Wie heißt denn eigentlich dein Sohn?«

»Lasse. Linker Verteidiger.«

»Dann habe ich mich vor einigen Wochen mal länger mit deinem Mann am Spielfeldrand unterhalten. Kripobeamter in Münster, wenn ich mich recht erinnere.«

»Genau«, antwortete Hannah und hoffte, dass ihre Einsilbigkeit ihn von weiteren Nachfragen abhielt.

Eine Weile leckten sie schweigend an ihrem Eis. Winfried biss krachend in seine Waffel.

Hannah aß sehr langsam, um ihre Portion zu genießen. »Barbara hat von den Problemen mit eurer AG erzählt. Was kann denn so falsch sein an einer Prise Nachhaltigkeit in einer Kirchengemeinde?«

Winfried streckte die Beine aus. »Meistens ging es dem Kirchenvorstand bloß ums Geld. Hermann Ehling ist stellvertretender Vorsitzender und als besonders knauserig bekannt. Sparsame Beleuchtungssysteme, recyceltes Papier fürs Pfarrbüro? Kein Problem, weil kostensparend. Ich hatte irgendwann kapiert, wie er tickt und bin ihm ein Stück weit entgegengekommen. Aber als Boberg leitender Pfarrer wurde, änderten sich die Verhältnisse.«

Die Falten auf seiner Stirn wurden tiefer. »Ab da ging es nicht nur ums Finanzielle, sondern es wurde grundsätzlich. Die geplante Neugestaltung des Kirchenvorplatzes mit Blühstreifen fand Boberg zum Beispiel völlig indiskutabel. Bald war klar, dass nichts mehr ging. Mittlerweile hat sich die Gruppe aufgelöst, weil der Kirchenvorstand auf Bobergs Anregung hin keine Gelder mehr bewilligt hat.«

Winfried hatte sein Eis vertilgt und stand abrupt auf. »Alles Schnee von gestern. Wollen wir noch ein Stück weitergehen?«

»Gerne. Ich warte noch auf den versprochenen Schatten unter hohen Bäumen.«

»Kommt.«

Sie passierten die Brunnenfigur: ein Mensch, der einen Vogel trug und darauf ein Kind.

»Seltsam«, murmelte sie.

»Das ist der Walbert. Die beiden flachen Steine unter der Figur symbolisieren die Furt durch die Werse, die zur Gründung des Ortes geführt hat.«

»Drensteinfurt liegt an der Werse?«

Winfried lachte. »Aber natürlich.«

Hannah stimmte ein. »Wusste ich echt nicht. Wir haben bis vor einigen Monaten in Gievenbeck gewohnt. – Und wer ist der Walbert?«

»Ich glaube, ein Enkel des ollen Widukind. Es gibt eine Legende um ihn und die Heilung einer gelähmten Frau. Müsste ich nachlesen.«

Sie waren an einer Mauer entlanggegangen. Dahinter lag ein imposantes Gebäude mit Backsteinornamenten, einem hölzernen Tor und Blendläden in Gelb und Rot. Dann bogen sie scharf rechts ab.

»Voilà! Die Schlossallee!«, grinste Winfried. »Mit hohen Bäumen.«

»Hier gibt es ein Schloss?«

»Wasserschloss Haus Steinfurt. Das Wasser spendet die Werse. Nicht ganz freiwillig.«

Staunend ging Hannah unter dem kühlenden Grün: linker Hand eine alte Mühle mit verrottetem Mühlrad, voraus der heilige Nepomuk auf einer sanft geschwungenen Brücke mit Geländern aus Sandstein, darunter die Gräfte – bedeckt mit einer Unzahl von gelben Wasserrosen.

Das Haus selbst war ein schlichter, klassizistischer Bau mit Freitreppe und Wappenrelief. Keine barocke Pracht wie in Nordkirchen, kein mittelalterliches Kleinod wie Burg Vischering. Es war die Gesamtanlage, die so wohltuend wirkte.

Sie kehrten um, weil das Haus privat und deswegen mit einem Zaun abgetrennt war.

»Wie wäre es mit einem Päuschen?« Winfried wies auf eine Bank am Wegesrand.

Hannah willigte gerne ein.

»Um noch mal auf das Ende eurer AG zurückzukommen«, sagte sie, als sie sich gesetzt hatten. »Man soll ja nicht schlecht über Tote reden, aber ich finde es total frustrierend, wenn die wenigen engagierten Leute in der Gemeinde niedergemacht werden. Von einem jungen Pastor, der neuen Ideen gegenüber eigentlich aufgeschlossen sein sollte. Das ist doch ein Unding!«

Winfried kratzte sich am Kopf. »Junge progressive Priester sind schon eine Weile passé. Meine Frau hat mir mal aus einem Interview mit dem führenden deutschen Therapeuten für Geistliche vorgelesen, das vor einiger Zeit in einer psychologischen Zeitschrift stand. Die Äußerungen dieses Mannes haben mich total umgehauen.«

»Worum ging es denn?«

Es sprudelte nur so aus Winfried heraus. »Er behauptet, dass es in letzter Zeit bei katholischen Priesteramtskandidaten eine klare Tendenz gibt. Das Gros dieser Männer hat sich schon in der Kindheit als Außenseiter empfunden und entscheidet sich nicht aus Berufung für das Priesteramt, sondern weil es mit hohem Ansehen verbunden ist und ihr Selbstwertgefühl aufmöbelt. Angeblich sehen viele später als Pfarrer keinen Sinn in ihrer Arbeit und glauben an gar nichts mehr – was übrigens in gewissem Maße auch für ihre evangelischen Kollegen gelten soll. Aber sie halten an ihrem Amt fest, weil es – speziell für die Katholiken unter ihnen – kaum eine berufliche Alternative gibt und machen Dienst nach Vorschrift.«

»Den Eindruck habe ich wirklich manchmal. Regeln einhalten, die Vorschriften erfüllen – das sind doch alles nur Äußerlichkeiten! Mit Seelsorge hat das nicht das Geringste zu tun.«

»Da stimme ich dir zu. Diese Geistlichen setzen sich extrem unter Druck, hohen moralischen Anforderungen zu entsprechen – vor allem im Hinblick auf das Ausleben von Aggressivität und Sexualität – und merken irgendwann, dass sie ihrem Anspruch an sich nicht gerecht werden.«

»Der leidige Zölibat«, murmelte Hannah. »Die Folgen sind ja wohl offensichtlich: Depressionen, Zwänge, hoher Konsum von Alkohol, Süßigkeiten, übermäßiges Essen, exzessives Sporttreiben und vieles mehr.«

»Außerdem ist das geringe Selbstwertgefühl angeblich auch eine Hauptursache von sexuellen Missbrauchshandlungen durch Geistliche. Allerdings nicht bei den Pädophilen, deren Anteil aber gering sein soll.«

»Und dieses Interview hat dich schockiert, Winfried?«

»Ziemlich! Man muss natürlich bedenken, dass es keine wissenschaftliche Untersuchung war, sondern der Erfahrungsbericht eines Praktikers. Vielleicht ist seine Darstellung ja vollkommen subjektiv.«

»Glaube ich nicht. Im Gegenteil: Vieles von dem, was du gerade gesagt hast, kommt mir wie eine Bestätigung dessen vor, was ich schon länger geahnt habe. Gut, dass es endlich mal jemand ausspricht: Das Bodenpersonal der katholischen Kirche ist vollkommen unzulänglich. Viele Priester gehören nicht an die leitende Stelle einer Gemeinde.«

»Vera – meine Frau – sagt das Gleiche. Mittlerweile boykottiert sie alles, was mit St. Severin zu tun hat, und schaut sich stattdessen sonntags den evangelischen Fernsehgottesdienst an. Sie sagt, der gibt ihr was, besonders wenn dort Frauen predigen.«

»Und das könnte in der katholischen Kirche genauso sein, wenn sie endlich Frauen im Priesteramt zulassen würden.«

»Und wenn der Zölibat fallen würde«, ergänzte Winfried. »In dem Interview stand, immer wenn es in einer Gemeinde heißt, mit unserem Pfarrer kann man reden, der predigt so, dass man etwas damit anfangen kann, dann sind es Priester, die in einer Beziehung leben. Verbotenerweise natürlich.«

Hannah seufzte. Sie hatten sich so angeregt unterhalten, dass sie die Umgebung kaum wahrgenommen hatte. Dabei war der Anblick der beiden Torhäuschen im Wasser der Gräfte wirklich entzückend.

»Aber vielleicht ist das bloß die eine Seite der Medaille.« Winfried klang nachdenklich.

»Was meinst du damit?«

»Macht man es sich nicht zu einfach, wenn man die Schuld für den Niedergang der Kirche nur beim Personal sucht? Und verallgemeinern darf man solche Erkenntnisse sicherlich auch nicht. Für die allermeisten Menschen ist der Glaube doch heutzutage vollkommen bedeutungslos.«

»Allerdings. Ich kenne nicht viele Leute, die darin Halt finden. Gründe dafür gibt es sicher viele. Für viele geht es im Leben eher um Geld, Ansehen, eine Endlosschleife von tollen Events, Urlaub mindestens drei Mal im Jahr. Bloß keinen Moment zur Ruhe kommen, um sich und den Sinn seines Lebens mal zu hinterfragen.«

Bei ihrer Aufzählung glitt ein Lächeln über Winfrieds Gesicht, aber er wurde schnell wieder ernst. »Ich frage mich nur, ob man dem etwas entgegensetzen kann.«

»Eigentlich wäre es ganz einfach. Alle Menschen trifft es früher oder später: Sie geraten in Krisen, erkranken schwer, liebe Menschen sterben. Dann brauchen sie Zuspruch, Zuwendung. Die Kirche muss raus aus ihrer Blase und die Menschen dort aufsuchen, wo sie leben und arbeiten, anstatt stur das Kirchenjahr abzufeiern.«

Winfried lächelte. »Abfeiern. Nette Formulierung. Du solltest dich mit Charlotte zusammentun. Obwohl ... vielleicht ist sie ja ...«

Er brach ab und wechselte rasch das Thema. »Hast du schon von dem Gerücht gehört, das durch Altkirchen wabert? Dass dieser Feuerteufel unsere Gemeinde auf dem Kieker hat?«

»Irgendwer hat davon gesprochen«, sagte Hannah vage.

»Warum fragt eigentlich niemand danach, weswegen Pastor Boberg keinerlei Anstalten gemacht hat, dem Feuer zu entkommen? Das ist doch höchst seltsam. Am Ende stellt sich noch heraus, dass ihn jemand mit voller Absicht getötet hat. Dann bin ich einer der Ersten, den die Polizei verdächtigt. Immerhin habe ich ihm auf der letzten Sitzung unserer Öko-AG öffentlich die Pest an den Hals gewünscht.«

Hannah zuckte zusammen. Winfried musste fürchterlich aufgebracht gewesen sein.

Abrupt stand er auf. »Wird Zeit, unsere Jungs anzufeuern. Oder vermutlich eher zu trösten.«

Spätabends

Sie fand nicht in den Schlaf, wälzte sich unruhig von einer Seite auf die andere.

Jan schnarchte leise neben ihr. Er war mit dem letzten Bus gekommen, nachdem er bei seinem Treffen mit Paul eindeutig zu viel Bier getankt hatte.

Was für ein Tag!

Am Morgen Charlottes unerwarteter Anruf, die vielen Leute bei dem Treffen im »Jäger«, ein Gespräch nach dem anderen, am Ende die Vernehmung von Lioba Hansen. Offenbar hatte Cem Özgur Jan umgehend über Hannahs Anwesenheit informiert. Und sie hatte sich deswegen von ihrem Mann anblaffen lassen müssen, warum sie sich schon wieder in die Arbeit der Kripo eingemischt hatte.

Stimmte nicht, aber wenn Jan getrunken hatte, traf er manchmal nicht den richtigen Ton. Trotzdem ein ziemlich unerfreulicher Beginn des Wochenendes. Hoffentlich hatte er sich morgen früh beruhigt!

Pünktlich zum Beginn der zweiten Halbzeit des Fußballspiels hatte sie mit Winfried wieder am Spielfeldrand gestanden und erfahren, dass die Altkirchener E1 deutlich zurücklag. Eine furiose Aufholjagd begann, die leider nicht ganz gereicht hatte. Die Spieler schienen trotzdem zufrieden mit sich zu sein, weil sie viel Lob für ihre kämpferische Leistung bekamen.

War alles erledigt? Eingekauft hatte sie, den Korb mit Bügelwäsche geleert, die Blumen drinnen wie draußen gegossen, damit Jan nicht so viel Arbeit damit hatte.

Der Glockenschlag von St. Severin war deutlich zu hören: Mitternacht – höchste Zeit einzuschlafen.

Samstag, 21. August

Frühmorgens

Irgendein Geräusch hatte sie geweckt. Oder hatte sie geträumt?

Schläfrig drehte sie sich zum Wecker um, öffnete die Augen: 4.20!

Sie zog die ans Fußende gerutschte dünne Sommerdecke hoch bis ans Kinn. Noch Stunden bis zum Aufstehen.

Ein Lichtschein glitt durch die Ritzen der Rollläden ins Schlafzimmer – vom Schrank über die Wand hoch an die Decke – und weg war er wieder.

Jetzt war sie hellwach. Was war das?

Angestrengt starrte sie auf das Fenster, das sperrangelweit geöffnet war, um frische Nachtluft ins Schlafzimmer hineinzulassen.

Da! Wieder ein Lichtblitz – dieses Mal schwächer, draußen im Vorgarten. Schritte in der Einfahrt.

Sie horchte angespannt. Sekunden später erneut Schritte, die leiser wurden. Klack. Dann Stille.

Als sich mehrere Minuten nichts mehr tat, drehte sie sich wieder auf die Seite. Der Tag würde anstrengend genug werden.

»War eine merkwürdig eisige Stimmung bei euch. Kennt man so gar nicht.«

Gesines Blick streifte Hannah kurz. Sie hatten die A 43 verlassen und waren auf die Bundesstraße Richtung Bocholt eingeschwenkt, wo noch wenig Verkehr herrschte.

»Dein Vater ist sauer auf mich, weil er findet, dass ich mich in einen Fall einmische, obwohl ich ihm versprochen habe, das nie wieder zu tun.«

»Was für ein Fall?«

Sie gab ihrer Stieftochter einen knappen Überblick über die Geschehnisse rund um die verstorbene Pfarrsekretärin und den Brand im Pfarrheim. Natalies Bitte um Unterstützung unterschlug sie wohlweislich.

»Also ehrlich, Hannah! Papa hat doch absolut recht. Zwei Tote! Brandanschläge! Ist doch gut möglich, dass irgendwer aus der Gemeinde seine Hand dabei im Spiel hat.«

»Aber deswegen bin ich nicht automatisch in Gefahr. Gestern morgen bei dem Treffen im Biergarten beispielsweise: Was soll mir denn passieren, wenn so viele Leute um mich herum sind?«

»Auch wieder wahr. Aber ich kann Papa trotzdem verstehen. Er hat Angst um dich! Das war ja wohl in den vergangenen Jahren ein paar Mal ziemlich brenzlig für dich!«

»Ich weiß ...«

Dass Gesine ihrem Vater recht gab, kam nicht häufig vor. Also ließ Hannah das Thema lieber fallen, auch weil die Mahnung ihrer Stieftochter Erinnerungen weckte: die steile Treppe im Haus ihrer Mutter ... die stahlblaue Fläche eines Sees zu ihren Füßen ... die düstere Tenne auf einem Bauernhof ...

Sie schüttelte die Bilder ab. Bis der Fall geklärt war, musste sie sich einfach zurückhalten.

»Verdammt!«, fluchte Gesine ungehalten. Sie hatte den richtigen Zeitpunkt zum Überholen verpasst und klebte hinter einem Lkw mit Frischwaren. Nicht unbedingt typisch für sie.

Überhaupt wirkte die sonst meist unbeschwerte junge Frau heute gestresst. Blass um die Nase und mit Ringen unter den Augen, rieb sie sich immer wieder durchs Gesicht, als hätte sie eine extrem kurze Nacht gehabt.

Hannah warf rasch einen Blick auf ihr Handy und fand eine beunruhigende Nachricht von Natalie, die mit der Bitte endete, Hannah möge sich melden.

Jetzt auf keinen Fall! Nicht in Gegenwart von Gesine.

Zwischen Borken und Bocholt kam Hannah die Landschaft immer platter vor. Die Nähe zum Niederrhein und zur holländischen Grenze machte sich bemerkbar.

»Isselburg« las sie auf einem Wegweiser. Unbekannte Gegend für sie, obwohl der Ort noch zum Münsterland gehörte. Von hier waren es nur noch wenige Kilometer bis Rees.

Gegen Mittag

Die in die Jahre gekommene Doppelhaushälfte – Gartennutzung inklusive – lag in einer ruhigen Seitenstraße. Da die Vormieter die Wohnung schon vor Tagen geräumt hatten, schlug ihnen abgestandene Luft entgegen. Die frische Farbe an den Wänden machte es nicht besser.

»Wir sollten gleich loslegen«, schlug Gesine vor.

Sie teilten sich die Arbeit auf: Hannah würde oben mit den

Fenstern beginnen, während Gesine sich den Fliesen in der Küche widmen wollte.

Konzentriert säuberte Hannah ein Fenster nach dem anderen und versuchte, nicht an Natalies Nachricht zu denken. Als sie das obere Stockwerk geschafft hatte, hielt sie die Ungewissheit nicht länger aus und verzog sich mit ihrem Handy auf die Toilette.

»Hallo, Hannah!«, sprudelte Natalie los. »Gut, dass du dich meldest.«

Hastig würgte Hannah Jans Kollegin ab. »Du, ich bin mit Gesine unterwegs. Wäre nicht so gut, wenn sie etwas mitbekäme. Mach es kurz! Boberg ist also nicht an einer Rauchvergiftung gestorben?«

»So sieht es aus. Auch Herzinfarkt oder Schlaganfall scheiden aus. Im Moment laufen die toxikologischen Untersuchungen.«

»Hannah, kleine Pause?«, rief Gesine in dem Moment von unten.

»Ich muss Schluss machen«, flüsterte Hannah in ihr Handy.

»Hannah, wo steckst du denn? Brötchen und Kaffee?« Gesine klang noch näher.

»Dann ruf zurück, sobald es geht«, hörte sie Natalie sagen, bevor sie das Gespräch wegdrückte.

Der Kaffee tat gut, Hannah biss herzhaft in ihr Käsebrötchen. »Ganz schön viel Platz in dieser Wohnung für euch zwei. Drei Schlafzimmer!«

»Eins wird Stieg mit seiner Anlage belegen. Außerdem hoffen wir natürlich auf viele Gäste aus dem Münsterland«, grinste Gesine.

Ihre neue Liebe war ein Bilderbuchschwede, freundlich, aber schweigsam, der sich auf unerfindliche Art mit seiner

Musik über Wasser hielt und nie in Stress geriet. Eine beneidenswert lockere Lebenseinstellung!

Gegen vier, halb fünf wurde die Hitze drückend. Selbst Gesine, die wie ihr Vater normalerweise nie schwitzte, war schweißgebadet und völlig ausgepumpt.

Obwohl sie nicht alles geschafft hatten, beschlossen sie, es für heute gut sein zu lassen und zum Hotel zu fahren. Das Säubern von Badezimmer und Böden würden sie morgen früh bei kühleren Temperaturen erledigen.

Hannah döste unterwegs beinahe ein. Erst als Gesine das Auto auf einem winzigen Parkplatz neben einer wuchtigen Mauer abstellte, nahm sie ihre Umgebung wieder wahr.

»Eine Stadtmauer?«

»Bestens erhalten«, schmunzelte Gesine. »Du wirst schon sehen.«

Das mehrstöckige Hotel zwängte sich in eine Reihe von ebenso schmalen Häusern. Ihre Rollkoffer mussten sie durch ein steiles Treppenhaus in den dritten Stock hieven.

Das Zimmer war völlig überhitzt. Hannah zog die Vorhänge vor den bodentiefen Fenstern zur Seite: unten ein kleiner Innenhof, dahinter eine weitere Reihe von Häusern und dazwischen … eine schmale Lücke.

»Man sieht den Rhein von hier aus!«

»Aber klar! Der Fluss ist nur ein paar Meter entfernt.« Gesine hatte sich in voller Montur aufs Bett geworfen und zeigte keinerlei Interesse an der Aussicht.

In der Lücke erschien ein Schiff. Hannah beobachtete fasziniert, wie der Kahn lautlos vorüberglitt.

Gähnend fragte Gesine: »Willst du als Erste duschen?«

Als Hannah eine Viertelstunde später aus dem Badezimmer kam, war Jans Tochter eingeschlafen. Vorsichtig legte sie sich neben sie und holte ihr Handy aus der Umhängetasche. Natalie hatte ihr mehrere Nachrichten geschickt.

14.41: »Ziehen Suizid oder Tötungsdelikt in Betracht. Mordkommission gebildet.«

14.43: »Suchen nach einem Motiv.«

14.45: »Bei wem anfangen?«

Seufzend drehte sich Hannah auf die andere Seite. Dabei rutschte ihr das Handy aus der Hand und fiel polternd auf den Boden.

»War das Papa?«, meldete sich eine schläfrige Stimme vom Bett nebenan.

»Nein, Anne«, log Hannah. »Sie kommt nächstes Wochenende zu uns.«

»Bestell ihr Grüße von mir.« Mit einem Ruck stand Gesine auf. »Gib mir ein paar Minuten! Dann zeige ich dir die Rheinpromenade.«

Hannah hob das Handy auf. Was sollte sie Natalie antworten, ohne sie damit zu brüskieren, dass sie sich ab jetzt aus dem Fall heraushalten wollte? Am besten nannte sie ein, zwei unverfängliche Namen, um Jans Kollegin erst mal zu beschäftigen.

Nach einiger Überlegung schrieb sie: »Karola Apelbeck/ Lektorin«.

Die Frau war sicher auskunftsfreudig, denn sie hatte geradezu für den neuen Pastor geschwärmt, war seit Ewigkeiten aktiv in der Gemeinde und wusste so manches.

Sie schickte die Nachricht ab. Kurz entschlossen sandte sie einen weiteren Namen hinterher: »Charlotte Wegscheidt/ Pastoralreferentin«.

Bobergs engste Mitarbeiterin zu befragen, war sowieso naheliegend, aber so hatte Hannah Natalies Bitte erfüllt. Bei nächster Gelegenheit musste sie ihr unbedingt sagen, dass sie aus der Sache raus war. Energisch schob sie das Handy in ihre Tasche.

Die schmale Gasse zwischen liebevoll herausgeputzten Häusern führte sie in wenigen Schritten zu einer Bastion, die einen atemberaubenden Ausblick über den behäbigen, breiten Strom bot.

Hannah war überrascht, dass Rees auf einem Steilufer lag. Linker Hand beschrieb der Fluss eine langgezogene Kurve, in der mehrere Schiffe schon von weitem auf der glitzernden Wasserfläche auszumachen waren, das Ufer gegenüber war grün und flach. Nach Westen hin sah man die Konturen einer mächtigen Brücke.

Als sie an einem der vielen Türme eine Treppe hinabstiegen, landeten sie auf der eigentlichen Promenade mit geraniengeschmückten Geländern und jungen Bäumen, deren Laub sich bereits herbstlich verfärbte. An einem Rondell beugten sie sich über das Geländer: Auf einem noch tiefer gelegenen Weg schlenderten Leute direkt an der Wasserkante entlang.

Gesines Magen knurrte vernehmlich. »Los jetzt! Ich falle vom Fleisch.«

Es gab mehrere Lokale mit Außenterrassen, und sie erwischten bald einen Tisch mit bester Aussicht. Hannah setzte sich in Blickrichtung der Rheinkurve, wo sie die Schiffe länger beobachten konnte.

Die Sonne hatte die Terrasse ziemlich aufgeheizt. Einmütig bestellten sie alkoholfreies Bier, um ihren Durst nach dem arbeitsreichen Tag zu löschen, dazu üppige Salate.

»Du hast nicht zu viel versprochen, Gesine. Demnächst wohnst du, wo andere Urlaub machen«, sagte Hannah.

»Wir haben eine Weile überlegt, nach Bocholt zu ziehen, vor allem weil die Stelle in der Beratungsstelle dort frei war und ich endlich mal als Psychologin arbeiten wollte. Ich müsste dann nicht pendeln, aber ich kenne die Stadt kaum. Wahrscheinlich zog es mich einfach wieder an den Rhein. Freunde von mir leben in Rees. Und Xanten ist nicht weit.«

Wo Gesines Mutter, Jans geschiedene Frau, wohnte. Und Gesines Großmutter. Hannah beschloss, diesen Umstand nicht weiter zu thematisieren.

Ihr Blick ging wieder zum Fluss: Ellenlange Schubverbände schoben sich wie in Zeitlupe an tiefliegenden Schiffen vorbei, unbeladene Kähne ragten hoch aus dem Wasser heraus, wichen entgegenkommenden Booten elegant aus und überholten dann alle anderen. Aus der Ferne wirkte das Ganze wie eine gut einstudierte Choreographie.

Als die Salate kamen, bestellte Hannah sich einen Rosé, Gesine blieb beim alkoholfreien Bier. Plötzlich erinnerte sich Hannah an eine ähnliche, lange zurückliegende Szene mit Anne bei ihrem Stammgriechen in Münster. Auch damals war es um die Getränke gegangen.

Auf einmal ergab alles einen Sinn: Gesines Müdigkeit und Erschöpfung, die neue Stelle, der Umzug in die Nähe ihrer Mutter.

»Sag mal«, fragte sie vorsichtig, »bist du vielleicht schwanger?«

Gesine errötete ganz leicht. »Vierter Monat«, bestätigte sie stolz und legte eine Hand an ihren Bauch.

»Ja, hör mal! Da hätte ich auch schon eher drauf kommen können«, sagte Hannah und lächelte. »Darum hast du den Job im Unverpackt-Laden in Münster aufgegeben!«

»Ich habe vorerst genug getan für eine nachhaltige Zukunft. Jetzt brauche ich geregelte Arbeitszeiten und natürlich mehr Geld. Außerdem kann ich im neuen Job ausgiebig im Homeoffice arbeiten, weil Online-Beratung bei jüngeren Klienten sowieso immer beliebter wird. Dann brauche ich nicht ständig eine Kinderbetreuung.«

»Und warum hast du uns bisher nichts gesagt?«

Gesine zuckte mit den Achseln. »Ich wollte erst mal den Umzug abwarten. Wahrscheinlich habe ich Muffen, wie Papa reagieren wird. Könnte doch sein, dass er sich Sorgen macht, weil ich demnächst die Hauptverdienerin in der Familie sein werde.«

Die Sonne hing als orangefarbener Feuerball zwischen den Pylonen der Brücke.

»Und was machen wir jetzt mit dem angebrochenen Abend? Wäre zu schade, im Hotelzimmer zu hocken.«

Gesine lächelte wissend und wies nach vorn, wo ein hölzerner Wagen auf dem Grünstreifen am Ufer aufgetaucht war. Davor einige voll besetzte Tische und Stühle und eine Schlange geduldig wartender Menschen.

»Voilà: die mobile Bar an Kilometer 837,5. Halt uns mal die Bank da vorne frei. Ich besorge Getränke. Wird aber dauern.«

Hannah setzte sich und zückte ihr Handy. Sie hatte nur eine Nachricht. Und zwar von Jan. »Musste ins Präsidium. Messerstecherei am Aasee. Lasse übernachtet bei Anton. Könnt ihr ihn morgen abholen?«

Selbstverständlich kein Wort von den Ermittlungen im Fall Boberg!

Rasch antwortete sie ihm und schrieb anschließend Antons Mutter eine Nachricht, um sich zu bedanken. Dann packte sie das Handy weg und verbannte alle Gedanken an ihre Lieben, Altkirchen und eventuelle Verdächtige.

Während sie auf Gesine wartete, umlagerten immer mehr Menschen die Stehtische oder ließen sich auf Bänken oder den steinernen Stufen eines kleinen Atriums am Ufer nieder:

schick gekleidete Frauen, ein Trupp junger Männer Anfang 20, Paare und gemischte Gruppen. Halb Rees schien zusammen mit ihnen diesen lauen Sommerabend genießen zu wollen.

So unbeschwert leicht hatte Hannah sich lange nicht gefühlt.

Sonntag, 22. August

Gievenbeck - früher Nachmittag

»Mama, darf ich mit? Bitte, bitte, sag ja!«

Lasse und Anton zappelten vor lauter Vorfreude und schauten sie erwartungsvoll an.

Antons Eltern besaßen eine Ferienwohnung an der holländischen Küste und hatten vorgeschlagen, Lasse am nächsten Wochenende dorthin mitzunehmen. Da Anton ebenfalls ein Einzelkind war, würden alle von dem Arrangement profitieren.

Hannah fand es verlockend, ihr Treffen mit Anne frei gestalten zu können, ohne sich um die Betreuung ihres Sohnes kümmern zu müssen, sagte aber zur Enttäuschung der beiden Kinder nicht sofort zu. »Ich bespreche das mit Jan. Wir melden uns dann.«

Anscheinend hatte Jan es versäumt, Fenster und Rollläden im Schlafzimmer nach dem morgendlichen Lüften wieder zu schließen. Hastig stellte Hannah ihren Koffer ab und holte das nach. Noch waren die Temperaturen draußen höher als drinnen.

Jan hatte bisher nichts von sich hören lassen. Offenbar wurde er im Präsidium gebraucht.

Die beiden Tage mit Gesine waren trotz des entspannten Abends anstrengend gewesen, merkte sie jetzt deutlich. Sie konnte sich zu nichts aufraffen, überprüfte stattdessen verschiedene Wetter-Apps, aber leider dementierte keine die für die kommende Woche angekündigte Hitzewelle.

Halbherzig stellte sie Überlegungen an, was sie an den heißen Tagen ohne viel Aufwand auf den Tisch bringen konnte. Am besten Salate und schnelle Nudelgerichte. Sie suchte eine Weile nach dem Rezept für Gnocchi mit Schafskäse und Feldsalat. Frankfurter Grüne Sauce war auch eine Option.

Endlich hörte sie Jans Auto in der Einfahrt. Ihr war mulmig beim Gedanken an die Verstimmung vor ihrer Abfahrt, aber als er ihr einen Kuss gab und sie in die Arme nahm, spürte sie, dass alles wieder gut war.

Nachdem Lasse zu Bett gegangen war, setzten sie sich mit einem Glas Weißwein auf die Terrasse.

Hannah beschrieb Gesines Wohnung und schwärmte von dem lauen Abend am Rheinufer, Jan nippte schweigend an seinem Wein. Normalerweise hätte er jetzt kurz berichtet, wie es mit seinem Einsatz am Wochenende gelaufen war, aber es kam nichts. Auf ihre Frage nach der Messerstecherei antwortete er ausweichend.

»Ich überlege, ob ich das Klassentreffen absagen soll«, sagte er unvermittelt.

»Warum denn das? Du wolltest doch Gesine und Stieg am Samstag noch beim Aufbau der Möbel helfen und bei deiner Mutter in Xanten übernachten. Das Klassentreffen passt genau in den Plan.«

»Hm«, brummte Jan unwirsch. »Habe eigentlich keine Lust auf die ewig gleichen Geschichten. Wir hatten uns schon vor fünf Jahren nicht viel Neues zu erzählen.«

Hannah ahnte, was ihn in Wahrheit umtrieb und bemühte sich um einen lässigen Ton: »Nicht dass du meinst, du müsstest hier auf mich aufpassen. Das übernimmt Anne schon.«

»Ach ja. Ich hatte völlig vergessen, dass sie kommt.«

Montag, 23. August

Noch in der Nacht

Sie wurde nicht richtig wach, hatte wohl in dem ungewohnten Hotelbett in Rees zu wenig Schlaf bekommen. Morgen war Montag – früh aufstehen – zur Arbeit fahren …

Da war was! Mit allergrößter Mühe schaffte sie es, die Augen zu öffnen.

Ein Lichtblitz – an den Wänden – über der Bettdecke – auf ihrem Gesicht. Weg war er. Klack.

Die Gardine vor dem weit geöffneten Fenster bewegte sich lautlos in einem Luftzug, der kaum Abkühlung brachte. Es war noch fast dunkel. Nur im Osten ein erstes schwaches Grau.

Kein Lichtschein mehr. Sie drehte sich um und schlief sofort wieder ein.

Münster – in der Beratungsstelle

Der Wochenanfang fiel ihr nach dem ausgefüllten Wochenende noch schwerer als sonst. Wie gut, dass Dorothee heute da war!

Gegen zwölf verließen sie die Beratungsstelle und machten sich auf die Suche nach einem schattigen Plätzchen. Am Ende der Schützenstraße sahen sie sich ratlos um. Zur Promenade? Zu viele Leute und womöglich um diese Zeit vollbesetzte Bänke.

»Was hältst du davon?«, meinte Dorothee und zeigte auf die riesigen Bäume am Rand des Marienplatzes, an denen Hannah normalerweise achtlos vorüberging. Kurz darauf nahmen sie darunter Platz auf zwei der im Halbkreis angeordneten Sitzschalen, ohne dass zwei ältere Frauen und ein Mann mit Hund von ihnen Notiz nahmen. Die Sandsteinquader der Ludgerikirche ragten unmittelbar vor ihnen auf.

Dorothees Mann ging es glücklicherweise immer besser, aber nach wie vor hatte er sie am liebsten um sich. Ihre Stundenreduzierung war also noch nicht vom Tisch. Leider!

Hannah löffelte ihr Müsli und schwärmte von der Promenade in Rees, dann von Drensteinfurt. »Viel grüner als Altkirchen, mehr Geschäfte, sogar ein Bahnhof. Von da käme man deutlich schneller nach Münster.«

Dorothee schaute sie skeptisch an. »Gib euch dort doch erst mal eine Chance. Du hast gerade Leute kennengelernt! Das ist doch schon mal was.«

Womit ihre Lieblingskollegin wieder einmal recht hatte.

Gegen sechs Uhr

Jan hatte pünktlich Feierabend gemacht und Hannah mit nach Hause genommen. Sie war heilfroh, nicht in den überhitzten Bus einsteigen zu müssen.

Als sie auf ihr Handy schaute, sah sie eine Nachricht von ihrer Turngruppe. Die Frauen wollten die Gymnastik in der Halle morgen ausfallen lassen und stattdessen heute mit den Rädern in den Wolbecker Tiergarten fahren. Treffpunkt auf dem Parkplatz vor dem »Jäger« um 19 Uhr. Kleine Einkehr zum Eisessen inklusive. Einige hatten schon zugesagt.

Ein bisschen Bewegung täte ihr nach dem langen Tag in der Beratungsstelle gut.

Jan war anzusehen, dass er nicht begeistert war, aber er sagte nichts dazu.

Als Hannah um kurz vor sieben am Treffpunkt eintraf, hatten sich schon etwa zehn Frauen eingefunden und umringten einmal mehr Regina.

»Ich sage euch, das hängt alles zusammen«, sagte sie und fingerte am Verschluss ihres schnittigen Fahrradhelms, als passe er nicht richtig. Sie war anscheinend wieder einmal bei ihrem Lieblingsthema, dem Feuerteufel.

Wie schlank, beinahe sehnig die KFD-Teamsprecherin in ihrem verschossenen roten Trikot und der knappen schwarzen Hose wirkte! Unterarme, Unterschenkel und Gesicht waren tiefbraun, als sei sie ständig draußen unterwegs.

»Sind wir vollzählig?«, rief Regina.

»Was ist mit Karola?«, fragte jemand. »Sonst ist sie doch immer dabei.«

»Ich habe sie vorhin angerufen. Die Polizei war heute noch mal bei ihr. Deswegen sei ihr die Lust auf eine Radtour vergangen.«

Alle starrten Regina an, die sich seelenruhig Hals, Arme und Hände mittels einer roten Plastikflasche einsprühte. Ein süßlicher Geruch legte sich über die Gruppe.

»Was hat das denn zu bedeuten?«, fragte eine Frau aus dem Hintergrund. »Geht es immer noch um ihren Walnusslikör?«

Regina beugte sich nach unten und besprühte ausgiebig ihre Beine. Als sie sich wieder aufrichtete, zuckte sie mit den Achseln. »Mehr wollte sie mir nicht sagen. Sie meinte, wir würden noch früh genug davon erfahren.«

Betretenes Schweigen.

Regina wedelte mit der Sprühflasche in der Luft herum. »Möchte noch jemand mein Mückenspray haben? Ist um diese Uhrzeit sicher ratsam. Ich schlage vor, wir nehmen zuerst die Schlösser-Route Richtung Sendenhorst und schlagen uns dann Richtung Wolbeck durch.«

Der Fahrtwind war warm, aber nicht unangenehm. Bald bogen sie ab auf schmalere Wege. Hannah hielt sich am Ende der Gruppe. Die meisten Frauen plapperten pausenlos und lautstark, ohne Notiz von der Umgebung zu nehmen.

Obwohl das Tempo mäßig war, lief bei Hannah bald der Schweiß in Strömen. Sie war erleichtert, als sie die schattigen, rasterförmigen Waldwege im früheren Jagdrevier des Fürstbischofs erreichten. Eine kleine Pause am Flüsschen Angel tat gut, aber bald brachen sie wieder auf. Wegen der Mücken. Und der Eisdiele.

Die Sonne war lange untergegangen, und die Dämmerung kroch bereits heran, als sie wieder in Altkirchen eintrafen. Eine Frau nach der anderen verabschiedete sich von der Gruppe. Regina und Hannah stellten überrascht fest, dass sie fast denselben Heimweg hatten. Als Hannah schließlich abbiegen musste, hielten sie an.

»Ich fand's klasse«, resümierte Regina.

Auch Hannah fühlte sich beschwingt durch den schönen Abend. Auf dem Rückweg hatte Regina voller Stolz von ihrer 23-jährigen Tochter erzählt, die Pflegewissenschaften studierte, Hannah von der Beratungsstelle und natürlich von Lasse.

»Stimmt. Sollten wir öfter machen, wenn es draußen erträglicher ist als in der Halle. – Ich habe übrigens mitbekommen, dass du in der Eisdiele mit jemandem über Father

Joseph gesprochen hast. Hat er sich mittlerweile ein bisschen gefangen?«

Regina seufzte. »Ich weiß es ehrlich gesagt nicht so genau. Er spricht ja kaum. Die Rückkehr nach Indien ist jedenfalls vorerst vom Tisch. Boberg wollte, dass er geht, weil er ihn für ungeeignet hielt, aber Charlotte hat sich in Münster für ihn eingesetzt.«

»Wäre es denn nicht tatsächlich besser aufzugeben, wenn er doch so fürchterliches Heimweh hat?«

»So einfach geht das nicht. Schließlich ist er gegen seinen Willen hier.«

»Gegen seinen Willen? Wie kann denn das?«

»Die Diözesen in Indien profitieren finanziell sehr stark davon, dass sie ihre Priester nach Deutschland schicken. Es gilt als große Ehre, dafür ausgesucht zu werden. Manche lernen sehr schnell Deutsch und kommen hier gut klar. Josephs Freund Jigi ist in seiner Gemeinde sehr angesehen.«

»Aber bei Joseph läuft es doch gar nicht.«

»Trotzdem wäre es eine Katastrophe für ihn, vorzeitig nach Indien zurückzukehren. Niemand hätte mehr Achtung vor ihm.«

»Mein Gott, was für eine Zwickmühle!«

»Meiner Meinung nach würde er Fortschritte machen, wenn er mit Charlotte zusammenarbeiten könnte. Sie hat einen guten Draht zu ihm.«

Die Laterne ein Haus weiter ging an.

Regina schaute auf ihre Uhr. »Jetzt muss ich aber wirklich los. War schön, mit dir zu plaudern. Ciao!« Sie schwang sich aufs Rad und fuhr los.

Hannah beugte sich vornüber, um ihr Licht einzuschalten.

»Verdammt! Pass doch auf!«

Regina! Hannah sah, wie sie einen heftigen Schlenker machte und nur mit Mühe die Balance halten konnte.

Im schwachen Lichtschein der Laterne war der Umriss eines schlanken Radfahrers zu erkennen – dunkle Kleidung, Kapuze, das Fahrrad unbeleuchtet. Er musste mit hoher Geschwindigkeit von links gekommen sein, wo eine Hecke ihm den Blick auf den Kreuzungsbereich verdeckte. Offenbar war Regina ihm in letzter Sekunde ausgewichen.

Die hob kurz die Hand und fuhr unbeschadet weiter. Hannah folgte dem Radfahrer, der kräftig in die Pedale trat.

»Anne hat vorhin angerufen«, sagte Jan, ohne vom Computer-Bildschirm aufzuschauen. »Ich wusste nicht, wann du zurück bist. Du sollst dich melden.«

Wortlos ging Hannah zum Telefonieren in die Küche.

»Hallo, Kleine«, begrüßte ihre nur wenige Zentimeter größere Freundin sie mit der vertrauten Anrede.

»Schön, dass du dich meldest! Ich freue mich schon total aufs Wochenende. Und das Beste ist, dass Lasse am Freitag mit Antons Familie nach Holland fährt. Wir können also tun und lassen, was wir wollen.«

Anne reagierte nicht sofort. Plötzlich hatte Hannah ein ungutes Gefühl. »Und bei dir? Alles klar?«

Anne räusperte sich. »Im Prinzip ja. Aber ich habe erst heute erfahren, dass das Sechswochenamt für Hubert am Samstag um halb fünf ist. Da kann ich absolut nicht fehlen. Schon wegen Mathilde.«

Hannah konnte sich bestens an den netten alten Herrn und seine Frau erinnern, die Annes nächste Nachbarn waren. Als in dem Golddorf vor Jahren ein Mädchen verschwunden war, hatte Hannah die beiden kennengelernt.

»Auf jeden Fall musst du dahin! Lohnt es sich dann überhaupt noch mit unserem Treffen?«

»Vielleicht, wenn wir ein bisschen umdisponieren. Ich kann mir am Freitag in der Praxis freinehmen. Das habe ich schon geklärt. Du könntest morgens nach Münster kommen, wir machen einen Bummel und essen irgendwo eine Kleinigkeit. Am Samstag noch eine kleine Aktion, wenn es dann nicht schon zu heiß ist. Spätestens um zwei, halb drei müsste ich aber fahren.«

Nach einigen Absprachen beendeten sie das Gespräch.

Jan wollte am Sonntagnachmittag zurück sein vom Niederrhein. Dass sie 24 Stunden allein sein würde, musste er ja nicht unbedingt wissen.

Dienstag, 24. August

Beim Frühstück

Als Hannah sich an den Tisch setzte, musste sie sich beeilen. Sie hatte bereits die tägliche Gießaktion hinter sich, die ihr morgens deutlich besser von der Hand ging, die Vorräte überprüft und einen Einkaufszettel geschrieben.

Nebenbei las sie die Überschriften in der Zeitung. Viel mehr würde sie heute Morgen nicht schaffen. Als sie den Lokalteil aufschlug, hielt sie die Luft an: »Hitzewelle erwartet – Gemeinde erlässt Verfügungen«

Sie überflog den Artikel und ließ das Blatt sinken.

»Also doch! Kein Rasensprengen mehr«, sagte sie bestimmt. »Akute Wasserknappheit in der Region.«

Jan runzelte die Stirn.

Sie las vor: »Die Kommunalverwaltung sieht sich im Sinne der Versorgung der Bevölkerung gezwungen … bla, bla, bla … Bis ausreichend Niederschläge fallen, ist das Autowaschen auf privaten Grundstücken untersagt, ebenso das Befüllen von Planschbecken und Swimmingpools. Wenn die Trockenheit anhält, ist mit weiteren Einschränkungen zu rechnen. Ein Verstoß gegen die Wasserrationierung wird als Ordnungswidrigkeit behandelt und entsprechend geahndet.«

Jan seufzte. »Da haben die Leute vom Ordnungsamt aber eine Menge zu tun, wenn sie das überwachen wollen. Jedenfalls wird es eine Menge Ärger geben.«

»Mama, vielleicht müssen wir ja am Freitag gar nicht zur Schule wegen hitzefrei.«

Lasse sprach mit vollem Mund, aber sie verkniff sich einen Kommentar.

»Kann ich dann schon am Donnerstag zu Anton? Bestimmt fahren sie früher los.«

»Warten wir erst mal ab, ob die Schule wirklich ausfällt.«

Bevor Hannah die erste Klientin in ihren Beratungsraum rief, sah sie auf ihr Handy: eine Nachricht von Natalie, die um einen Anruf in der Mittagspause bat. Sie textete ein »Okay « zurück.

Dorothee hatte ihren freien Tag. Lustlos raffte Hannah sich zur Mittagszeit auf und verließ die Beratungsstelle, um den schattigen Platz vor der Ludgerikirche aufzusuchen.

Heute döste lediglich ein einzelner Mann in der Sitzgruppe vor sich hin. Genervt von der Hitze, die in den Sandsteinquadern direkt vor ihr gespeichert zu sein schien, packte Hannah ihr Müsli aus und rief Natalie an.

Jans Kollegin legte gleich los: »Super, dass du anrufst, Hannah. Es gibt einige Neuigkeiten. Inzwischen ist klar, woran Boberg gestorben ist. Die Todesursache ist Gift. Genauer gesagt Digitalis. Wie bei Elisabeth Dahlmann.«

Entsetzt hörte Hannah zu, wie Natalie von einer Schachtel edler, selbstgemachter Pralinen berichtete, die die KTU unter der enormen Rußschicht in Bobergs Wohnung direkt neben seinem PC gefunden hatte. Obwohl die Kakaomasse ziemlich geschmolzen war, deutete alles darauf hin, dass mehrere Pralinen fehlten. Mittlerweile war eindeutig geklärt, dass jemand der Füllung fein zermahlene Fingerhutpartikel hinzugefügt hatte. Genug, um Boberg zu töten.

»Man kann sich das bildlich vorstellen: Er sitzt am PC, bereitet seine Predigt vor und stopft sich nebenbei die Pralinen rein. Schon bei der zweiten kippt er tot um.«

»Also geht ihr jetzt von Mord aus?«, resümierte Hannah, die bisher vergeblich auf eine Gelegenheit gewartet hatte, Natalies Redeschwall zu unterbrechen.

»Ziemlich sicher. Warum sollte er umständlich Pralinen präparieren, wenn er sich selber umbringen will? Das macht doch keinen Sinn. Außerdem war der Füllung reichlich Chili beigemischt. Vermutlich sollte das scharfe Gewürz den bitteren Geschmack des Gifts überdecken. Ich bin sicher, dass der Täter mit sehr viel krimineller Energie vorgegangen ist. – Übrigens vielen Dank für deine guten Tipps. Diese Karola Apelbeck konnte sich erinnern, dass in der Mitgliederzeitung der KFD zu Weihnachten ein Rezept für Pralinen abgedruckt war. Auf dem Basar sind allerdings keine verkauft worden. Und sie wusste, dass Boberg geradezu süchtig nach Schokolade war. Er hat sogar mal zugegeben, dass er viel Geld für besondere Spezialitäten ausgibt und regelmäßig Pralinen in Belgien bestellt.«

»Boberg war süchtig nach Schokolade?«, entfuhr es Hannah. »Dafür wirkte er aber total schlank und sportlich.«

»Kein Wunder bei dem privaten Fitnesscenter, das er sich in seiner Wohnung eingerichtet hatte: lauter teure Geräte. Damit lassen sich unnötige Kalorien schnell wieder abtrainieren.«

Also hatte der unnahbare Pastor doch ein Laster. Allerdings kein heimliches, wenn er offen über seine Gelüste gesprochen hatte.

»Der Mörder hat Bobergs Schwäche für Süßes ausgenutzt«, schlussfolgerte sie. »Er baute darauf, dass der Pastor den Pralinen nicht widerstehen konnte.«

»Genau. Und dazu passt hervorragend, was die Pastoralreferentin Charlotte Wegscheidt ausgesagt hat. Es ist nämlich wohl üblich, dass Gemeindemitglieder dem Pastor kleine Geschenke machen: mal ein Kuchen, mal selbstgemachte Marmelade oder ein Strauß Blumen aus dem Garten, meistens anonym vor die Tür der Pastorenwohnung im Pfarrheim gelegt. Bobergs Vorgänger Deggenkamp hat weidlich von diesen kleinen Gaben profitiert, sagt die Pastoralreferentin.«

»Und Boberg?«

»Hat ein erstes Geschenk jeweils höflich angenommen, sich aber weitere strikt verbeten. So ist es jedenfalls einer Bekannten von Karola Apelbeck ergangen, die immer noch beleidigt ist. Frau Apelbeck hat sich deswegen zurückgehalten, obwohl sie ein regelrechter Fan des neuen Pastors war.«

Passt zu Boberg, befand Hannah. Sie hatte noch genau im Ohr, wie Winfried Plog ihn als Mann beschrieben hatte, der nie auch nur die kleinste Regel brach.

»Kennst du diese Charlotte Wegscheidt näher?«, bohrte Natalie.

Hannah holte tief Luft. »Ja, ich kenne sie. Allerdings muss ich dir etwas sagen, Natalie. Ich habe dir gerne mit ein paar Namen geholfen, aber ab jetzt möchte ich mich komplett aus dem Fall heraushalten.«

Natalie schien es die Sprache zu verschlagen.

»Versteh mich bitte nicht falsch, aber ich riskiere einen riesigen Krach mit Jan. Ich habe ihm vor längerer Zeit versprochen, mich nie wieder in einen eurer Fälle einzumischen.«

Natalie räusperte sich umständlich. »Das, äh, ist vollkommen in Ordnung, Hannah. Ich habe nicht darüber nachgedacht, was es für dich bedeutet, wenn ich dich in die Sache hineinziehe. Cem und ich kommen ab jetzt allein klar.«

»Wie hat sich denn die Situation bei dir zu Hause entwickelt?«

»Es wird besser. Dem Kleinen geht es wieder gut, und Gerrit gewöhnt sich langsam an seine neue Rolle«, antwortete Natalie kurz angebunden. Anscheinend war sie doch ein bisschen verschnupft.

Erst als Hannah den vergleichsweise kühlen Flur der Beratungsstelle betrat, fiel ihr eine Aussage der jungen Pfarrsekretärin Jennifer Keller ein, von der Natalie ihr vor einigen Tagen berichtet hatte. Es ging um die Flasche mit dem Walnusslikör.

Natalie hatte diese Aussage nicht erwähnt. Sollte sie Jans Kollegin noch mal anrufen? Aber bestimmt waren die Kripobeamten längst auf den Zusammenhang gekommen. Er sprang ja geradezu ins Auge.

Gegen 18 Uhr

Auf dem Heimweg steuerten sie einen Supermarkt an, um den Wocheneinkauf zu erledigen. Während Jan das Leergut zurückgab, fahndete Hannah in der Obst- und Gemüseabteilung nach frischem Rucola-Salat.

Das erst kürzlich errichtete Gebäude war voll klimatisiert – eine Wohltat für Hannah. Allerdings ärgerte sie sich, dass wieder nur Salat in Plastikverpackung angeboten wurde.

Die Frau vor Hannah, in weißer Bluse und rotem Minirock, schüttelte ebenfalls den Kopf, legte die Packung beiseite und wandte sich um.

»Ach, hallo!«

Lioba Hansen schien genauso überrascht wie Hannah, die rasch auf den Einkaufswagen der Büchereileiterin wies: »Sieht aus, als müsstest du Kompanien versorgen.«

»Nein, nein«, gab Lioba zurück und straffte die Schultern. »Ich ernähre mich vegan und zuckerfrei, um fit zu bleiben.«

Augenblicklich wurde sich Hannah des einen oder anderen Pfundes bewusst, das sie zu viel mit sich herumtrug. »Ich überlege auch manchmal, unsere Ernährung umzustellen, aber ich fürchte, meine beiden Männer machen das nicht mit«, sagte sie und lächelte vielsagend.

»Das kann ich mir vorstellen. Mein Sohn war äußerst erpicht auf sein tägliches Stück Fleisch – am liebsten mit Pommes. Für Grünzeug hatte er nur Verachtung übrig. Aber seitdem er zum Studium nach Freiburg gegangen ist, habe ich freie Hand.«

»Und was sagt dein Mann zu veganem Essen?«

Lioba zuckte die Achseln. »Er ist extrem viel beschäftigt und isst äußerst selten zu Hause. – Kommst du eigentlich morgen zu dem Treffen bei Charlotte?«

»Morgen? Davon weiß ich gar nichts.«

»Sie gibt dir sicher noch Nachricht. Ich habe sie heute zufällig getroffen. Bobergs Leichnam soll wohl bald freigegeben werden. Deswegen will sie rechtzeitig Überlegungen für die Trauerfeierlichkeiten anstellen. Die Meinungen darüber gehen in der Gemeinde nämlich weit auseinander.«

»Kann ich mir vorstellen«, murmelte Hannah. »Ich muss sehen, ob ich es schaffe, dazuzukommen.«

»So richtig heiß bin ich auch nicht darauf, aber ich fühle mich verpflichtet. Schließlich bin ich nicht ganz unschuldig an den Geschehnissen.« Energisch gab Lioba ihrem hoch bepackten Wagen einen Schubs. »Man sieht sich dann.«

Als Jan die Kofferraumhaube öffnete, um die Vorräte zu verstauen, runzelte er die Stirn. »Ich hoffe, die frischen Sachen überstehen die Fahrt nach Hause. Wenn es sich bis zum nächsten Einkauf nicht abgekühlt hat, nehmen wir auf jeden Fall noch eine Kühltasche mit.«

Nach dem Verstauen der Lebensmittel zog Hannah sich um und bereitete den Salat zu. Richtig hungrig war niemand, nur durstig. Es würde sich noch rächen, dass sie nur noch eine Kiste mit ihrer Sorte Mineralwasser hatten erwischen können. Aber noch floss Wasser aus der Leitung.

Lasse brachte einen Zettel von der Schule mit. Aller Wahrscheinlichkeit nach würde es am Freitag »Hitzefrei« geben. Die Sorgeberechtigten wurden gebeten, sich darauf einzurichten. Die endgültige Entscheidung sollte morgen fallen. Eine Notgruppe würde selbstverständlich eingerichtet. Hannah unterschrieb die Mitteilung und packte sie in Lasses Schultasche.

Ein Telefonanruf in Gievenbeck ergab, dass Antons Eltern sich gegebenenfalls am Freitag frei nehmen wollten, um schon morgens nach Holland aufzubrechen. Jubelnd reckte Lasse die Fäuste in die Luft.

Nach dem Essen verzog Hannah sich aufs Sofa im Wohnzimmer und vertiefte sich in ihren Krimi aus der Gemeindebücherei. Als sie aus der atemlosen Story auftauchte, war es neun Uhr. Höchste Zeit, ihren Sohn ins Bett zu scheuchen. Lasse freute sich diebisch, dass er länger hatte aufbleiben dürfen.

Als sie sich zu Jan auf die Terrasse gesellte, goss sie sich ein Glas Wasser ein und nahm ihr Handy zur Hand.

Die von Lioba angekündigte Nachricht an die Gruppe »Unterwegs« war eingetroffen. Charlotte lud zu einem Meeting am nächsten Abend um sieben ein. Einziger Tagesordnungspunkt: ein angemessener Abschied von Pastor Boberg. »Bitte lasst mich nicht hängen. Einige wollen anscheinend komplett an der Gemeinde vorbei planen. Das sollten wir nicht akzeptieren.«

Hannah überlegte hin und her, ließ die Nachricht aber erst mal unbeantwortet und widmete sich wieder ihrem Krimi.

Eine Stunde später hatte Jan die Zeitung ausgelesen und verschiedenste Seiten im Handy angeklickt. Er rieb sich ausgiebig Nacken und Schulter, stand auf und ging leise stöhnend ein paar Schritte.

»Dein Rücken?«

»Rücken, Knie, Nacken – alles!«, brummte er. »Man sitzt ja nur noch herum! Ich brauche dringend ein bisschen Bewegung.«

»Kleiner Spaziergang?«

»Unbedingt.«

Hannah schaute an sich herab: knielange, eigentlich längst ausgemusterte Hose, ärmelloses, zerknittertes T-Shirt. Die guten leichten Sachen schonte sie derzeit für die Beratungsstelle.

»Kann ich so gehen?«

»Na klar. Ist doch eh schon dunkel.«

Gegen halb elf

Zu Hannahs Überraschung lag ein Hauch von Abkühlung in der Luft. Immer mal wieder wehte eine winzige Brise heran.

Gewohnheitsmäßig hakte sie sich bei Jan ein, löste sich aber nach wenigen Schritten wieder von seinem Arm. Für Körperkontakt war es eindeutig zu warm.

Schweigend bogen sie in das Pättken ein, das an ihrer Grundstücksecke begann und zur Parallelstraße führte. Durch die nicht viel mehr als eine Armlänge voneinander entfernten Hecken zu beiden Seiten hatte man keinen Einblick in die Gärten, aber es tat gut, sich zu bewegen: Steife Muskelpartien lockerten sich, Schmerzen an verschiedenen Gelenken verschwanden nach und nach.

Kurz darauf hörte Hannah hinter der Hecke ein leises Sirren, das anschwoll und wieder leiser wurde. Ein Moment Stille – dann wieder dasselbe Geräusch. Auf einmal fühlte sich ihr linkes Bein nass an.

Jan zog sie zur Seite, gerade rechtzeitig, bevor ein Strahl sie voll erwischen konnte.

»Da wässert jemand seinen Rasen – gut verborgen vor dem wachsamen Auge des Gesetzes«, raunte er ihr ins Ohr und grinste. »Aber bestimmt hat der einen eigenen Brunnen.«

»Und der Grundwasserspiegel sinkt und sinkt«, murmelte Hannah.

Als sie weitergingen, war ein schwaches Klirren zu hören. Wahrscheinlich hatte der angekettete Hund des Nachbarn sie gehört und sich in seinem Zwinger bewegt.

Die Laternen in der Parallelstraße und der angeknabberte Halbmond am Himmel sorgten gemeinsam für mehr Helligkeit. Sie hatte schon länger nicht mehr auf den Mondstand geachtet und wusste nicht, ob er zu- oder abnahm. Es gab dazu eine Eselsbrücke, aber die hatte sie vergessen.

»Wollen wir da drüben abbiegen?«, fragte Jan. »Ich glaube, da war ich noch nie.«

Die Straße führte in einem weiten Bogen am Rand des Baugebietes entlang. Linker Hand rauschte gelegentlich ein Auto die Ausfallstraße entlang. Kubusförmige Häuser, meist weiß gestrichen, Kies- und Schotterflächen in den Vorgärten, lediglich unterbrochen von wenigen, pflegeleichten Grünpflanzen: eindeutig eine Bebauung neueren Datums.

»Wie heißen diese Dinger noch?«

Jan wies auf die mit Steinen gefüllten Drahtkäfige an der Grundstücksgrenze.

»Gabionen«, murmelte Hannah und lauschte angestrengt. Hinter dem scheußlichen Zaunersatz plätscherte es unverkennbar. Aufgebracht drehte sie sich um.

»Da füllt jemand seinen Pool! Ich fasse es nicht! Demnächst rationieren sie uns das Trinkwasser, aber die Herrschaften brauchen Frischwasser für ihr tägliches Bad.«

»Pass auf, was du sagst. Da vorne kommt wahrscheinlich der Eigentümer nach Hause.«

Ein winziges Licht kam auf sie zu, wurde rasch größer: eine Fahrradlampe.

Hannah trat einen Schritt zur Seite, aber unvermittelt bog der Fahrer ab in eine Seitenstraße. Im Licht der Laterne konnte sie die Gestalt einen Moment lang erkennen.

Da war er wieder! Der Kerl, der Regina gestern Abend beinahe umgefahren hätte. Schlank, dunkel gekleidet, Kapuze auf. Allerdings dieses Mal mit Licht. Sie starrte auf die Ecke, um die er verschwunden war. Warum war der schon wieder unterwegs?

Der Gedanke schoss ihr ganz plötzlich durch den Kopf: Konnte es der Feuerteufel sein – auf der Suche nach einem Objekt für den nächsten Anschlag?

»Ermittelt ihr eigentlich noch wegen der Brandstiftungen?«, platzte sie ohne nachzudenken heraus. »Oder sind die komplett vom Tisch?«

Ihr Mann seufzte vernehmlich. »Warum fragst du?«

»Es geistert durch Altkirchen, dass dieser ominöse Feuerteufel etwas gegen die katholische Kirche und ihre Vertreter haben könnte.«

»Wer hat sich das denn ausgedacht?«

Hannah fasste kurz zusammen, welchen Zusammenhang Regina zwischen den einzelnen Taten vermutete.

»Dass die Opfer der Anschläge alle in der Gemeinde aktiv sind oder waren, höre ich zugegebenermaßen zum ersten Mal. Etwas mysteriös klingt das schon.« Er kratzte sich am Kopf. »Ich werde mir die Ermittlungen noch mal vornehmen. Cem und Natalie können ja nicht alles machen.«

Schweigend gingen sie weiter. Hannah war gedanklich noch bei dem Radfahrer. Es konnte auch eine gänzlich andere Person gewesen sein als gestern. Wahrscheinlich sogar. Schließlich hockten nicht alle Leute abends zu Hause, nur weil es heiß war.

Kurz vor der nächsten Kreuzung blieb Jan stehen. »Wollen wir langsam zurück?«

Hannah nickte und wandte sich um.

In dem Moment öffnete sich die Tür des Hauses, vor dem sie standen, und zwei Männer traten heraus. Gleichzeitig sprang die Lampe an der Hauswand an.

»Guten Abend zusammen«, grüßte einer der beiden freundlich. Er war um die Fünfzig, Bart, kahler Kopf. Der andere drehte ihnen den Rücken zu, aber seine Silhouette war gut zu erkennen. Er trug sein Haar lang bis auf die Schultern.

»Guten Abend«, erwiderte Jan den Gruß, berührte Hannah am Arm und zog sie sachte weiter. Hinter ihnen verabschiedeten sich die Männer lautstark.

»Den mit der Glatze kenne ich von irgendwoher!«, sagte Jan beiläufig, als sie außer Hörweite waren. »Ich habe ihn schon öfter gesehen. Aber ich weiß absolut nicht, wo.«

Mittwoch, 25. August

Münster – Schützenstraße

In der Beratungsstelle verging die Zeit schneller als zu Hause. Alle Klienten waren heute erschienen, aber für die nächsten Tage häuften sich allmählich Absagen, vor allem für die Nachmittagstermine. Die Hitze machte allen zu schaffen.

Mittags war Hannah zu träge, um das Gebäude zu verlassen. Ohne großen Appetit löffelte sie ihr Müsli und trank ausgiebig. Dorothee musste eine Besorgung machen, die Kolleginnen hingen wie immer an ihren Smartphones. Zum Lesen konnte sie sich nicht aufraffen und döste gelangweilt vor sich hin.

Dann eine Nachricht von Jan: »Ruf mich bitte an.«

Er war sofort am Apparat. »Tut mir leid, aber du wirst heute mit dem Bus zurückfahren müssen. Wir haben eine große Fallbesprechung.«

Von welchem Fall er sprach, bedurfte keiner Erklärung. Hannah lag auf der Zunge nachzufragen, ob es neue Erkenntnisse gab, aber sie ließ es.

»Die eine Fahrt werde ich schon überleben«, antwortete sie betont munter, obwohl sie sich schon jetzt dagegen ansah. »Wirst du noch etwas essen, wenn du nach Hause kommst?«

»Eher nicht. Wir bestellen vermutlich beim Italiener. Könnte spät werden, weil wir die Pressekonferenz für morgen vorbereiten wollen. Wir hoffen auf Hinweise aus der Bevölkerung. Siehst du eigentlich im Laufe der Woche noch jemanden aus der Gemeinde?«

»Nein. Es liegt nichts an.«

Damit war die Entscheidung getroffen. Sie würde Charlotte eine Nachricht schicken, dass sie nicht zu dem Treffen kommen konnte.

Als sie nach Dienstschluss ermattet ihren Arbeitsplatz verließ, schlug ihr die Hitze in der engen Schützenstraße wie eine Wand entgegen. Unter dem dunklen Blätterdach der Promenade war es erträglicher. Erstaunlicherweise wimmelte es von Joggern in knappsten Outfits und den allgegenwärtigen Radfahrern. Die Bänke an der Engelenschanze waren allerdings verwaist: Selbst den Obdachlosen schien es heute zu heiß für ihr Treffen zu sein.

Leider musste sie an der Windthorststraße abbiegen. Unter Ausnutzung jedes noch so kleinen Fitzelchens Schatten erreichte sie ihren Bussteig am Hauptbahnhof, gerade rechtzeitig, bevor die scheuernden Riemchen ihrer Sandalen ihr echte Probleme bereiten konnten.

Das Thermometer in der Küche zeigte 26 Grad an, als sie die Frankfurter Grüne Sauce für den nächsten Tag vorbereitete. Sie schummelte wie immer, da einige der vorgeschriebenen sieben Kräuter im Münsterland schwierig zu bekommen waren. Stattdessen nahm sie eine tiefgefrorene Kräutermischung, kleingehackte Zwiebeln und gekochte Eier dazu: fertig – bis auf die Pellkartoffeln, die bis morgen Zeit hatten.

Siedend heiß fiel ihr ein, dass sie vergessen hatte, den Termin bei Charlotte abzusagen. Als sie ihr Handy aufklappte, sah sie eine neue Nachricht der Pastoralreferentin: Pastor Deggenkamp würde die Gruppe bei der Vorbereitung der Trauerfeierlichkeiten unterstützen.

Rasch formulierte Hannah ihre Absage und schickte sie ab.

Heute Abend sollte es Spaghetti geben. Damit konnte sie ihren Sohn immer glücklich machen. Nach dem Essen würde sie sich in ihren Krimi vertiefen, der dankenswerterweise im eisig kalten Island spielte.

Sie überprüfte gerade, ob die Tomatensauce schon aufgetaut war, als das Telefon klingelte: Charlotte Wegscheidt.

»Hallo, Hannah! Ich lese gerade deine Nachricht. Schade, dass du nicht kommen kannst.«

Sie sprach leise, gar nicht so forsch wie sonst, wenn es um berufliche Dinge ging.

»Mein Mann hat noch eine Besprechung«, beeilte Hannah sich zu erklären. »Ich möchte meinen Sohn nicht gern allein lassen.«

»Verstehe«, murmelte Charlotte. »Ich hatte nur gedacht … Ach, ist auch nicht so eilig …«

»Machst du dir etwa Gedanken wegen der Unstimmigkeiten in der Gemeinde?«

Einen Moment lang blieb es still in der Leitung. »Nein, damit werde ich schon fertig.«

»Aber dich bedrückt doch etwas.«

Charlotte holte tief Luft. »Ich hatte nur gehofft, vorher kurz mit dir sprechen zu können. Ich könnte einen Rat gebrauchen.« Stockend fügte sie hinzu: »Es geht um meinen Sohn. Ich weiß nicht mehr, was ich tun soll …«

Gegen zwanzig vor sieben erreichte sie Charlottes Wohnung. Die Pastoralreferentin hatte am Telefon so verzweifelt geklungen, dass Hannah es nicht übers Herz gebracht hatte, sie mit ein paar tröstenden Worten abzuspeisen.

Sie stellte ihr Fahrrad ab und klingelte. Charlotte sah gefasst aus, als sie die Tür öffnete. Ihre dunklen Haare waren mit einem einfachen Gummiband im Nacken zusammengebunden, das schlichte weiße T-Shirt hatte einen kleinen Fleck am Halssaum.

Im Flur roch es vage nach orientalischem Essen. Wie beim letzten Mal wurde Hannah in das kombinierte Wohn- und Arbeitszimmer geführt.

Jede Menge Stühle, Wasserflaschen, Gläser und eine Schale mit Schokoriegeln standen bereit. Aus dem Augenwinkel konnte Hannah erkennen, dass selbst der Schreibtisch oberflächlich aufgeräumt war.

Charlotte ließ sich ächzend auf einen hölzernen Klappstuhl nieder und senkte den Kopf.

Hannah setzte sich gegenüber. Viel Zeit hatte sie nicht. Lasse hatte es problemlos hingenommen, dass sie noch mal kurz weg musste. Nachher würden sie gemeinsam zu Abend essen.

Ohne aufzublicken rieb Charlotte sich die Stirn.

»Kopfschmerzen?«

Ein tiefer Seufzer. »Schon tagelang.«

»Irgendetwas geht dir im Kopf herum.«

»Könnte man so sagen. Ich kann einfach nicht richtig davon abschalten.«

»Und dazu noch die ganze Unruhe in der Gemeinde. Ist wirklich viel, was du zur Zeit aushalten musst.«

Charlottes Hände fuhren unruhig über die Tischplatte. »Im Moment kommt alles zusammen. – Ach, möchtest du etwas trinken? Ich habe ganz vergessen, dir etwas anzubieten.«

»Alles gut so.« Hannah schaute auf die Uhr. »Wir müssen bloß die Zeit ein bisschen im Auge behalten. Bald könnten die ersten Leute hier eintrudeln.«

»Stimmt.« Charlotte schien sich einen Ruck zu geben. »Es ist nur fürchterlich schwierig, mir einzugestehen, dass ich ohne Hilfe nicht weiterkomme. Normalerweise kenne ich das nicht von mir.«

»Finde ich vollkommen verständlich. Du bist es gewohnt, alles eigenständig zu regeln.«

»Genau. Seit Jakobs Vater eine neue Familie hat, versuche ich, allein klarzukommen. Wahrscheinlich ist das auch der Grund für die Schwierigkeiten mit Jakob.«

»Erzähl mal ...«

Charlotte nahm die dunkle Hornbrille ab und rieb sich die Augen. »Ich habe wohl genau den Fehler gemacht, den man als Alleinerziehende unbedingt vermeiden soll.«

»Nämlich?«

»Jakob war dreizehn, als wir plötzlich nur noch zu zweit waren.«

»Ein schwieriges Alter.«

Wieder ein tiefer Seufzer. »Wem sagst du das? Er hat eisern gemauert, was seine Gefühle betraf. Also habe ich einfach angefangen, von mir zu reden. Hauptsächlich von beruflichen Dingen, kleinen alltäglichen Problemen. Habe ihn gefragt, was er davon hält, wie ich mich verhalten soll. Das schien ihm zu gefallen. Wir haben jedenfalls immer ein Thema gehabt und oft lange miteinander gesprochen.«

»Aber ...?«

»Irgendwann habe ich mir angewöhnt, ihn als gleichwertigen Gesprächspartner zu behandeln. Inzwischen kommt mir das nicht mehr richtig vor.«

»Wie meinst du das?«

»Vielleicht habe ich ihn zu sehr belastet. Seit einiger Zeit entzieht er sich mir total und blockt jedes Gespräch ab.«

Hannah schwieg einen Moment. »Das könnte schon darauf hindeuten, dass euer Verhältnis für ihn nicht okay ist. Oder glaubst du, dass etwas anderes dahintersteckt?«

Ein unsicherer Blick von Charlotte. Ohne das viel zu große Brillengestell sah sie recht apart aus.

»Eine Freundin?«

»Den Eindruck macht er nicht.«

»Falsche Freunde?«

Kopfschütteln. »Eigentlich nicht. Aber beschwören kann ich es nicht. Ich komme überhaupt nicht mehr an ihn heran. Das macht mir ziemliche Angst.« Charlotte rang die Hände. »Ich weiß nicht, wie es weitergehen soll. Aber ich habe das Gefühl, ich muss dringend etwas tun.«

»Brauchst du Beratung, wie du mit der Situation umgehen kannst?«

»Geht das denn? Jakob ist schon sechzehn. Seid ihr überhaupt zuständig für Jugendliche?«

»Unser Auftrag geht bis zur Volljährigkeit. Manchmal auch darüber hinaus. Es spricht nichts dagegen, dass du zu uns kommst oder eine andere Beratungsstelle aufsuchst. Ich habe eine erfahrene Kollegin, die ich mir gut für dich vorstellen kann.«

»Das wäre toll. Aber muss man nicht fürchterlich lange auf einen Termin warten?«

»Im Moment fällt wegen der Hitze einiges aus. Vielleicht kannst du für ein Erstgespräch dazwischenrutschen.«

»Das wäre großartig.« Charlottes Miene hatte sich aufgehellt. »Ich hole schnell meinen Terminkalender ...«

Das Türklingeln unterbrach sie. »Noch nicht mal fünf vor. Da ist aber jemand überpünktlich. Ich geh eben zur Tür.«

»Warte mal kurz«, hielt Hannah sie zurück. »Ich möchte nicht umständlich erklären müssen, warum ich nicht bleiben kann.«

Charlotte zog die Stirn kraus. »Verstehe. Geh einfach so lange in die Küche. Ich komme dann.«

Ein winziger Raum. Auf dem Herd ein Topf, der Tisch war für eine Person gedeckt. Die Stühle waren bis auf einen nach nebenan ausgelagert. Eine Hälfte des Tischs war bedeckt mit einem Stapel Zeitungen, einer Blumenvase mit Rosen, Salz- und Pfefferstreuer. Regale waren vollgestopft mit bunten Teedosen, einer Galerie von Gewürzen, Porzellangefäßen in allen Größen.

Die Pinnwand war gespickt mit allerlei Zetteln, Krimskrams und Visitenkarten. In der Mitte ein Foto von zwei Menschen, die in die Kamera strahlten. Nur die Gesichter von Charlotte und ihrem Sohn schauten aus den hautengen Taucheranzügen heraus. Jakob war fast so groß wie seine Mutter.

Rasch warf Hannah einen Blick auf ihre Nachrichten. Jan hatte geschrieben: »Hat sich alles verzögert. Essen gerade erst. Bin frühestens um halb neun zu Hause.«

Vom Flur her waren Stimmen zu hören. Charlotte und zwei Männer. Dann wieder ein energisches Klingeln an der Haustür.

»Du meine Güte!«, schnaubte Charlotte. »Jetzt geht es aber Schlag auf Schlag. Ich komme ja schon.«

Die Küchentür stand einen Spalt breit offen, aber auch sonst hätte Hannah die beiden Männer vermutlich verstehen können, denn sie bemühten sich keineswegs, leise zu sprechen.

»Hoffentlich ist das Deggenkamp. Ich habe ihn sehr gebeten zu kommen, damit wir nicht auf unsere Perfektionistin angewiesen sind. Hier noch ein Text, da ein Musikstück, dazu persönliche Statements von Gemeindemitgliedern. Alles muss tausendmal geprobt werden, bis sie absolut zufrieden ist. Nein, danke! So viel Brimborium finde ich daneben beim Tod unseres Pastors.«

Diese Stimme kannte Hannah inzwischen bestens. Der andere Mann lachte hämisch auf. »Wo du recht hast, hast du recht. Ich hoffe bloß, dass ich nicht wieder eine ellenlange Liste mit Liedern von ihr bekomme, die kein Mensch mitsingen kann. Wenn ich das kritisiere, besteht sie darauf, dass die Texte passend und die Melodien ergreifend sind. Zum guten Schluss ringt sie sich meistens den Vorschlag ab, ich könne die Lieder ja vorher mit der Gemeinde üben.«

»Aber doch wohl nicht bei den Trauerfeierlichkeiten für Boberg!«

»Keine Sorge. Zur Not mache ich es auf bewährte Art: Ich nehme ihre Vorschläge dankend an und spiele einfach die Lieder, die ich ausgesucht hätte.«

Ehling lachte auf, dann gingen sie anscheinend ins Arbeitszimmer. Kurz darauf klingelte es wieder.

Hannah war geschockt, wie die beiden Männer über Charlotte lästerten. Es hörte sich so an, als sei die Pastoralreferentin nicht das erste Mal Zielscheibe ihres Spotts. Alfred Potthoff hätte sie das zugetraut, nicht aber dem ergrauten Hermann Ehling.

Augenblicklich fasste sie einen Entschluss. Sie rief Lasse an und fragte, ob er schon sehr hungrig sei.

»Nö! Ist viel zu warm. Können wir verschieben. Darf ich am PC spielen, bis du zurück bist?«

Damit war zu rechnen gewesen. Sie redeten noch kurz, dann betrat Hannah das Arbeitszimmer. Regina Zielke, Lioba Hansen und Hermann Ehling begrüßten sie freundlich, Alfred Potthoff starrte sie unverhohlen an.

Während Hannah sich setzte, breitete sich unbehagliches Schweigen aus. Regina und Lioba saßen ihr gegenüber: beide sehr schlank, aber vollkommen unterschiedlich gekleidet: die KFD-Sprecherin wie immer recht leger, die Büchereileiterin elegant in Minirock, Seidenbluse und Pumps.

Endlich erschien Charlotte mit Father Joseph, Pastor Deggenkamp und einer etwa sechzigjährigen Frau, die an Krücken ging.

Der Pastor sah extrem blass aus, hatte dunkle Ränder um die Augen, die Hannah bei ihrer ersten Begegnung im »Jäger« nicht aufgefallen waren. Als er jovial in die Runde grüßte, strahlte Regina ihn an und dirigierte ihn umgehend zu einem freien Platz neben sich.

Der junge Mann aus Indien war mit hängenden Schultern an der Tür stehengeblieben. Regina reagierte als Erste, stand auf und umarmte ihn herzlich. »Joseph! Toll, dass du da bist!«

Als sie sich von ihm löste, huschte ein verlegenes Lächeln über sein Gesicht, bevor er sich rasch neben Hermann Ehling setzte.

Charlotte zwinkerte Hannah zu, offenbar erfreut, dass sie doch geblieben war. Dann schaute sie auf die Uhr. »Father Joseph und ich freuen uns, dass so viele kurzfristig zugesagt haben. Besonders begrüße ich Pastor Deggenkamp, der uns mit Rat und Tat zur Seite stehen wird.«

Deggenkamp wiegelte mit einer Handbewegung ab.

»Ansonsten kennen sich die meisten vermutlich. Danke, Angelika, dass du am allerersten Tag nach deiner Reha gekommen bist, um den Pfarreirat zu vertreten.«

Die Angesprochene nickte und errötete leicht.

»Hannah Schmielink arbeitet in der Unterwegs-Gruppe mit. Barbara Uphoven wird ein bisschen später kommen.«

Regina grinste. Barbara war anscheinend für ihre Unpünktlichkeit bekannt.

»Ihr bedient euch bitte selbst mit Wasser. Falls gewünscht, ist auch Nervennahrung vorhanden. Greift gerne zu!«

Alle gossen sich Wasser ein, die Süßigkeiten blieben unberührt. Alfred Potthoff musterte Hannah ausgiebig über den Rand seines Glases hinweg.

Charlotte öffnete eine Mappe. »Zuerst ein paar Informationen. Ich habe mit Pastor Bobergs Familie gesprochen. Seine Eltern versicherten mir, dass seine Leiche bald freigegeben wird und in seinem Heimatort begraben werden soll.«

»War zu erwarten«, murmelte Ehling. »Aber das soll uns nicht von einem würdigen Gedenken abhalten.«

»Das sehe ich auch so«, fuhr Charlotte fort. »Deswegen möchte ich ein Brainstorming zu möglichen Elementen bei der Trauerfeier vorschlagen.«

Ehling schüttelte kaum merklich den Kopf.

»Ich denke, die meisten kennen die Methode«, fuhr die Pastoralreferentin ungerührt fort. »Jeder kann Ideen äußern, ohne dass sie kommentiert werden. Wir sammeln die Punkte und besprechen sie anschließend.«

»Soll es eigentlich keine Aufbahrung des Sargs geben?«, warf Hermann Ehling ein. »Die Gemeinde muss sich doch gebührend von Pastor Boberg verabschieden können. Die Martinskirche würde sich als Ort bestens eignen. Auch für eine Totenvesper mit der Möglichkeit, Kerzen für den Verstorbenen anzuzünden.«

Potthoff nickte beifällig, Regina schüttelte den Kopf, alle anderen schwiegen.

Charlotte war Schweiß auf die Stirn getreten. Sie griff zu ihrem Glas und trank einen Schluck.

Regina holte tief Luft. »Also ehrlich! Ich finde das völlig übertrieben. Er ist ...«

»Als Pastor Keller 2004 gestorben ist, haben wir es aber so gemacht«, fiel Ehling ihr ins Wort. Er war rot im Gesicht angelaufen.

Regina ließ sich nicht beirren. »Pastor Keller war fast zwanzig Jahre hier in der Gemeinde tätig. Boberg mussten wir nur wenige Monate ertragen.«

»Also das ist doch ...« Hermann Ehling zog ein Taschentuch aus der Hosentasche und wischte sich über das Gesicht.

»Das muss schließlich mal gesagt werden«, schnaubte Regina. »Er hatte wirklich wenige Fans in der Gemeinde. Wir machen uns ja lächerlich, wenn wir so viel Tamtam um seine Beerdigung machen. Denkt doch mal an Joseph!«

Der Geistliche zuckte zusammen, als er seinen Namen hörte.

»Regina, das passt doch jetzt nicht hierher«, bemühte sich Charlotte, die Wogen zu glätten.

»Finde ich auch«, murmelte Lioba Hansen.

»Lass gut sein, Regina«, sagte Deggenkamp mit Nachdruck. »Wir haben doch inzwischen eine Lösung für Joseph gefunden.«

Reginas Miene sprach Bände: Das Thema war für sie keineswegs abgeschlossen.

Erneutes Klingeln an der Haustür unterbrach die hitzige Diskussion. Charlotte schien erleichtert, den Raum verlassen zu können.

Ehling trank sein Wasserglas in einem Zug leer, die Vorsitzende des Pfarreirats suchte nach einer bequemeren Sitzposition und warf dabei ihre Krücken um. Lioba Hansen zuckte erschrocken zusammen. Joseph sprang auf und reichte Angelika die Gehhilfen, woraufhin sie ihm überschwänglich dankte.

»Martin, sag du doch mal, wie wir es machen sollen!«, forderte Regina den früheren Pastor von Altkirchen auf.

Der rutschte auf seinem Stuhl hin und her und schien erleichtert, dass Charlotte und Barbara in dem Moment hereinkamen.

»Martin! Ich wusste gar nicht, dass du dabei bist«, rief Barbara begeistert aus und legte kurz ihren Arm um seine Schultern. »Ist bestimmt ein ganz schöner Aufwand für dich, extra hierherzukommen.«

»Mache ich doch gerne«, brummte Deggenkamp.

Barbara setzte sich, ließ ihre voluminöse Tasche fallen und reservierte sich einen Schokoriegel. »Habe ich was verpasst?«

Niemand antwortete, auch Hermann Ehling nicht, der sich immer noch den Hals abtupfte. So viele Anwesende verbesserten nicht gerade das Raumklima. Hannah sorgte sich langsam um den gesundheitlich angeschlagenen Landwirt.

Charlotte räusperte sich. »Ich schlage vor, wir machen mit der Trauerfeier weiter. Darauf können wir uns ja wohl alle einigen.«

Sie griff in ihre Mappe und zog einige Zettel daraus hervor. »Ich habe ein paar Texte und Lieder herausgesucht, die meiner Meinung nach in Frage kämen.«

Hermann Ehling und Alfred Potthoff warfen sich einen Blick zu. Der Organist grinste.

»Hier habe ich ein Gebet, bei dem es darum geht, dass ein Mensch in jungen Jahren unerwartet aus dem Leben gerissen wird. Vielleicht möchte sich jemand den Text ansehen?«

Die Vorsitzende des Pfarreirats streckte ihre Hand aus. »Hört sich passend an. Ich schau ihn mir mal an.«

Hannah gab sich einen Ruck. »Ich könnte mir vorstellen, dass es in der Gemeinde eine große Unsicherheit gibt, wie es jetzt nach Pastor Bobergs Tod weitergeht. Vielleicht könnte man das zum Thema machen. Zum Beispiel bei den Fürbitten.«

»Gute Idee.« Charlotte machte sich eine Notiz. »Es soll in der Trauerfeier natürlich auch um die Menschen gehen, die mit seinem Tod fertigwerden müssen.«

»Dazu zählt meiner Meinung nach auch derjenige, der das Pfarrheim angezündet hat«, warf Angelika ein. »Ich frage mich die ganze Zeit, wie es dem Täter wohl gehen mag. Schließlich muss er damit klarkommen, dass er ein Menschenleben auf dem Gewissen hat.«

Barbara verschluckte sich an ihrem Schokoriegel, hustete ausgiebig und stieß aus: »Woher wissen wir eigentlich, dass es ein Mann war?«

»Äh … nein … das habe ich nur so gesagt. Allerdings, ob eine Frau so etwas … ich weiß nicht«, stammelte die Vorsitzende des Pfarreirats, die sich offensichtlich in die Defensive gedrängt fühlte.

Einen Moment lang sagte niemand etwas. Lioba Hansen nestelte am Ausschnitt ihrer Bluse. Selbst ihr schien die Hitze heute zu schaffen zu machen.

Hannah beschloss, sich noch weiter vorzuwagen. »Was ich mir auch vorstellen könnte, wäre ein besinnliches Orgelstück, bei dem die Gemeinde zur Ruhe kommen kann. Vielleicht nach den Fürbitten oder nach dem Text.«

Alle Augen richteten sich auf Alfred Potthoff. »Gerne. Allerdings möchte ich mir keine Vorschriften machen lassen, was die Auswahl des Stücks betrifft. Nicht, dass es nachher wieder heißt, die Gemeinde war mit dem Schwierigkeitsgrad der Komposition überfordert.«

Martin Deggenkamp meldete sich zu Wort: »Mal langsam, bitte! Wir sollten uns an Charlottes Vorschlag halten, zum jetzigen Zeitpunkt lediglich Ideen zu sammeln. Bewerten können wir sie später.«

Charlotte nickte dankbar und schrieb demonstrativ etwas auf.

Potthoffs Mundwinkel verzogen sich nach unten, eine steile Falte erschien auf seiner Stirn.

»Mal eine kleine Zwischenfrage: Ich höre immer nur von Texten, Musikstücken, Fürbitten. Es soll aber doch auf jeden Fall eine Eucharistiefeier sein«, warf Hermann Ehling in herausforderndem Tonfall ein.

Charlotte blickte auf. »Das sehe ich auch so, aber die Frage ist, ob wir einen Geistlichen für den Termin bekommen. Optimal wäre ein Samstag, weil die meisten Gemeindemitglieder dann frei haben. Wie ich hörte, ist der Weihbischof sehr beschäftigt, der Kreisdechant im Urlaub. Außerdem fände ich es sowieso besser, wenn es jemand wäre, mit dem die Gemeinde vertraut ist. Was ist mit dir, Martin?«

»Kann ich noch nicht sagen. Samstags sind bei uns auch oft Beerdigungen, und wir sind momentan knapp besetzt, weil unser Diakon im Urlaub ist.«

»Falls Martin es nicht schafft, machen wir einfach einen Wortgottesdienst«, schlug Regina postwendend vor. »Ich fand Charlottes Predigt bei der Trauerfeier für Elisabeth Dahlmann total klasse.«

»Predigt?«, stieß Ehling aus und lief schon wieder rot im Gesicht an. »So kann man das wohl nicht nennen. Die hätte sie ja auch gar nicht halten dürfen. Nein, nein! Es muss ein Priester für eine Eucharistiefeier her, und die naheliegende Lösung sind Sie!« Bei seinen letzten Worten zeigte er mit dem Finger auf Deggenkamp.

»Das sehe ich genauso«, bekräftigte Potthoff.

Regina schnaubte. »Typisch katholische Kirche! Bloß keine

Frauen ranlassen! Und das bei dem Priestermangel! Demnächst müssen wir zum Gottesdienst nach Münster fahren, weil im weiten Umkreis keiner mehr stattfindet. Was für ein totaler Sch … rott.«

Potthoff machte eine wegwerfende Handbewegung in ihre Richtung.

Einen Moment lang sagte niemand etwas. Plötzlich setzte Deggenkamp sich aufrecht hin. »Herr Ehling, grundsätzlich bin ich der Auffassung, dass Frau Wegscheidt hervorragend eine Predigt halten kann. Sie ist dafür mindestens genauso qualifiziert wie ich.«

»Finde ich auch«, sagte Hannah mit Nachdruck. Regina steuerte ein halblautes »Hört! Hört!« bei, und Barbara nickte zustimmend.

Abrupt drehte sich Alfred Potthoff zu Hannah um. »Warum geben Sie eigentlich zu allem Ihren Senf dazu? Ich habe Sie bisher nie in der Gemeinde gesehen. Plötzlich tauchen Sie überall auf.«

Hannah war konsterniert. Mit einer derartigen Anfeindung hatte sie nicht im Entferntesten gerechnet.

Noch bevor sie sich zu einer Antwort aufraffen konnte, stand Charlotte ihr zur Seite. »Frau Schmielink hat eine der Kommuniongruppen geleitet. Außerdem ist sie in der Notfallseelsorge tätig und mit Krisensituationen vertraut. Ihre Mitarbeit ist eine große Bereicherung für die Gemeinde.«

Barbara und Regina nickten zustimmend.

Alfred Potthoff zuckte mit den Achseln. »Und ich dachte schon, Sie spionieren bei uns ein bisschen für Ihren Mann.«

Hannah lief es kalt über den Rücken. Sie ahnte, was nun kommen würde.

»Was soll denn das heißen, Alfred?«, stieß Barbara empört aus.

»Frau Schmielink ist mit einem Hauptkommissar von der Kripo Münster verheiratet. Würde mich interessieren, ob Sie Ihrem Mann schon nützliche Hinweise für die Suche nach dem Feuerteufel geben konnten. Oder recherchieren Sie noch? Heute Abend zum Beispiel?«

Ohne jemanden anzusehen, konnte Hannah das Erstaunen in der Runde spüren. Was dachten die anderen jetzt bloß von ihr?

Sie musste irgendwie reagieren, abwiegeln, aber die richtigen Worte wollten ihr auf die Schnelle nicht über die Lippen kommen.

Potthoff ließ nicht locker. »Diskutieren Sie auch den Fall Boberg mit Ihrem Mann? Geben Sie es doch zu: Irgendetwas stimmt nicht mit dem Tod unseres Pastors. Warum sollte die Polizei sonst alle möglichen Leute aus der Gemeinde befragen? Man hört, dass es dabei auch um Elisabeth Dahlmanns Tod geht. Die Beamten sollen sich nach einer Flasche Walnusslikör erkundigt haben, aus der sie kurz vor ihrem Tod getrunken hat.«

Jetzt stand den Anwesenden das Entsetzen ins Gesicht geschrieben. Lioba Hansens Augen waren weit aufgerissen, Barbara hielt sich eine Hand vor den Mund.

»Sage ich doch: Jemand hat es auf die Gemeinde abgesehen«, murmelte Regina und legte eine Hand auf Deggenkamps Arm.

Hannah suchte Blickkontakt mit Potthoff. Jetzt kam es darauf an! Sie musste ihm energisch Kontra geben. »Ich weiß nicht, wie Sie darauf kommen, dass mein Mann mit mir über seine Fälle spricht. Er steht unter Schweigepflicht, auch mir gegenüber. Außerdem arbeitet er nicht am Fall Boberg mit, weil er hier in Altkirchen wohnt. Das dürfte doch wohl selbstverständlich sein.«

Potthoff signalisierte seine Ungläubigkeit mit einem Achselzucken.

Jetzt musste sie nachlegen, um ihn und die anderen zu überzeugen. »Am Wochenende hilft mein Mann unserer Tochter beim Umzug an den Niederrhein. Dazu hätte er wohl kaum Zeit, wenn er an den Ermittlungen wegen Pastor Bobergs Tod beteiligt wäre.«

Der Küster machte seine schon bekannte abfällige Handbewegung.

»Lass es gut sein, Alfred«, sagte Hermann Ehling beschwichtigend. »Das eine hat mit dem anderen nichts zu tun. Frau Schmielinks Mitarbeit in der Gemeinde ist auf jeden Fall willkommen.«

Das Gespräch lief weiter, ohne dass Hannah viel vom Inhalt mitbekam. Sie hatte genug damit zu tun zu verbergen, wie aufgewühlt sie innerlich war. Wie hatte Potthoff bloß herausgefunden, dass Jan bei der Kripo war?

Man sprach weiter über Texte, passende Bibelstellen, Blumenschmuck und anderes. Irgendwann stieg Hannah gedanklich wieder ein und merkte, dass die Runde schon dabei war, sich zu vertagen. Charlotte kündigte an, sie wolle eine Todesanzeige für die Lokalzeitung vorbereiten. Die von Hermann Ehling angebotene Unterstützung nahm sie gerne an.

»Was ist denn nun mit der Aufbahrung und der Totenvesper?«, kam der Landwirt hartnäckig auf seine Vorschläge zurück.

Charlotte reagierte gelassen. »Das müssten wir auf jeden Fall mit der Familie absprechen.«

Ziemlich clever! So konnte sie Zeit gewinnen und einer Entscheidung ausweichen.

Alle standen auf, man wechselte noch ein paar Worte. Hannah wühlte in ihrer Tasche nach dem Fahrradschlüssel.

»Wie aufregend, dass Ihr Mann bei der Kripo ist«, hörte sie plötzlich neben sich: die Vorsitzende des Pfarreirats.

»Wie man's nimmt«, antwortete Hannah.

»Aber auch gefährlich«, ließ die Frau nicht locker. Sicher wollte sie nur nett zu ihr sein. »Haben Sie nicht manchmal Angst um ihn?«

»Manchmal schon. Aber seine Arbeit ist natürlich nicht so, wie man es im Fernsehen sieht.«

»Gott sei Dank!«, stieß Angelika inbrünstig aus und stützte sich auf ihre Krücken. »Dann bis demnächst mal.«

Die anderen waren rasch gegangen, offensichtlich wenig daran interessiert, mit Hannah zu reden. Barbara war mit Sicherheit beleidigt, weil Hannah ihr Jans Beruf verschwiegen hatte.

Charlotte hatte gerade Hermann Ehling verabschiedet. Sie waren allein im Flur. Hannah räusperte sich. »Äh, wolltest du nicht nachschauen, wann du Zeit für ein Gespräch in der Beratungsstelle hättest?«

»Ich weiß im Moment nicht, wo ich meinen Terminkalender gelassen habe. Kann ich morgen direkt bei euch anrufen?«

»Natürlich. Unsere Sekretärin wird dir weiterhelfen.«

Als Hannah aus dem Haus trat, stieg Angelika gerade vorsichtig in ihr Auto. Alle anderen waren bis auf Barbara und Regina verschwunden. Ihr Gespräch verstummte, als sie Hannah sahen.

»So, ich muss dann mal los«, sagte Barbara betont munter und stieg auf ihr Rad. »Man sieht sich.«

»Lass uns noch ein Stück zusammen fahren«, meinte Regina. »Ciao Hannah.«

»Ist sogar zu heiß zum Biertrinken«, seufzte Jan und setzte Wasserglas und Flasche auf dem Wohnzimmertisch ab. »Dabei hätte ich mir heute echt eins verdient. War ein langer Tag.«

Er trank sein Glas in einem Zug leer. »Wir sind ein gutes Stück weitergekommen in Sachen Boberg.«

Sie legte ihren Krimi zur Seite. Es musste einen triftigen Grund geben, warum er von sich aus über seine Arbeit sprach.

»Aha?!«, ermunterte sie ihn.

»Wir können uns nach wie vor keinen richtigen Reim auf diese Serie von Brandstiftungen machen.«

»Weil die Opfer in der Gemeinde aktiv sind?«

Er goss sich Wasser nach. »Oberflächlich sieht es so aus, aber das dritte Feuer ist definitiv nicht bei jemandem aus Kirchenkreisen gelegt worden. Es geht um etwas anderes. Es gibt gravierende Unterschiede bei den Tatumständen. Zum einen beim Tatzeitpunkt: Die Brände eins und zwei sind frühmorgens gelegt worden, Nummer drei und vier am späten, beziehungsweise frühen Abend. Außerdem wurde bei den ersten beiden Anschlägen Terpentin als Brandbeschleuniger eingesetzt, bei den letzten ein simpler Grillanzünder. Das kann natürlich alles ohne Bedeutung sein.«

»Oder?«

»Eine Theorie ist, dass es zwei verschiedene Täter sein könnten.«

»Ein Trittbrettfahrer?«

»So ähnlich. Jemand hätte zum Beispiel im Schutz der Brandserie etwas umsetzen können, was er schon länger geplant hatte.«

»Boberg zu töten.«

»Exakt!«

»Und die andere Theorie?«

»Die gesamte Serie zielte letztlich auf den Anschlag am Pfarrheim ab. Der Täter hat bei den ersten Brandanschlägen quasi geübt – frühmorgens, wenn die Gefahr, erwischt zu werden, normalerweise gering ist. Möglicherweise ist er auf Grillanzünder umgestiegen, weil sie beherrschbarer sind als flüssige Brandbeschleuniger. Immerhin befand sich das Schuhregal im ersten Stock. Der Täter musste das Feuer legen und sich dann rechtzeitig in Sicherheit bringen können. Wenn man Terpentin benutzt, kann man schlecht abschätzen, wie hoch die Stichflamme wird.«

Hannah atmete tief durch. Sie durfte jetzt auf keinen Fall preisgeben, dass sie über Bobergs Todesursache Bescheid wusste.

»Und was bedeutet das?«, gab sie sich ahnungslos.

Jan beugte sich ganz nah zu ihr hin. »Du weißt, dass ich nicht mit dir darüber reden darf. Ich will dir nur klarmachen, wie extrem vorsichtig du sein musst. Jedenfalls solange wir den Fall nicht geklärt haben.«

»Das hast du schon ein paar Mal durchblicken lassen. Was hat sich denn in der Zwischenzeit geändert?«

Er holte tief Luft: »Wir vermuten, dass Boberg ermordet wurde und das Feuer dazu diente, die Tat zu vertuschen. Was um ein Haar auch geklappt hätte. Dafür kommt nur jemand in Betracht, der sich mit den Gegebenheiten im Pfarrheim und den Gewohnheiten des Pastors auskannte. Vermutlich also ein aktives Mitglied der Gemeinde.«

Sie nickte. »Verstehe.«

»Es ist sogar zu befürchten, dass der Tod der Pfarrsekretärin mit dem Fall Boberg zusammenhängt. Dann hätten wir es mit einem Doppelmord zu tun.« Er fasste sie an den Händen. »Hannah, ich bitte dich inständig: Halte dich von allem fern, was zur Zeit in der Gemeinde läuft. Du weißt, dass ich mir Sorgen um dich mache. Ich überlege sogar, ob ich bei Gesines Umzug absagen soll.«

»Das musst du nicht. Anne kommt doch am Freitag.«

»Gut. Den Umzug mache ich mit, aber eventuell komme ich abends noch nach Hause.«

Gegen elf Uhr

Draußen war es immer noch wärmer als im Schlafzimmer. Hannah zog die Gardine zur Seite, öffnete das Fenster und lehnte es an den Rahmen. Die Rollläden ließ sie gar nicht erst herunter. Wenn sie gegen vier, fünf Uhr aufwachte, konnte sie frische Luft hereinlassen, ohne Lärm zu machen.

Während Jan sich im Badezimmer fertigmachte, bemühte sie ein letztes Mal die Wetter-Apps. Zuerst übersah sie es, denn das Zeichen für Sonne pur beherrschte unverändert das Bild. Erst auf den zweiten Blick fielen ihr die erwarteten Höchsttemperaturen auf. Montag: 31 Grad, Dienstag: 26 Grad, Mittwoch: 17 Grad.

Rasch las sie die Erläuterungen: »Beginnend mit der Nacht zu Sonntag setzt sich aus Norden allmählich kühlere Luft bis zu den Mittelgebirgen durch. Niederschläge sind vorerst nicht zu erwarten.«

Keine Entwarnung für die Natur, aber immerhin war ein Ende der Gluthitze in Sicht. Drei Tage musste sie noch durchhalten. Erleichtert legte sie das Handy zur Seite.

Sogar die dünne Seidendecke ließ sie nach kurzer Zeit schwitzen. Kurz entschlossen zog sie den Bettbezug ab und legte sich darunter.

Donnerstag, 26. August

»Was tun Sie eigentlich die ganze Zeit hier?«

Hannah öffnete den Mund, aber es kam kein Ton heraus. Das Gesicht der Lehrerin war nicht genau zu erkennen, der Name wollte ihr partout nicht einfallen.

»Spionieren Sie uns nach und erzählen dem Kommissar brühwarm, was hier geredet wird?«

Die anderen Lehrer nickten. Einer stieß ins gleiche Horn: »Sie haben doch eben die ganze Zeit mit ihm zusammengesessen! Konnten Sie ihm wertvolle Hinweise geben? Ein Psychogramm der wichtigsten Verdächtigen?«

»Nein, nein, das stimmt nicht. Mein Mann weiß gar nicht, dass ich hier bin«, wollte Hannah rufen, aber es war nichts zu hören. Vor Aufregung schwitzte sie heftig. Das passte doch alles gar nicht! So war es gar nicht gewesen! Das konnte doch nicht …

Ruckartig wachte sie auf. Ihr Herz raste. Sie zwang sich zu tiefen Atemzügen, bis sich ihr Pulsschlag langsam beruhigte.

Allmählich bekam sie die Puzzleteile des Traums zu fassen. Es war lange her, dass sie so angegangen worden war. Genauer gesagt fast 13 Jahre: der Fall einer ermordeten jungen Lehrerin an einem Berufskolleg. Alfred Potthoffs gestrige Stänkerei hatte die Erinnerung wieder aufgewühlt.

Damals hatte sie keinen der Beteiligten je wiedergesehen. Gestern jedoch waren Menschen dabei gewesen, mit denen sie privat zu tun hatte. Der Fall Boberg schien alles zu gefährden, was sie sich in Altkirchen mühsam aufgebaut hatte.

Sie blickte zu Jan, der tief und fest schlief – wie eigentlich immer. Seine berufliche Belastung nahm er nie mit nach Hause. Mit einer Ausnahme: Wenn Hannah in einen Fall verwickelt war, machte er sich Sorgen um sie – aus gutem Grund.

4.21 Uhr zeigte ihr Wecker an – Zimmertemperatur: immer noch 27 Grad. Ihr Mund fühlte sich ausgetrocknet an. Dummerweise hatte sie vergessen, eine Wasserflasche mit nach oben zu nehmen.

Leise stand sie auf und schlich barfuß zur Tür.

Das klackende Geräusch von draußen ließ sie herumfahren. Ihr Atem ging schneller. Verdammt! Jetzt wollte sie aber wissen, wer da ständig ums Haus schlich.

Rasch ging sie die paar Schritte zum Fenster und öffnete es sperrangelweit. Hecke und Büsche im Vorgarten waren durch das Fliegengitter schemenhaft zu erkennen. Ein leichter Luftzug ließ sie frösteln.

Da wieder das Licht! Es wanderte rasch die Einfahrt entlang. Eine Taschenlampe! Jemand leuchtete den Weg aus. Zügig verschwand der Lichtkegel um die Hausecke.

Ein, zwei Sekunden vergingen, dann klapperte irgendetwas. Kurz darauf tauchte das Licht wieder auf, glitt ziellos hin und her, verschwand hinter der Hecke.

Wieder das Geräusch, das sie geweckt hatte, dann ein leicht schwankender Lichtkegel, der sich rasch entfernte.

Gebannt starrte sie nach unten und horchte. Wieder das Klacken! Sie beugte sich weiter vor und sah unter der Laterne am übernächsten Haus ein auf dem Ständer abgestelltes Rad. Jemand griff in die voluminöse Tasche am Lenker und holte etwas heraus.

Beinahe hätte sie vor Erleichterung laut losgelacht. Sie hatte sich wieder mal völlig unnütz verrückt gemacht. Da musste erst eine Hitzewelle kommen, bis sie kapierte, dass der Zeitungsbote frühmorgens mit einer Taschenlampe unterwegs war. Ging wohl nicht anders, wenn die Gemeinde unter der Woche jede zweite Laterne spätabends ausschaltete, um Energie zu sparen. Auch die gegenüber ihrem Haus. Kein Wunder, dass sie nicht darauf gekommen war, denn um diese Uhrzeit war sie nie unterwegs.

Ein neuer Luftzug wehte heran. Auf einmal fühlte sie sich total energiegeladen. Jetzt kamen die kühlsten Stunden des Tages. Schlafen konnte sie sowieso nicht mehr. Warum also nicht schon mal einiges erledigen?

Sie raffte die Kleidungsstücke zusammen, die sie abends zurechtgelegt hatte, und schlich nach unten, wo es noch drückender war. Allerdings gab es hier keine Fliegengitter. Wenn sie Licht machte und gleichzeitig Türen und Fenster öffnete, würden sich Mücken, Motten und anderes Getier hocherfreut in die hell erleuchteten Räume stürzen.

In der dunklen Küche trank sie ein Glas Wasser. Bügeln oder Lesen ging im Dunkeln nicht, zum Gießen war es draußen noch nicht hell genug. Was nun?

Unentschlossen schlüpfte sie durch die Terrassentür, ging einige Schritte auf und ab und genoss die Kühle des Morgens. Hinter dem Haus gegenüber tauchte ein erster Lichtschein auf. Lange würde es nicht mehr dauern, bis es Tag wurde.

Die Bewegung tat gut. Warum nicht einen kleinen Gang machen? Nur bis sie im Haus ohne Licht Zeitung lesen konnte.

Sie öffnete die Glastür zur Terrasse und alle Fenster im Erdgeschoss, zog sich an und griff zu ihrem Schlüsselbund.

Es war dunkler als gedacht. Der helle Streifen am Himmel warf kaum Licht auf die Straße. Schnell war ihr klar, dass sie auf keinen Fall durch das schmale, unbeleuchtete Pättken gehen würde.

Stattdessen wandte sie sich nach Osten, wo allmählich Umrisse von Häusern und Bäumen zu erkennen waren. In entgegengesetzter Richtung herrschte tiefes Schwarz. Noch brannte nur jede zweite Straßenlaterne. An der nächsten bog sie ab – ein kleines Karree würde sie schon schaffen.

Allmählich entspannte sie sich. In einem der Häuser leuchtete ein Fenster im Obergeschoss. Da musste jemand ziemlich früh aus den Federn oder konnte genau wie sie nicht schlafen.

Von der Hauptstraße hörte sie gelegentlich ein Auto: Die Pendler mit weiten Wegen brachen auf. Dann drei Schläge von St. Severin, direkt danach von St. Martin: viertel vor fünf.

Irgendwo in der Nähe musste sich ein Garten befinden. Tief sog sie die Düfte ein: Rosen waren dabei und eine andere, herbere Note, der sie keinen Blumennamen zuordnen konnte.

Auf einem ziemlich dunklen Stück zwischen zwei Laternen sah sie plötzlich auf der anderen Straßenseite ein kleines Licht, das sich langsam hin und her bewegte. Wieder der Zeitungsbote?

Verwundert starrte sie auf den hellen Fleck, ging näher heran, um mehr erkennen zu können.

Der helle Schein verweilte jetzt auf einer Stelle, sank tiefer. Man sah Pflanzen, die bei dieser Beleuchtung alle merkwürdig farblos aussahen. Ein Garten!

Auf einmal ein Glitzern. Ihr Pulsschlag beschleunigte sich: War da wer?

Das Scheppern ging ihr durch Mark und Bein. Sie hatte etwas umgestoßen. Es klang nach einem Fahrrad. Mit Mühe konnte sie das Gleichgewicht halten, drehte sich um und lief zurück auf die andere Straßenseite. Ein rascher Blick über die Schulter zeigte ihr, dass das Licht im Garten verschwunden war.

Vor ihr die Konturen eines Hauses, die Haustür war zu erahnen. Rasch lief sie darauf zu: Zur Not konnte sie dort jemanden aus dem Bett klingeln.

Plötzlich ein grelles Licht. Von einer Sekunde auf die andere war sie völlig geblendet. Wie erstarrt blieb sie mit zusammengekniffenen Augen stehen. Zwei, drei wummernde Herzschläge – dann begriff sie: Der Bewegungsmelder hatte die Außenbeleuchtung des Hauses angeschaltet.

Das Wummern in ihren Ohren hielt an. Unfähig, sich auch nur einen Millimeter zu bewegen, stand sie da. Nur ganz allmählich beruhigte sich ihr Puls, und sie hörte ein leises Sirren.

Dann Stille.

Sie wartete noch eine gefühlte Ewigkeit, horchte angestrengt. Als sich nichts mehr tat, wagte sie sich vor.

Mittlerweile war es eine Spur heller geworden. Im Zeitlupentempo entfernte sie sich von dem beleuchteten Hauseingang und rannte bald mehr als sie ging. Bloß weg hier!

Nachdem die Haustür hinter ihr ins Schloss gefallen war, schaute sie auf die Uhr: Sie war nicht länger als eine Viertelstunde unterwegs gewesen.

Beim Frühstück

»Du hast was gemacht? Um kurz nach fünf?« Jan hielt mit der Kaffeetasse in der Hand inne und starrte sie an.

»Zwei Portionen Tomatensauce gekocht, die Blumen im

Garten gegossen, alle Kannen wieder aufgefüllt, Zeitung gelesen.« Sie hatte beschlossen, ihm ihren kleinen Gang im Morgengrauen nicht zu beichten. Sie wusste auch so, wie er reagieren würde.

Lasses Augen wurden groß und größer. Jan schüttelte den Kopf und blätterte die Zeitung um. »Bevor ich es vergesse: Du musst heute wieder mit dem Bus zurückfahren. Ich soll im Präsidium die Stellung halten für Notfälle, weil Natalie und Cem mit der Pressekonferenz zu tun haben.«

Hannah seufzte. Eine Fahrt in Jans herrlich klimatisiertem Auto wäre ihr deutlich lieber gewesen.

»Lasse, denk dran, dass du heute um fünf Training hast«, mahnte Jan seinen Sohn.

»Muss ich da heute unbedingt hin? Ist doch viel zu heiß«, maulte Lasse und wischte sich theatralisch über die Stirn.

»Finde ich auch«, gab Hannah ihm recht. »Warten wir mal ab, ob es wirklich stattfindet. Auf jeden Fall musst du noch für Holland packen. Morgen früh bringt Papa dich zu Anton.«

»Jippieh!«

In der Frühstückspause brachte Tine die Nachricht, dass zwei von Hannahs heutigen Klienten abgesagt hatten. Ein weiteres Gespräch hatte sie auf einen der ausgefallenen Termine verschieben können, sodass Hannah deutlich früher Feierabend machen konnte.

»Du bist die weltallerbeste Sekretärin!«, versicherte Hannah ihr nicht zum ersten Mal. »Wehe, du gehst vor mir in Rente!«

Wie immer lachte Tine. »Keine Sorge. Ich habe vor, hier alt und grau zu werden.«

»Das beruhigt mich. – Übrigens: Hat eine Charlotte Wegscheidt angerufen? Ich hatte ihr Hoffnung gemacht, in den nächsten Tagen für ein Erstgespräch bei Dorothee dazwischenrutschen zu können.«

»Bisher noch nicht.«

Zu Beginn der Mittagspause erkundigte Hannah sich ein weiteres Mal, aber die Pastoralreferentin hatte sich nicht gemeldet. Seltsam. Gestern schien sie es sehr eilig mit der Beratung zu haben.

»Wir bleiben wohl besser hier«, meinte Dorothee und fächelte sich mit einer Zeitschrift Luft zu. »Draußen ist es noch unerträglicher als drinnen. Sei froh, dass du morgen im Homeoffice arbeiten kannst. Ist bestimmt angenehmer als hier.«

»Morgen früh bin ich ausnahmsweise kurz hier, weil ich mich mit Anne verabredet habe.«

»Wie schön! Dann sehen wir uns ja noch. – Apropos Homeoffice! Ich habe öfter darüber nachgedacht, dass Gesine nach der Geburt ihres Kindes von zu Hause aus arbeiten will. Bisher fand ich online-Beratung ja viel zu unpersönlich, aber mittlerweile bin ich gar nicht mehr so abgeneigt.«

»Das überrascht mich jetzt aber.«

»Ich kann mir Beratung per Videokonferenz inzwischen durchaus vorstellen. Natürlich erst nach einer Phase mit persönlichen Gesprächen. So könnte ich weiter voll im Dienst bleiben. Für meinen Mann ist ohnehin nur wichtig, dass ich in seiner Nähe bin. Ich muss ihn nicht die ganze Zeit betüdeln.«

»Kann ich mir vorstellen. Er braucht die Sicherheit, dass du im Notfall da bist. Aber wir beide sehen uns dann noch weniger!«

»Wir müssen eben unsere Dienstpläne gut aufeinander abstimmen.«

»Auch wieder wahr. Gehen wir also neuen Zeiten entgegen: zwei alte Hasen im Homeoffice.«

Nachmittags

Diese Tortur hatte sie schon mal hinter sich. Erleichtert stieg Hannah aus dem Bus. Jetzt waren es nur noch wenige Schritte nach Hause.

Sie wechselte die Straßenseite, sobald sie ein bisschen Schatten erheischen konnte, und klammerte sich an den Gedanken, dass sie nur noch zwei Tage überstehen musste, bis die Hitzewelle abflauen würde.

Sie hatte den Garten mit dem kaum mehr als kniehohen, altersschwachen Jägerzaun schon fast passiert, als sie realisierte, wo sie war. Unwillkürlich blieb sie stehen und starrte auf die kunterbunte Mischung von Pflanzen. Was gab es hier Besonderes?

Sie ging ein paar Meter zurück und bemühte sich, ihre Position vor dem gegenüberliegenden Haus möglichst exakt wieder einzunehmen, um ungefähr abschätzen zu können, wo sie frühmorgens das Licht gesehen hatte.

Dann überquerte sie die Straße wieder und ging auf die Stelle zu: ein Rosenstrauch und verblühte Lavendelbüsche. Nichts von Interesse.

Als sie aufschaute, sah sie mehrere Meter entfernt zwischen zwei Rhododendren eine Pflanze mit nach unten immer weiter ausladenden Blättern und einem hoch aufragenden Stängel, an dem kleine, grüne Kapseln hingen. War das etwa ...?

»Der Garten ist ein Trauerspiel, nicht wahr?«

Hannah schreckte zusammen. Sie hatte die ältere Person

mit den eisgrauen Haaren, die im Schatten eines Sonnenschirms stand, nicht kommen hören. Erst auf den zweiten Blick erkannte sie Karola Apelbeck.

»In unserem Garten sieht es ähnlich aus. Tut mir in der Seele weh, dass die Pflanzen so unter der Trockenheit leiden.«

Karola kam näher. »Ich kann es kaum mit ansehen. Schauen Sie sich die verschrumpelten Blütenstände der Hortensien an! Die Blätter der Rhododendren sind gelb und hängen schlaff herunter. Und sehen Sie den Walnussbaum?«

Riesig ragte er hinter dem Haus hervor, mehrere Meter höher als der Dachfirst.

»Wirft schon seit Wochen Laub ab. Um den wäre es allerdings nicht schade. Wenn ich an das ganze Gerede denke, dass mein Likör etwas mit Elisabeth Dahlmanns Tod zu tun haben soll! Erst macht die Polizei mich mit ihren Fragen verrückt, dann hört man nichts mehr davon. Was denken die sich eigentlich? Man will doch wissen, was nun ist.«

Karola hatte sich in Rage geredet und war rot im Gesicht angelaufen.

»Aber denen da scheint es gut zu gehen«, versuchte Hannah, sie vom Thema abzulenken, und wies auf die in allen möglichen Farbschattierungen blühenden Stockrosen an der Hauswand.

»Pfahlwurzler«, belehrte Karola sie lapidar. »Die ziehen ihr Wasser metertief aus der Erde.«

»Der Garten macht bestimmt viel Arbeit.« Hannah wischte sich Schweiß aus dem Nacken. Ihre Haare klebten am Kopf.

»Mehr als ich schaffen kann«, ächzte Karola. »Er ist mittlerweile mehr Plage als Freude, zumal mein Mann mir nicht mehr helfen kann. Die Rosen hätten längst beschnitten werden müssen, damit sie später noch mal blühen. Die Bodendecker gieße ich gar nicht mehr, weil ich die schweren Gießkannen bei den Temperaturen kaum schleppen kann. Hoffentlich erholen sich die Pflanzen im Herbst.«

»Es ist wirklich zu heiß für Gartenarbeit«, beschwichtigte Hannah die ältere Frau.

Die Sorgenfalten auf Karolas Stirn wurden tiefer. »Morgen sollen es 37 Grad werden. 41 hatten wir auch schon mal. Normal ist das nicht. Wenn ich höre, wie manche Leute über diese Temperaturen jubeln, dreht sich mir der Magen um. Die haben doch nur baden, grillen und Partys im Sinn.«

»Einen Garten müssen die bestimmt nicht versorgen«, pflichtete Hannah ihr bei. »Puh! Jetzt muss ich aber langsam los! Übrigens: was ist das dahinten für eine Pflanze? Die mit dem langen Stängel.«

Karola drehte sich um ihre Achse. »Fingerhut. Den habe ich wohl übersehen. Blüht hauptsächlich im Frühsommer und hätte schon längst rausgemusst.«

Sie eilte zu der Pflanze und zog sie mühelos aus dem staubtrockenen Boden.

»Ist Fingerhut nicht giftig?«, wandte Hannah ein.

»Anfassen darf man den schon. Und kleine Kinder laufen bei uns nicht mehr herum. Leider.«

»Ach so! Karola, ich schmelze hier gleich. War schön, mit dir zu plaudern. Bis nächsten Dienstag bei der Gymnastik.«

»Stimmt ja! Da sehen wir uns.«

Zu Hause trank sie zwei Gläser Wasser auf ex. Danach schaffte sie es nur noch bis zum Sofa, kegelte die drückenden Schuhe weg und legte die Füße hoch. Ihre Knöchel waren geschwollen.

Jan hatte geschrieben: »Lasses Training fällt aus. Vom

Spiel am Wochenende habe ich ihn abgemeldet. – Wird sicher spät bei mir.«

Sie schaute auf die Uhr. Die Pressekonferenz hatte vermutlich schon angefangen. Ächzend stand sie auf, um den PC im Arbeitszimmer einzuschalten. Rasch hatte sie die Seite der Kripo Münster aufgerufen.

Die Liveübertragung hatte tatsächlich schon begonnen, aber nur wenige Stühle direkt vor dem Podium waren besetzt. Anscheinend gingen auch Reporter momentan lieber baden.

Natalie redete, flankiert von dem smarten Beamten, der Lioba Hansen vernommen hatte, und dem Pressesprecher der Münsteraner Polizei, den Hannah von anderen Gelegenheiten her kannte.

» … hoffen wir auf Hinweise aus der Bevölkerung, welches Motiv es für den vermutlichen Mord an Daniel Boberg gegeben haben könnte«, leierte sie emotionslos herunter. »Hatte der Geistliche Feinde? Gab es besondere Vorkommnisse in letzter Zeit? Wurde er bedroht?«

Sie pausierte einen Augenblick, schien irritiert. Mit einem Blick auf ihre Notizen sagte sie hastig. »Einen weiteren Aspekt des Falls wird Ihnen jetzt mein Kollege Kommissar Cem Özgur erläutern.«

Der nickte und zog das Mikrofon zu sich herüber. Natalie sank augenblicklich in sich zusammen. Sie sah wieder einmal völlig übernächtigt aus.

Özgur wirkte umso energischer. Er hielt sich kerzengerade, strahlte aber doch Lässigkeit aus.

Unvermittelt legte er los. »Wie Hauptkommissarin Höllmann bereits ausgeführt hat, können wir nicht ausschließen, dass es einen Zusammenhang zwischen dem Tod von Daniel Boberg und einer Serie von Brandanschlägen in Altkirchen gibt. Wer sachdienliche Hinweise wie zum Beispiel Beobachtungen zu den einzelnen Taten hat, wird dringend gebeten, sich bei einer unserer polizeilichen Dienststellen oder direkt im Präsidium zu melden. Insbesondere möchten wir die Aufmerksamkeit auf Donnerstag, den 19. August, lenken, den Tag des Anschlags auf das Pfarrheim. Genauer gesagt geht es um den Zeitraum, in dem der Brand gelegt wurde: 19.40 Uhr bis 20.10 Uhr.«

Er brach ab und ließ den Blick kurz schweifen. Ein Journalist hob den Arm, aber Cem Özgur beachtete ihn nicht.

»Zur Erinnerung: In unmittelbarer Nähe des Pfarrheims fand um 20 Uhr eine Versammlung der katholischen Kirchengemeinde St. Severin statt. Ich appelliere an diejenigen, die auf dem Weg dorthin am Pfarrheim vorbeigekommen sind, aber auch an alle anderen: Bitte melden Sie sich, wenn Sie im fraglichen Zeitraum oder zu einem anderen Zeitpunkt etwas Verdächtiges am Pfarrheim bemerkt haben oder jemanden gesehen haben, der sich dort zu schaffen machte. Selbstverständlich behandeln wir Hinweise aus der Bevölkerung auf Wunsch vertraulich. In Ausnahmefällen nehmen wir auch anonyme Hinweise an. Ich danke Ihnen!«

Mehrere Anwesende meldeten sich. Der Pressesprecher rief den Reporter auf, den Cem Özgur vorher ignoriert hatte.

»Können Sie uns sagen, inwiefern die Kripo einen Zusammenhang zwischen dem Tod des Pfarrers und dem der Pfarrsekretärin Elisabeth Dahlmann vermutet?«

»Dazu können wir uns aus ermittlungstaktischen Gründen momentan nicht äußern.«

»Mama, wo bist du?«

Lasse!

Hastig schloss sie den Link. »Hier im Arbeitszimmer.«

Sie berichtete ihm, dass das Training ausfiel.

»Dann mache ich mir einen faulen Nachmittag«, kommentierte er freudestrahlend.

»Wie wäre es, wenn du erst mal deine Sachen für Holland packst?«

Seine Antwort war ein langgezogenes, wenig begeistertes »Okay«.

Seufzend stand Hannah auf. Sie hatte besser ein Auge auf ihren Sohn, damit er nicht ohne Zahnbürste, Badehose und Schlappen losfuhr.

Spätabends

In der Hitze des Schlafzimmers fühlte Hannah sich wie zerschlagen. Wie mochte es Menschen gehen, die bei diesen Temperaturen den ganzen Tag auf einem Dach schuften mussten oder in Baugruben, Küchen, Backstuben?

Dagegen hatte sie es vergleichsweise gut. Den Rest des Tages hatte sie mit möglichst wenig Bewegung und viel Flüssigkeit einigermaßen überstanden.

Der grüne Stängel zwischen den Rhododendren kam ihr in den Sinn. Hatte tatsächlich jemand in Karolas Garten nach Fingerhut gesucht? Die wahrscheinlichste Erklärung für den seltsam hin und her wandernden hellen Fleck war eine Taschenlampe oder ein Handy. Was sonst sollte im Dunkeln leuchten?

Schließlich war da noch dieses Fahrrad gewesen, das sie umgekippt hatte. Kurz darauf hatte sie ein Sirren gehört. Konnte die Person aus dem Garten gewesen sein, die eilig davonfuhr.

Auf jeden Fall gab es diese dunkle Gestalt, die abends in den Straßen von Altkirchen unterwegs war. Ihr Gefühl sagte ihr, dass es ein Mann war, aber sie konnte sich irren.

Was immer der Typ dort gewollt hatte: Fingerhut hatte er nicht gefunden, denn die Pflanze wuchs mehrere Meter entfernt von der Stelle, wo sie das Licht gesehen hatte.

Allerdings stand auch etwas anderes fest: In dem Moment, als der Bewegungsmelder ansprang, hatte er sie bestens sehen können.

Jetzt aber Schluss! Das ganze Grübeln brachte nichts. Jans Kollegen würden es schon richten.

Ergeben lupfte sie noch einmal ihren Bettbezug, um sich eine Spur Abkühlung zu verschaffen.

Ihr letzter Gedanke galt einem Mann mit schulterlangen lockigen Haaren, der gerne abfällige Handbewegungen machte: Woher hatte Alfred Potthoff gewusst, dass Jan Kripobeamter war?

Irgendwann würde sich das klären. Vielleicht.

Dann ein allerletzter Gedanke: morgen – Anne …

Mit einem Lächeln auf den Lippen schlief sie ein.

Freitag, 27. August

Beratungsstelle – gegen halb zehn

»Kleine!«, sagte Anne über das ganze Gesicht strahlend und deutete eine Umarmung an. »Richtig drücken geht nicht. Ich schwitze fürchterlich.«

»Hauptsache, du bist da. Hattest du Probleme bei der Parkplatzsuche?«

»Überhaupt nicht. Stehe im Parkhaus Engelenschanze. Besser geht's nicht. – So, was machen wir denn nun zuerst? Und bitte nur Shops mit Klimaanlage!« Anne grinste verschwörerisch.

Es lag nahe, an der Ludgeristraße zu beginnen, die in wenigen Schritten zu erreichen war. In der Fußgängerzone war für die Tageszeit recht viel los. Vermutlich würde sich das später ändern.

Als sie das erste größere Geschäft betraten, traf sie ein lauwarmer Luftstrom. Im Inneren des Gebäudes konnte man die Hitze fast vergessen.

Anne verfiel augenblicklich auf die Idee, Wintermäntel anzuprobieren. »Mit städtischem Schick kann ich in unserem Golddorf bestimmt punkten. Was umgekehrt allerdings nicht gilt.«

Grinsend schaute sie an sich herunter: Tatsächlich war ihr legerer Look für Münsteraner Verhältnisse kein Hingucker.

Durch ihre dunklen Haare blitzten mittlerweile graue Strähnen, aber Färben war ihr zu lästig, betonte sie immer.

Sie hatten ordentlich Spaß miteinander. Anne begann, die neue Mantel-Kollektion zu durchstöbern. Hannah überlegte, selbst zuzuschlagen, aber sie brauchte weder Mantel noch Jacke, und die Anprobe von Hosen oder Pullovern war ihr heute definitiv zu mühsam.

Als Anne die Etiketten und Pflegeanleitungen diverser Modelle studierte, die in die nähere Auswahl kamen, entschied Hannah sich spontan für ein Päuschen in der kleinen Sitzecke vor den Kabinen. Umgehend stürmte eine Angestellte in elegantem Kostüm auf sie zu und fragte nach ihren Getränkewünschen. Sie bestellte Wasser.

Der in eine Zeitschrift vertiefte Mann neben ihr drehte sich um. »So sieht man sich wieder.« Winfried Plog, der öko-bewegte ehemalige Biolehrer, grinste sie verschmitzt an. »Bist du auch als Begleitperson engagiert?«

Hannah lachte. »Zur Zeit schon. Macht aber nichts. Hier kann man es aushalten.«

»Das ist allerdings wahr.«

Sie redeten über dies und das, die Hitze natürlich. Zwischendurch gab Hannah ihr Votum zu Annes Mantelauswahl ab, bis sich der Vorhang einer Kabine öffnete und Winfrieds Frau erschien.

»Vera, das ist Hannah. Ihr Sohn spielt mit Fabian in einer Mannschaft. Du erinnerst dich sicher an ihren Mann, den netten Kripobeamten.«

Winfrieds Frau begrüßte sie verhalten und drehte sich in einem unvorteilhaft engen Pullover vor dem Spiegel. »Was meinst du, Winfried?«

»Grün lässt dich sehr blass aussehen«, sagte er diplomatisch.

Seine Frau seufzte und verschwand wieder in der Kabine.

Winfried beugte sich näher zu Hannah hinüber und sagte leise: »Hatte ich also doch recht mit der Vermutung, dass jemand beim Tod unseres guten Herrn Pfarrers nachgeholfen hat. Ich hoffe bloß, dass dein Mann die Sache mit seinen Kollegen schnell aufklären kann.«

»Jan arbeitet nicht an dem Fall mit«, antwortete Hannah schon fast routiniert.

»Offiziell natürlich nicht. Aber er wird doch im Hintergrund dabei sein.«

»Er darf mit mir nicht über berufliche Dinge sprechen. Sag mal: Hast du irgendwem gesagt, dass Jan bei der Kripo arbeitet? Außer deiner Frau natürlich.«

»Nein, habe ich nicht. Warum?«

Hannah holte tief Luft. »Ich war vorgestern bei einem Treffen wegen der Trauerfeierlichkeiten für Pastor Boberg. Charlotte Wegscheidt hatte dazu eingeladen. Alfred Potthoff war auch da.«

»Die gute Charlotte! Emsig bis zum bitteren Ende. Und Alfred war vermutlich wenig amüsiert, eine Sonderschicht schieben zu müssen.«

»Kann sein. Mich interessiert vor allem, was er gegen mich hat. Er hat mir aus heiterem Himmel unterstellt, dass ich nur gekommen wäre, um für die Kripo zu spionieren.«

Vera erschien wieder vor der Kabine – in Knallrot, was ihr ausnehmend gut stand. Winfried reckte beide Daumen in die Höhe.

»Alfreds Stänkern würde ich nicht persönlich nehmen. Kann sein, dass ihm nicht behagen würde, wenn die Kripo sich speziell für Leute interessiert, die Stress mit unserem Pastor hatten.«

»Wieso?«

»Es ist kein Geheimnis, dass Alfreds Dienstauffassung ziemlich locker ist. Man munkelt, Boberg habe das schnell durchschaut und ihm ziemlich auf die Füße getreten. Kann ich mir gut vorstellen. Elisabeth Dahlmann lag übrigens schon länger über Kreuz mit Alfred. Sie hat mal im Vertrauen erzählt, dass sie Pastor Deggenkamp öfter gedrängt hat, Konsequenzen zu ziehen.«

Anne hatte sich mittlerweile in der Nähe einen Spiegel für die Anprobe eines modisch geschnittenen Wollmantels gesucht. Als Hannah ihr einen Blick zuwarf, kam sie freudestrahlend an und verkündete: »Den nehme ich.«

»Sicher? Steht dir gut, aber ist er nicht ein bisschen hell für den Winter? Von wegen Pflege.«

»Sei's drum. Vernünftig bin ich ein anderes Mal.«

Hannah stand auf. »Okay. Wollen wir dann? Tschüss, Winfried.«

»Bis demnächst. Dann probieren wir mal etwas anderes aus.«

»Auf jeden Fall.«

Auf dem Weg zur Kasse raunte Anne ihr ins Ohr: »Woher kennst du diesen gutaussehenden, graumelierten Herrn? Und was willst du demnächst mit ihm ausprobieren?«

»Eine neue Eissorte«, sagte Hannah todernst und lachte über das irritierte Gesicht ihrer Freundin.

Zur selben Zeit - in Ibbenbüren

Als er die Tasse absetzte, zitterte seine Hand so heftig, dass der Kaffee überschwappte. Der Zeitungsartikel über die gestrige Pressekonferenz der Kripo war zu großen Teilen überschwemmt.

Nicht tragisch, denn das Wichtigste hatte sich unauslöschlich in seinem Kopf eingebrannt: Daniel Boberg war vermutlich ermordet worden. Man hoffte auf Hinweise aus der Bevölkerung.

Seine schlimmsten Befürchtungen hatten sich also bewahrheitet. Augenblicklich meldete sich sein Magen mit dem vertrauten Grummeln. Seine Schwachstelle. Wo hatte er seine Tabletten? Er brauchte jetzt dringend eine. Oder besser zwei.

Er hatte Boberg gewarnt, ihm eindringlich geraten, die Sache nicht laufen zu lassen, wie er selbst es getan hatte. Vermutlich war diese Warnung der Sargnagel für den jungen Geistlichen gewesen.

Mein Gott! Was hatte er nur getan?

Er sprang auf, ging eine Weile umher, atmete tief ein und aus, bis er sich ein wenig beruhigt hatte. Vielleicht bildete er sich das alles nur ein, und in Wahrheit hatte seine Warnung gar nichts mit Bobergs Tod zu tun.

»Aufhören!«, gebot er sich Einhalt. Er war schon wieder dabei, den Kopf in den Sand zu stecken. Wie immer. Kein Wunder, denn er konnte nicht unbeschadet aus der Situation herauskommen. Das Bild, das man von ihm hatte, würde bröckeln.

Aber so ging es nicht weiter. Er musste eine Entscheidung treffen. Das war er Elisabeth schuldig.

Aber nicht heute. Erst mal war die Predigt für Sonntag dran. Vorher hatte er den Kopf nicht frei.

Spätestens morgen Abend, setzte er sich ein Ultimatum.

Münster – Ludgeristraße

Sie hatten noch zwei, drei Läden aufgesucht, aber allmählich ließ Annes Enthusiasmus fürs Shoppen nach.

Hannah schaute auf ihre Uhr. »Kurz nach elf. Was hältst du davon, wenn wir uns einen Platz im Schatten angeln? Die Frühstücksgäste gehen jetzt langsam, fürs Mittagessen ist es zu früh. Wir könnten Glück haben.«

»Ich würde schrecklich gern mal wieder am Aasee sitzen und Segelboote gucken«, schlug Anne vor.

»Ich auch, aber sogar unterm Sonnenschirm ist es da jetzt zu heiß. Wir brauchen natürlichen Schatten. Und ich weiß auch, wo wir den finden.«

Anne gab sich geschlagen. Sie bogen in die Windthorststraße ein und erreichten kurze Zeit später das Lokal, das Hannah im Sinn gehabt hatte. Einer der kleinen Tische direkt an der Promenade war frei.

Unter dem dichten Blattwerk der Bäume herrschte im Spätsommer eine Art von Zwielicht. Die angrenzenden Rasenflächen schimmerten grau, der Wasserspiegel der Gräben gegenüber war deutlich gesunken.

Sie streckten die Füße aus und ließen das Geschehen vor ihren Augen auf sich wirken. Überwiegend waren junge Leute unterwegs, joggten oder radelten unbeschwert, teils mit sperrigen Lastenfahrrädern, als ob ihnen die Temperaturen gar nichts ausmachen würden.

Als die junge Kellnerin eine Flasche Wasser mit zwei Gläsern brachte, griff Anne nach einem Eiswürfel und ließ ihn langsam über Stirn, Hals und Unterarme gleiten, bevor er im Ausschnitt ihres Shirts verschwand.

»Jetzt musst du mich aber mal auf den neuesten Stand

bringen«, sagte sie dann unvermittelt. »Was ist los mit eurem Pastor? Und wer ist Alfred Potthoff?«

Sie hatte also doch einiges mitbekommen vor den Umkleidekabinen. Hannah gab ihrer Freundin eine Kurzversion der Ereignisse in der Severin-Gemeinde.

»Ein Giftmord an einem Pfarrer! Das ist ja ein Ding«, platzte Anne heraus. »Okay: Wenn ein neuer Pastor seine Nase in alle möglichen Angelegenheiten steckt und gewohnte Abläufe ändert, gibt das schnell Unmut. In unserem Nachbarort hat der Neue beispielsweise als Erstes die gesamten Finanzen akribisch unter die Lupe genommen. Der Kirchenvorstand war maximal beleidigt. Aber darum bringt man doch niemanden um!«

»Auch nicht, weil man vom Pastor keine Unterstützung für die Zertifizierung als ökofaire Gemeinde bekommt«, pflichtete Hannah ihr bei.

Annes Stirnrunzeln vertiefte sich. »Wovon sprichst du?«

»Von dem charmanten, graumelierten Herrn, den wir vorhin getroffen haben. Er glaubt, er wäre der Hauptverdächtige, weil er Boberg wegen der Ausbootung seiner Öko-AG lauthals die Pest an den Hals gewünscht hat.«

»Das sind doch Lappalien. Es muss um etwas viel Schlimmeres gehen. Vielleicht gar nicht um Boberg, sondern um etwas, das der Täter selbst getan hat. Oder die Täterin.«

»Und Boberg hat es aufgedeckt.«

»Genau! – Gib mir bitte mal die Speisekarte! So langsam meldet sich bei mir ein bisschen Hunger.«

Sie begann zu blättern. »Und wer ist dieser Alfred Potthoff, über den ihr euch unterhalten habt?«

»Unser Organist, nebenbei auch Küster.«

»Aha«, murmelte Anne, während sie die Karte inspizierte. »Das ist eine beliebte Kombination. Immer weniger Gottesdienste bedeuten weniger Arbeit für die Organisten. Also machen sie zähneknirschend auch den Küsterdienst. Aber eigentlich fühlen sie sich ja als Künstler.«

Hannah musste an verschiedene Begebenheiten denken. Als letztes fiel ihr ein, was Winfried Plog vorhin über den Musiker gesagt hatte.

»Eigentlich müsste man bei dem Wetter Salat essen, aber davon hatte ich in letzter Zeit reichlich. Ich nehme Flammkuchen mit Ziegenkäse und Feigen. Ist ja nicht meine Küche, die beim Backen aufheizt. – Hannah, wo bist du mit deinen Gedanken?«

»Was? Äh … Mir ist nur gerade etwas eingefallen.«

Anne sah sie aufmerksam an. »Spuck's schon aus!«

»Ich müsste dringend mit Natalie Höllmann telefonieren. Sie leitet die Ermittlungen.«

»Und warum tust du's nicht?«

Hannah seufzte. »Weil ich Jan versprochen habe, mich nicht mehr einzumischen. Natalie weiß das. – Gib mir bitte auch mal die Karte!«

Sie begann zu lesen, merkte aber schnell, dass sie sich überhaupt nicht auf den Inhalt konzentrieren konnte.

Anne griff nach Hannahs Handy und hielt es ihr hin. »Wie wäre es, wenn du ihr erst mal eine Nachricht schreibst? Bestimmt ist sie beschäftigt, und du hast noch massig Zeit, dir zu überlegen, was du ihr sagen willst.«

Gegen drei am Nachmittag - in Altkirchen

Sie musste tatsächlich eingenickt sein. Mindestens eine Stunde hatte sie auf dem Sofa im Wohnzimmer geschlafen.

Aus dem Arbeitszimmer hörte Hannah keinen Mucks. Anne hatte sich auf die Liege verzogen und schien die Idee mit der

Siesta ziemlich ernst zu nehmen. Allerdings waren sie nach ihrem Bummel durch Münster beide schachmatt gewesen.

Schläfrig überprüfte sie ihr Handy. Vor einer Viertelstunde hatte Natalie endlich geantwortet: »Habe noch zu tun. Melde mich später.«

Eine halbe Stunde später saß sie mit Anne im abgedunkelten Wohnzimmer – bei lauwarmem Milchkaffee für den schlappen Kreislauf und kühlen Donauwellen für die Energiezufuhr.

»Himmlisch«, schwärmte Anne. »Innen ist das Stück noch nicht ganz aufgetaut. Wie Eis und Kuchen in einem.«

Genüsslich ließ sie die nächste Gabel voll Gebäck im Mund verschwinden und seufzte. »36,8 Grad. Gut, dass wir meine Behandlungstermine für heute sowieso abgesagt hatten. Sind ja ziemlich viele alte Leutchen dabei, für die schon allein der Weg zur Praxis bei den Temperaturen viel zu anstrengend ist.«

Anne hatte als Physiotherapeutin mehrere schwer kranke Patienten, die sie teils schon jahrelang betreute – Einsätze, die manchmal zur Sterbebegleitung wurden.

Wie immer mäanderte das Gespräch zum Thema Familie. Heute ging es vor allem um die Kinder. Irgendwann landeten sie bei Lasse.

»Ich frage mich, ob unser Umzug hierher eigentlich gut für ihn war«, sagte Hannah sorgenvoll.

»Warum das?«

Sie holte aus: neue Klasse, neuer Fußballverein, nächstes Jahr schon wieder ein Wechsel – zur weiterführenden Schule. War das alles zu verkraften für einen Neunjährigen?

»Glaube ich schon«, strahlte Anne Zuversicht aus. »Wenn er bei eurem Umzug dreizehn gewesen wäre, hätte er vermutlich echte Probleme.«

»Hm.«

Anne legte ihre Gabel zur Seite und sah Hannah durchdringend an. »Und wie geht es dir in Altkirchen?«

Plötzlich strömte alles aus ihr raus. »Manchmal denke ich, wir haben uns übereilt entschieden. Wir haben uns nur von dem tollen Haus leiten lassen.«

Anne hörte Hannahs Lamentieren eine Weile schweigend zu. Dann sagte sie vorsichtig: »Aber du wolltest doch etwas Neues wagen! Deswegen das größere Haus mit dem üppigen Garten.«

»Ja, das stimmt. Nach dem Tod meiner Mutter war da so eine Leere. Ich war unzufrieden mit allem und jedem und habe mich an den Gedanken geklammert, woanders würde es mir besser gehen. Inzwischen denke ich öfter, ich hätte besser den Job wechseln sollen. Die neuen Kolleginnen sind einfach … keine Ahnung: blöd, oberflächlich … «

Ein Kloß saß ihr im Hals. Mühsam versuchte sie, die Tränen zurückzuhalten, aber eine rollte doch die Wange herunter. Anne rückte näher an sie heran und legte den Arm um sie.

Nach einer Weile gab sie Hannah ein Taschentuch.

»Mein Gott, wieso bin ich heute bloß so nah am Wasser gebaut?«, schniefte sie.

»Muss auch mal sein«, brummte Anne.

Hannah schluckte und begann, den Rest ihres Kuchens zu verdrücken. Nervennahrung!

»Vermutlich würde es dir helfen, ein paar nette Leute kennenzulernen, um dich hier wohler zu fühlen.«

»Ich kenne schon welche, aber genau dann kommt der Tod unseres Pastors dazwischen. Jan sähe es am liebsten, wenn ich alle Kontakte abbreche, bis der Fall geklärt ist.«

»Das kann ich verstehen, aber das wird ja nicht ewig dauern. Kein Grund, ungeduldig zu werden. Du hast alle Zeit der Welt, dich hier einzuleben.«

»Auch wieder wahr«, gab Hannah zu.

»Du brauchst sowieso länger als andere, um mit neuen Situationen zurechtzukommen. Das war schon nach Lasses Geburt so. Und mit Brigittes Demenz kamst du auch erst mal nicht klar.«

Anne schaute ihr tief in die Augen. »Aber, ganz wichtig, letztendlich hast du mit einigen Anlaufschwierigkeiten alle Krisen in deinem Leben gut gemeistert. Die Eingewöhnung in Altkirchen wirst du auch noch wuppen.«

Ein Lächeln schlich sich in Hannahs Gesicht. »Riecht verdammt nach Midlife-Crisis.«

»Könnte sein«, grinste Anne und spielte mit einer auffällig grauen Haarsträhne an ihrer Schläfe. »In unserem Alter haben wir scheinbar alles erreicht und merken doch, dass es noch mehr oder anderes im Leben geben müsste. Manche wechseln dann ihre Männer aus, andere den Job oder werden politisch aktiv. Du bist umgezogen. Und ich habe angefangen, Bio-Gemüse anzubauen und vegetarisch zu kochen. Jedem das Seine.«

»Bloß gut, dass unsere Männer diese Phase schon hinter sich haben. Jans Tief vor einigen Jahren hat mich ganz schön in Atem gehalten.«

»Und findest du nicht, dass das Zusammenleben mit ihnen angenehmer ist, seitdem sie zahmer geworden sind und nicht mehr ständig testosterongetrieben an die Decke gehen?«

Hannah kicherte. »Ich weiß, was du meinst. Die Tage, an denen ich Jan am liebsten zum Mond schießen würde, sind wirklich äußerst selten geworden.«

»Geht mir mit Werner auch so. – Meinst du, wir könnten darauf nachher ein Schlückchen Sekt trinken? Einen Piccolo oder zwei?«

»Gute Idee«, sagte Hannah und stand auf. »Ich stelle gleich mal welche kalt.«

Später schnippelten sie zusammen Obst für einen Salat, den sie abends essen wollten, tranken schon mal ein Schlückchen Sekt und erzählten sich so ziemlich alles, was sie in ihrem Alltag bewegte, belastete, freute, inspirierte ...

Hannah deckte gerade den Tisch, als Natalie anrief. »Sorry, dass es so lange gedauert hat. Wir haben echt viel um die Ohren.«

»Ich will dich nicht lange aufhalten. Es geht um Alfred Potthoff, unseren ...«

»Ich weiß, wer das ist. Was ist denn mit ihm?«, fiel Natalie ihr ins Wort.

»Unsere Büchereileiterin hat Potthoff ja am Pfarrheim gesehen, kurz bevor der Brand ausbrach.«

Natalies langgezogenes »Okay« verunsicherte Hannah, aber jetzt hatte sie einmal angefangen. »Er ist mit ziemlicher Verspätung bei der Pfarrversammlung aufgetaucht. Alle warteten händeringend auf ihn, weil die Mikroanlage nicht funktionierte.«

»Aber deswegen rufst du nicht an, oder?«

»Nein. Ich habe heute etwas über Potthoff erfahren, was vielleicht interessant für euch sein könnte.«

»Lass hören!«

»Angeblich hat er eine recht laxe Dienstauffassung. Ich habe das selbst schon erlebt.« Die Szene im Biergarten, als Potthoff sich ohne plausible Begründung davongemacht hatte, war Hannah noch sehr gut präsent.

»Okay. Und weiter?«, drängte Jans Kollegin.

»Man mutmaßt in Altkirchen, dass Boberg dieses Verhalten nicht länger tolerieren wollte. Vielleicht hat er ihm dienstrechtliche Schritte angedroht. Das könnte doch ein Motiv sein, seinen Chef aus dem Weg zu räumen.«

Keine Reaktion von Natalie. Hastig sagte Hannah: »Noch zwei Punkte, von denen ich nicht weiß, ob sie von Bedeutung sind: Alfred Potthoffs Haus in Everswinkel war das erste Ziel dieses ominösen Feuerteufels. Und er hat mich auf einem Treffen neulich ziemlich seltsam behandelt.«

Natalie erkundigte sich detailliert, was vorgefallen war. Dann schwieg sie.

»Wohl alles ziemlich vage Vermutungen«, beeilte sich Hannah zu sagen. »Ich stehle dir wahrscheinlich nur deine Zeit.«

»Ganz und gar nicht. Wir haben den Mann sehr wohl auf dem Schirm. Zugegebenermaßen erst seit der großen Fallbesprechung am Mittwoch, weil wir bis dahin nicht erkannt hatten, dass der Brandanschlag auf das Pfarrheim womöglich den Mord an Boberg verschleiern sollte. Die Aussage von Frau Hansen, dass Potthoff sich in der fraglichen Zeit am Tatort aufgehalten hat, war dadurch untergegangen.«

Ein kleiner Seitenhieb auf den Kollegen Özgur, der die Büchereileiterin vernommen hatte, war Hannah sofort klar.

»Wir hatten ihn heute im Präsidium. Er sagt, dass er nebenan in der Martinskirche Orgel gespielt und dabei die Zeit vergessen hat. Allerdings …« Natalie brach ab.

»Ja?«

»Ich zögere ein bisschen, aber vielleicht ist es doch gut, dich einzuweihen, damit du dich vor dem Mann in Acht nehmen kannst. Immerhin weiß er um deine Verbindung zur Kripo.«

Hannah wurde nervös. »Was denn noch?«

»Es gab einen anonymen Anruf. Jemand hat behauptet, Potthoff nähme es in finanziellen Angelegenheiten nicht so genau.«

»Das ist ja ein Ding!«

»Es geht nicht um ganz große Summen. Der Kirchenchor veranstaltet ein Mal im Jahr ein Probenwochenende. Potthoff besorgt die Unterkunft in einer Bildungsstätte, sammelt das Geld ein und rechnet hinterher ab. Angeblich hat er sich dabei gewisse Beträge in die eigene Tasche gesteckt. Der Anrufer behauptet, er habe bereits den früheren Pastor darauf aufmerksam gemacht. Der hatte versprochen, sich um die Angelegenheit zu kümmern, aber es ist nichts passiert.«

»Habt ihr Potthoff mit diesen Vorwürfen konfrontiert?«

»Er leugnet alles. Die Pastoralreferentin weiß übrigens nichts von der Sache. Weder Boberg noch sein Vorgänger haben sie eingeweiht. Pastor Deggenkamp werden wir morgen dazu anhören. Jetzt machen wir erst mal Feierabend. War ein langer Tag bei dieser irren Hitze.«

»Ist Potthoff in Haft?«

»Wegen eines anonymen Anrufers? Der Staatsanwalt würde sich schlapp lachen, wenn wir keine Indizien oder mindestens einen Zeugen vorzuweisen haben. In der Personalabteilung des Bistums können wir frühestens am Montag jemanden erreichen. Falls Potthoff eine Abmahnung bekommen hat oder etwas in der Richtung anstand, könnte das ein Durchbruch sein. – Übrigens: Was ist eigentlich mit dieser Charlotte Wegscheidt los?«

»Wieso fragst du?«

»Ich fand sie neulich schon recht seltsam. Heute war sie am Telefon hypernervös, bis sie begriff, dass es um Potthoff ging. Kannst du dir einen Reim darauf machen?«

»Sie hat mit einem Schlag die ganze Verantwortung für die Gemeinde. Gut möglich, dass sie das ziemlich mitnimmt.«

»Okay«, sagte Natalie zögerlich. Sie klang auf einmal entsetzlich müde. »Ich fahre jetzt nach Hause und versuche, ein bisschen abzuschalten. – Wann kommt Jan zurück vom Niederrhein?«

»Wahrscheinlich am Sonntagvormittag.«
»Pass auf dich auf, Hannah. Ciao.«

Gegen zehn Uhr

Sie hatten gegessen, die Nachrichten angeschaut und waren vor einem alten Krimi mit Grace Kelly hängengeblieben, in dem sie die wunderbaren Kleider der 50er Jahre trug. Der seltsame Umgang der Geschlechter miteinander amüsierte sie köstlich.

Als sie den Fernseher abstellten, war es dunkel. Hannah schaltete die Außenbeleuchtung an und goss rasch einige Pflanzen, die dringend Wasser brauchten.

In der Nähe der Holzbank spürte sie einen Luftzug, die Blätter des Kirschbaums raschelten. Hier am Rand des Gartens kühlte es sich schneller ab als auf der Terrasse, wo die Wände tagsüber Wärme speicherten.

»Lass uns auf der Bank unseren Sekt trinken«, schlug sie vor.

Anne war sofort dabei. »Hauptsache, die Mücken sind schon schlafen gegangen.«

Hannah brachte zwei Gläser und einen ersten Piccolo nach draußen. Ein letztes Tirili der Vögel in den Bäumen. Dann war es still.

Wieder spürte Hannah eine leichte Brise auf den bloßen Armen und Beinen. »Ah, tut das gut«, genoss Anne. Bevor Hannah antworten konnte, hörte sie ein »Pssst« von ihrer Freundin.

Eine Männerstimme, erst leise, dann immer deutlicher.

»Nein. – Kann ich nicht sagen.«

Einen Moment lang war nichts zu hören, dann: »Sagte ich doch schon.«

Wieder eine kurze Stille, gefolgt von einem verärgerten »Keine Ahnung.«

»Handy«, flüsterte Anne in Hannahs Ohr und lachte leise.

»Gisa, das weiß ich wirklich nicht.« Jetzt ging er direkt hinter der Hecke an ihnen vorbei. Sie hörten noch einige Bemerkungen, dann war das Gespräch offenbar beendet.

»Ist ja irre«, meinte Anne. »Hier kann man prima Leute belauschen.«

»Allerdings. Keiner weiß von der Bank.«

Sie schwiegen eine Weile, aber es blieb ruhig.

»Schau mal: der Abendstern.«

Hannah starrte an den Himmel, bis sie ihn gefunden hatte. Von anderen Gestirnen noch keine Spur.

In einträchtigem Schweigen leerten sie ihr erstes Glas. Beide merkten, dass der Alkohol ihnen schnell in den Kopf stieg.

»Wir sollten es langsam angehen lassen«, schlug Anne vor.

»Was hältst du von einem Eis zwischendurch?«

»Da sag ich nicht nein.«

Als Hannah sich dem Haus näherte, hörte sie das Klingeln des Telefons. Jan!

»Da habe ich ja Glück, dich zu erwischen. Ich dachte schon, ihr beide zieht um die Häuser«, feixte er.

»Wollten wir eigentlich, aber ...«, stieg sie auf den lockeren Ton ein.

» ... die Hitze!«, stöhnte Jan zu Hannahs Erstaunen. Sie hatte eigentlich auf die fehlenden Ausgehmöglichkeiten in Altkirchen hinausgewollt.

Mitfühlend sagte sie: »Ich habe euch wirklich nicht um euren Job beneidet. War es einigermaßen auszuhalten beim Möbelschleppen?«

»Heute Nachmittag war es grenzwertig. Gesine hatte Kreislaufprobleme und konnte nicht viel helfen. Glücklicherweise haben Stieg und Gesines Freunde aus Rees kräftig mit angepackt. Das Bett ist aufgebaut, die Lampen hängen, die Küche ist einigermaßen funktionstüchtig. Ansonsten herrscht natürlich noch das übliche Umzugschaos.«

»Habt ihr etwas Ordentliches zu essen bekommen?«

»Aber klar. Wir waren beim Italiener am Marktplatz. Gleich werde ich mich auf die Liege hauen. Stieg und ich wollen morgen früh anfangen und uns Schränke und Regale vornehmen. Dann kann ich vielleicht schon zu Mittag bei meiner Mutter sein.«

»Grüß sie bitte von mir. Und viel Spaß beim Klassentreffen.«

»War Blödsinn, überhaupt zuzusagen. Ich bleibe bestimmt nicht lange. Sonntag mache ich mich nach dem Frühstück auf den Heimweg.«

»Wir müssen abends noch Lasse aus Gievenbeck abholen.«

»Aber bis dahin haben wir das Haus für uns.«

»Was willst du damit sagen?«, frotzelte Hannah.

»Lass dich überraschen!«, flötete er in ihr Ohr. »Soll Sonntag noch schön warm sein.«

»Vor allem oben im Schlafzimmer«, seufzte Hannah und setzte betont hinzu: »Viel zu warm.«

»Man kommt ja mit wenig Kleidung aus … oder ganz ohne.«

»Oh la la!«, lachte Hannah.

»Wir können das Fenster öffnen, damit es Durchzug gibt.«

»Interessanter Gedanke«, sagte Hannah in todernstem Ton. »Aber was sollen die Nachbarn denken?«

»Gar nichts. Wenn es sein muss, kann ich mich beherrschen. Akustisch, meine ich.«

Sie lachten und schwiegen dann. Eigentlich war alles gesagt, aber keiner wollte das Gespräch beenden.

»Schlaf gut«, flüsterte Jan.

»Du auch.«

»Auf jeden Fall. Und grüß Anne. Macht euch morgen einen schönen Tag.«

Mit einem Anflug von schlechtem Gewissen legte Hannah auf. Jan war immer noch im Glauben, dass Anne erst am Sonntag wieder fahren würde.

Das Eis schmolz herrlich langsam auf der Zunge.

»Neue Sorte?«, wollte Anne wissen.

»Dark chocolate.«

»Mega. – Wollen wir eigentlich morgen noch etwas unternehmen? Eine Fahrradtour vielleicht?«

»Am besten ganz früh. Vielleicht irgendwohin zum Frühstücken. Du könntest Jans Leeze nehmen.«

»Guter Plan! Dann sollten wir aber nicht allzu spät ins Bett gehen.«

»Ist aber immer noch 30 Grad plus. Lüften macht zur Zeit noch keinen Sinn.«

»Ich schlafe unten im Arbeitszimmer. Wenn ich heute Nacht wach werde und es sich lohnt, öffne ich Fenster und Terrassentür, damit wir morgen früh ein bisschen frischere Luft haben.«

»Die Tür? Ich weiß nicht ...«

»Warum nicht? Euer Garten ist doch komplett von Hecke und Garage umgeben. Wer soll denn hier reinkommen?«

»Neuerdings gibt es eine Stelle neben dem Schuppen, wo der Nachbar seinen Strauch ziemlich großzügig beschnitten hat.«

»Aber das weiß doch keiner.«

Hannah seufzte. »Da hast du recht.«

»Wenn du auf Nummer sicher gehen willst, nimm dein Portemonnaie und Handy mit nach oben ins Schlafzimmer. Tue ich manchmal auch, aber meistens vergesse ich es. –

Wann stehen wir denn auf?«

»Ich bin bestimmt früh wach und mache meine Gießaktion.«

»Die erledige ich momentan auch morgens. Und das Bügeln.«

»Ich bin vorgestern um halb fünf spazieren gegangen.«

»Keine schlechte Idee. Viel Bewegung bekommt man ja zur Zeit nicht.«

»Unterwegs hatte ich übrigens ein merkwürdiges Erlebnis.«

»Inwiefern?«

Während Hannah schilderte, was am Garten von Karola Apelbeck passiert war, lief es ihr kalt über den Rücken.

»Und du meinst, jemand hat mit einer Taschenlampe im Garten herumgefuchtelt?«

»Wahrscheinlich schon. Als ich auf das Licht zugegangen bin, habe ich vermutlich ein Fahrrad umgestoßen, das am Straßenrand abgestellt war. Hörte sich so an, als sei jemand kurz darauf damit weggefahren. Und außerdem war da einen Moment lang so ein komisches Glitzern. Vielleicht ein synthetischer Stoff, der beim Lichteinfall schimmerte.«

»Könnte eine Fahrradhose gewesen sein. Die sind häufig aus glänzendem Material. Passt zu der Leeze, die da stand.«

»Bei irgendwem habe ich so eine Hose in letzter Zeit gesehen. An sich dunkel, aber glänzend. Ich weiß bloß nicht mehr wo und wann.«

»Aber was will jemand nachts in einem Garten?«

Hannah zögerte, gab sich dann einen Ruck. »Möglicherweise Fingerhut klauen. Pastor Boberg ist damit vergiftet worden. Ich habe am nächsten Tag einen verblühten Stängel dort gesehen, allerdings in einer ganz anderen Ecke des Gartens.«

»Weißt du, wie sich Fingerhut vermehrt?«

»Nicht so genau.«

Anne holte tief Luft. »Also. Der Samen aus den Kapseln verbreitet sich in der ganzen Umgebung, und dann bilden sich neue Exemplare aus. Oft erst im nächsten Jahr, manchmal aber noch im Spätsommer. Allerdings sind die Ableger meis-tens viel kleiner als die der Ursprungspflanze. Wo du das Licht gesehen hast, könnte so eine neue Pflanze gestanden haben. Oder sogar mehrere.«

Hannah war konsterniert. An diese Möglichkeit hatte sie noch gar nicht gedacht.

»Du wolltest heute unbedingt mit Natalie sprechen«, bohrte Anne weiter. »Ging es um euren Küster-Organisten?«

»Ja. Ich habe von einigen Dingen gehört, die auf ihn hindeuten.«

»Aber wie hoch ist die Wahrscheinlichkeit, dass ein Mann Pralinen präpariert, um jemanden umzubringen?«

»Und dazu noch selbstgemachte Pralinen!«

»Traust du ihm das zu?«

Anne schien Hannahs Unsicherheit zu spüren. »Und wenn man bedenkt, dass Giftmorde überwiegend von Frauen verübt werden, sollte man wirklich darüber nachdenken, ob ...«

Während Anne redete, meinte Hannah ein Geräusch zu hören. Rasch legte sie ihrer Freundin eine Hand auf den Mund. Anne verstummte augenblicklich. Beide lauschten angestrengt, aber bis auf ein entferntes Motorengeräusch war es vollkommen ruhig.

Plötzlich ein Hecheln von rechts, Schritte, die gemächlich näherkamen, die Bank erreichten und sich wieder entfernten.

»Wahrscheinlich unser Nachbar«, flüsterte Hannah. »Geht Gassi mit seinem übergewichtigen Hund. Das arme Tier sitzt den ganzen Tag im Zwinger.«

»Ist nicht wahr!«

»Hast du davor das Geräusch gehört? Ich meine, es kam von der Straße.«

»Nein.«

»Dann habe ich mich wohl getäuscht.«

»Sollen wir reingehen? Ich glaube, allmählich haben die Mücken mich entdeckt.«

Hannah stand sofort auf. »Wir sollten überlegen, wohin wir morgen fahren wollen.«

Gegen elf am Abend

Sie teilten sich noch einen Piccolo, studierten die Radkarte des Kreises und einigten sich auf Telgte als Ziel ihrer Tour. Als sie immer häufiger gähnten, beschlossen sie, ins Bett zu gehen.

Hannah versuchte, die Temperatur im Schlafzimmer so gut es ging zu ignorieren. Wie in den vergangenen Tagen lehnte sie das Fenster an, um es nachts irgendwann öffnen zu können, und kroch halbherzig unter den Bettbezug. Die Seidendecke würde sie heute garantiert nicht brauchen.

Du kannst nichts an der Wärme ändern. Nimm sie gelassen hin, sagte sie sich immer wieder vor.

Einmal war sie schon beinahe eingeschlafen, als ihr die Fingerhut-Ableger in den Sinn kamen. Sollte sie morgen noch einmal Kontakt mit Natalie aufnehmen? Aber wenn es falscher Alarm war? Es wäre schließlich nicht das erste Mal, dass sie sich in etwas hineinsteigerte, das jeder realen Grundlage entbehrte.

Sie wälzte sich hin und her, unschlüssig, ob sie irgendetwas unternehmen musste oder die Kripo einfach ihre Arbeit machen lassen sollte.

Irgendwann tat der Sekt das Seine, ihre Atemzüge wurden tiefer und …

Samstag, 28. August

Ein Geräusch schreckte sie auf. Dann ein Lichtschein, der durchs Zimmer glitt.

00.30 Uhr: viel zu früh für den Zeitungsboten.

Der Lärm hörte in unmittelbarer Nähe auf. Sie atmete durch: bloß das Auto der Nachbarn von gegenüber, die nach Hause kamen.

Mit einem Mal saß sie senkrecht im Bett: Sie hatte vergessen, Handy und Geld sicherheitshalber mit nach oben zu nehmen! Hellwach warf sie den Bettbezug von sich.

Um Anne nicht zu wecken, schlich sie auf bloßen Füßen die Treppe runter, ohne Licht zu machen. Sicherheitshalber hielt sie sich am Geländer fest, weil ihr die hölzernen Stufen noch nicht so vertraut waren wie die in Gievenbeck.

Endlich spürte sie die raue Struktur der Fliesen unten im Flur. Fahles Mondlicht fiel in zwei Streifen durch die Glaseinsätze der Haustür auf den Boden.

Zwei, drei Schritte, und sie stand vor der Kommode. Schnell hatte sie ihr Portemonnaie und Handy ertastet. Wo war Annes Handtasche? An der Garderobe hing sie nicht.

Sie schaffte es, die Wohnzimmertür geräuschlos zu öffnen und hangelte sich an den Stühlen entlang, wurde aber nicht fündig. Vielleicht hatte Anne ihre Sachen mit ins Arbeitszimmer genommen.

Das Getöse kam aus dem Nichts – ein fürchterlicher Krach in der nächtlichen Stille. Hannah erschrak bis ins Mark.

Der Hund des Nachbarn! Wütendes Kläffen, das mit jeder

Bell-Attacke anschwoll. Dazwischen eine Sekunde Pause, gefolgt von einem neuen Ausbruch.

Hannah war geschockt. Sie hatte das Tier noch nie so gehört. Schon gar nicht mitten in der Nacht!

Jetzt ein heiseres Knurren – unterbrochen von der Stimme eines Mannes. Der Nachbar?

Sie schlich zum Fenster, kippte es: Der Mann brüllte den Hund unbeherrscht an. Verstehen konnte sie nichts, aber er klang wütend.

Noch einmal setzte der Hund zu bellen an, aber mehr als ein kurzes »Wuff« kam nicht. Dann Stille.

Sie verschloss das Fenster, raffte ihre Wertgegenstände zusammen und schlich wieder nach oben. Anne hatte sich nicht gerührt.

Als sie wieder im Bett lag, klopfte ihr Herz bis zum Hals. Warum hatte der Hund gebellt? Hatte er jemanden gewittert? Sofort hatte sie die Lücke zwischen Schuppen und Hecke vor Augen.

Jedenfalls war der Eindringling nicht an dem Hund vorbeigekommen. Und würde es auch in den nächsten Stunden wohl kaum schaffen. Dafür sorgte das wachsame Tier schon.

Allmählich beruhigte sich ihr Puls, und sie döste ein, schlief aber nur in Häppchen von wenigen Minuten. Im Traum durchschritt sie üppige Gärten, die übersät waren von weißen und rosa Fingerhut-Ablegern in allen Größen. Karola Apelbeck riss sie alle aus und stopfte sie energisch in einen Eimer. Hannah rief ihr zu, das sei doch viel zu gefährlich, ruderte mit den Armen und … wachte auf.

»2.23« las sie auf dem Display ihres Weckers. Sie musste unbedingt wieder einschlafen. Die Radtour morgen würde bei der Hitze kein Zuckerschlecken werden.

Ihr Mund fühlte sich trocken an. Aufstehen und eine Wasserflasche holen?

Der Wecker zeigte 27 Grad an. Sie stand auf, öffnete das Fenster. Draußen war es kaum kühler geworden, aber das würde in den nächsten Stunden schon noch werden.

Zu träge, sich noch mal nach unten zu schleichen, legte sie sich wieder ins Bett.

Gerade fing sie an sich zu entspannen, als sie meinte, wieder das Bellen zu hören. Sie richtete sich auf und horchte, aber da war nichts. Absolute Stille draußen. Beruhigt drehte sie sich auf die Seite.

Gegen vier, halb fünf musste sie doch noch in den Schlaf gefunden haben, denn beim nächsten Erwachen zeigte der Wecker 6.30 Uhr. Draußen war es hell, die Vögel zwitscherten.

Die Nacht war für sie vorbei, aber sie fühlte sich wie gerädert. Nach Annes Abreise würde sie sich einen ausgiebigen Mittagsschlaf gönnen.

Seufzend stand sie auf und ging ins Badezimmer.

Zehn vor sieben - 25 Grad

Unten empfing sie einigermaßen frische Luft, die durch die sperrangelweit geöffnete Glastür und die Fenster strömte.

Hannah ertappte sich bei dem Gedanken, wann Anne wohl nachts aufgestanden war, um für Abkühlung zu sorgen. Leise Unruhe keimte in ihr auf, aber sie beschloss, das Gefühl zu ignorieren, und startete ihre übliche Runde im Garten.

Der routinierte Ablauf tat ihr gut, und bald war es wie immer bei Tagesanbruch: Die nächtlichen Sorgen schrumpften und kamen ihr ziemlich lächerlich vor.

Kanne um Kanne schleppte sie Wasser zu ihren Sorgenkindern, in der Hoffnung, sich das abendliche Gießen eventuell ersparen zu können. Schließlich kam sie zu der ominösen Stelle am Schuppen. Die Hecke hatte dort nicht wachsen können, solange der Nachbar den Busch wuchern ließ. Seine ausgiebige Schnittaktion im Frühjahr hatte eine schmale Lücke hinterlassen, die sich in dem extrem trockenen Sommer kaum geschlossen hatte. Eine schlanke Person konnte sich wahrscheinlich mit einiger Mühe hindurchzwängen.

Systematisch inspizierte sie den Boden: kleine Zweige ohne frische Bruchstellen. Die konnten gut und gerne seit Monaten hier liegen. Dazu vertrocknete Blätter wie überall momentan. Kein Fußabdruck auf der steinharten Erde. Nichts, was eindeutig darauf hinwies, dass jemand versucht hatte, ihr Grundstück zu betreten.

Erleichtert füllte sie die Kannen auf und kehrte zurück ins Haus. Anne war immer noch nicht aufgetaucht.

Sie holte sich ein Glas aus dem Schrank und öffnete den Kühlschrank, aber das Seitenfach war bis auf die Ketchup-Flasche leer. Ihr Blick glitt suchend umher, fand die Wasserflasche neben der Kaffeemaschine. Sie wollte gerade die Kühlschranktür schließen, als sie den Becher mit Quark sah: im oberen Fach, wo er sonst nie stand. Die Margarine eins tiefer war weit nach hinten geschoben, die Marmelade stand ebenfalls am völlig falschen Platz.

Sah sie jetzt schon Gespenster?

Rasch griff sie nach dem Quark und hob den Deckel an. Die Packung war fast leer. Ungläubig starrte sie auf den kläglichen Rest, in dem winzig kleine, dunkle Stückchen zu sehen waren.

Ohne weiter nachzudenken stellte sie die Packung in die Spüle, ließ Wasser hineinlaufen und kippte das Ganze um.

»Moin.«

Aus dem Augenwinkel sah Hannah bloße Füße und ein

ausgeblichenes Oversize-Shirt. Hastig wischte sie die Reste ihrer Aktion in den Ausguss.

»Was machst du da denn?«

Schon stand Anne neben ihr und starrte ins Spülbecken.

»Den Quark entsorgen. Sah nicht mehr genießbar aus.«

»Heute früh war er noch prima. Ich hatte eine kleine Hungerattacke und habe mir ein paar Löffel mit Marmelade gegönnt.«

Augenblicklich entspannte sie sich. Anne hatte die Sachen falsch eingeräumt. Es gab also für alles eine ganz logische Erklärung.

Zwanzig Minuten später saßen sie in der Küche bei einer Tasse Kaffee und einer Scheibe Toastbrot als kleine Wegzehrung.

»Du hast recht«, sagte Anne und legte ihr Handy zur Seite. »Am Marktplatz gibt es mehrere Lokale, bloß kein Café. Aber ich habe eine Alternative gefunden. Wie weit ist es eigentlich bis Telgte?«

»Über Everswinkel bin ich noch nie gefahren. Ich schätze, höchstens 15 Kilometer.«

»Peanuts für uns«, brummte Anne, strich den frischen Quark fingerdick auf ihr Toastbrot und griff nach der Marmelade.

»Hey, warte mal!«

Hannah nahm ihrer entgeisterten Freundin das Schälchen aus der Hand und untersuchte die rote Substanz akribisch mit einem kleinen Löffel. Da war doch etwas …

»Hannah, die Marmelade ist in Ordnung. Die habe ich heute Morgen auch schon gegessen.«

Hastig stellte Hannah das Schälchen wieder ab. »Da sind irgendwelche schwarzen Stippen drin.«

»Die sind immer in Dreifruchtmarmelade. Wahrscheinlich von den Himbeeren.«

»Okay.«

»Was ist denn bloß mit dir los? Du bist ja total mit den Nerven zu Fuß.«

»Hast du den Hund heute Nacht gehört?«

Irritiert schaute Anne sie an. »Ich glaube ja, aber ich bin nicht richtig wach geworden. Warum fragst du?«

»Der bellt sonst nie.«

»Dann hat er irgendetwas gesehen oder gehört. Wahrscheinlich einen Igel.«

»Ja, kann sein.«

Anne musterte sie eindringlich. »Du klingst nicht wirklich überzeugt. – Machst du dir Sorgen, weil die Türen offen standen? Der Hund hat doch viel früher gebellt.«

Hannah starrte schweigend vor sich hin.

Anne biss in ihr Toastbrot und sprach mit vollem Mund weiter. »Vermutlich bist du einfach hypernervös, weil dieser ganze Fall dir zu schaffen macht. Ist ja auch eine schlimme Sache, in die du da hineingeraten bist.«

Gleich würde sie heulen, schoss Hannah durch den Kopf. Schon wieder!

Anne setzte ihre Kaffeetasse ab und legte eine Hand auf Hannahs Arm. »Meinst du nicht, du solltest Jan endlich alles erzählen? Was passiert ist, wen du wo gesehen hast, wen du in Verdacht hast. Er wird bestimmt sauer sein, weil du ihm einiges verschwiegen hast, aber die Hauptsache ist doch, dass der Fall geklärt wird und du hier wieder unbeschwert leben kannst.«

Hannah schluckte. Die sanft klingenden, aber bestimmten Worte ihrer Freundin setzten ihr zu.

Anne setzte sich neben sie und umarmte sie. »Du kannst das nicht mit dir allein abmachen. Wann kommt Jan nach Hause?«

»Morgen früh«, krächzte sie.

»Soll ich so lange hier bleiben?«

Heftiges Kopfschütteln. »Sind ja nur ein paar Stunden. Die schaffe ich schon noch.«

Gegen halb neun - kurz vor Everswinkel

Sie waren später losgefahren als geplant, weil sie einige Zeit gebraucht hatten, um Jans Fahrradsattel für Anne passend einzustellen. Dann musste ein Käppi als Schutz gegen die Sonne für sie gefunden werden. Einen Helm hatte Anne nicht dabei. Hannah musste noch alle Fenster und Rollläden schließen und eine Nachricht von Antons Mutter beantworten, die versicherte, die beiden Jungen hätten sich bisher bestens amüsiert.

Aber nun rollten sie bei angenehmem Fahrtwind auf dem Radweg entlang der Straße nach Everswinkel, auf der bereits erstaunlich viele Autos unterwegs waren. Irgendwann passierten sie die Stelle, an der Lasse um ein Haar mit der Frau auf dem Rennrad kollidiert wäre. Kaum zu glauben, dass noch nicht einmal zwei Wochen seit dieser entspannten Tour vergangen waren. Noch immer hatte sie keine Ahnung, wer die Frau gewesen war, die ihr später in Everswinkel quer über den Kirchplatz zugewunken hatte. Wahrscheinlich war es doch eine Verwechslung gewesen.

Ein Blick auf die Radkarte in ihrem uralten Kartenhalter zeigte ihr, dass die Magnuskirche, die so großartig renoviert sein sollte – wer hatte ihr das eigentlich erzählt? – direkt am

Weg lag. Es lag ihr auf der Zunge, Anne eine Besichtigung vorzuschlagen, aber schon jetzt stiegen die Temperaturen rasant an.

Als sie den Ortskern hinter sich ließen, stießen sie zunächst auf eine Allee, die herrlichen Schatten spendete. Während sie ein Wäldchen durchquerten, hatte Hannah immer mehr Mühe, die Geschwindigkeit zu halten. Zuerst schob sie es auf die schlechte Wegstrecke aus geborstenen Betonplatten, dann auf die Hitze. Bis sie plötzlich freie Sicht hatten.

»Ein Berg!«, jammerte Anne augenblicklich. »Wo bin ich denn hier gelandet? Das kann doch gar nicht sein!«

Hannah konnte Annes Frust bestens nachempfinden. In ihrer Heimat rund um das Golddorf nahe der holländischen Grenze konnte man ausgedehnte Radtouren machen, ohne einen einzigen Höhenmeter bezwingen zu müssen. Sie war selbst erstaunt über die von mehreren Windkraftanlagen gekrönte Kuppe, die sich bis zum Horizont vor ihnen ausdehnte.

»Wahrscheinlich Ablagerungen der Ems«, sagte sie vage, konnte Anne aber nicht besänftigen. Dass sie die Höhenangabe »75 Meter« und das Zeichen für einen guten Aussichtspunkt auf der Karte übersehen hatte, verriet sie ihrer Freundin lieber nicht.

»Gib mir mal einen Schluck Wasser!«, forderte Anne und streckte die Hand aus.

»Ich habe vergessen, die Flasche aus dem Kühlschrank zu nehmen. Sorry.«

Anne verzog das Gesicht und stieg wortlos aufs Rad.

Im kleinsten Gang arbeiteten sie sich vorwärts. Kein Baum und kein Strauch versprach Schatten, sodass Hannah mächtig unter ihrem Helm schwitzte. Die abgeernteten Getreidefelder und den vertrockneten Mais nahm sie nur am Rande wahr. Quälend langsam rückten die Windräder auf der Höhe näher.

Fahrtwind gab es hier nicht. Die Luft schien stillzustehen – die Flügel der Windräder bewegten sich keinen Deut. Der Schweiß rann ihr in den Nacken, dann über den Rücken. Keine Spur von Telgte.

Anne kämpfte sich verbissen vorwärts, obwohl sie auf dem ungewohnten Rad die schwierigere Aufgabe hatte. Allmählich war zu erkennen, dass der Weg sie nicht ganz bis zum höchsten Punkt der Kuppe führen würde. Immerhin!

Wegweiser tauchten auf und zeigten den R1 an, einen Fernradweg, der quer durchs Münsterland bis nach Holland führte. Die langgezogene Steigung setzte sich fort, bis sie nach rechts abbiegen mussten. Endlich lag die Silhouette von Telgte vor ihnen! Von nun an ging es bergab.

Anne nahm mächtig Geschwindigkeit auf, hing tief über dem Lenker, der Abstand zu Hannah vergrößerte sich zusehends. Schon konnte man unten die Bundesstraße ausmachen, die sie queren mussten. Fortwährend rollten Autos in beide Richtungen. Hannahs Blick fiel nach rechts, wo in dem Moment ein gelbes Ungetüm von Zug aus einem Wäldchen auftauchte und auf sie zuraste.

»Pass auf«, schrie sie aus Leibeskräften, unmittelbar bevor ein warnender Pfiff ertönte.

Annes Kopf schnellte hoch. Statt zu bremsen trat sie noch heftiger in die Pedale.

Der Zug rollte vorbei, endlos lang. In Wahrheit waren es nur wenige Waggons.

Zur selben Zeit – bei Ibbenbüren

Bloß weg! Egal wohin! Hauptsache eine andere Umgebung mit weitem Blick über Felder und Wiesen, um den ewigen Kreislauf der Gedanken zu stoppen. Die leistungsstarke Klimaanlage in seinem neuen Wagen sorgte für angenehmes Fahren.

Bei Saerbeck war er aus alter Gewohnheit auf die B 475 abgebogen. Gefährliches Terrain! Irgendwann musste er sich dem Ganzen schließlich stellen.

Aber nicht jetzt! Er brauchte eine Pause, Abstand. Also noch ein Stück weiter. Immer am Rand des östlichen Münsterlands entlang: Glandorf, Füchtorf – weiter, weiter.

Als das Hinweisschild kurz vor Sassenberg auftauchte, wusste er, dass sein Unterbewusstsein ihn genau hierher geführt hatte. Wenig später parkte er sein Auto, nahm die Tasche mit den Badesachen aus dem Kofferraum, wo er sie ständig aufbewahrte, und marschierte zum Einlass.

Zur selben Zeit – Terrasse mit Blick auf die Ems in Telgte

Anne hatte auf der anderen Straßenseite auf sie gewartet. Wortreich hatte sie Hannah den Weg zum Café erklärt und dann das Handy wieder in die Tasche gesteckt, offensichtlich darum bemüht, das Zittern ihrer Hand zu verbergen.

Während des Frühstücks hatten sie sich über Belangloses unterhalten: den niedrigen Wasserstand der Ems, die Leute an den Nebentischen, die erträgliche Temperatur nah am Flussufer – nur nicht über das, was beiden im Kopf herumging.

Ihre Freundin war in düsterer Stimmung, aber Hannah wusste, dass es keinen Sinn hatte, sie darauf anzusprechen. Irgendwann würde sie von selbst reden.

Und so war es. Als die Kellnerin das Geschirr abgeräumt hatte, gab Anne sich einen Ruck. »War knapp vorhin.«

»Kann man so sagen.«

»Ich habe die Bahnlinie verdammt noch mal überhaupt nicht bemerkt, nicht mal das Andreaskreuz. Ich hatte nur Augen für die Straße.«

»Der Zug kam seitlich aus dem Wald. Ich habe ihn auch erst eine Sekunde vor dem Pfiff gesehen. An dieser Bahnstrecke passieren häufig Unfälle.«

»Wenn du nicht geschrien hättest, wäre es anders ausgegangen.«

»Warum hast du denn nicht gebremst?«

»Ich dachte, ich schaffe es nicht, bis der Zug da ist, könnte stürzen, vielleicht in die Waggons kegeln – was weiß ich. Also bin ich voll Speed weiter.«

»Mein Gott, Anne. Wenn da Autos gewesen wären ...«

»Die Straße hatte ich doch in beide Richtungen gecheckt.«

Sie schwiegen einen Moment. Dann schüttelte Anne den Kopf: »Wie schnell das gehen kann! Ein Moment Unaufmerksamkeit, und alles hätte vorbei sein können. So nah dran war ich noch nie. Glück gehabt.«

»Oder da oben hat jemand auf dich aufgepasst.«

Anne nickte mit ernstem Gesicht: » … und dich geschickt.«

An der Tür zum Café erschien ein Pärchen und sah sich suchend nach einem freien Tisch um.

»Wollen wir los?«, schlug Hannah vor.

»Meinetwegen. Aber bitte nicht den selben Weg zurück.«

»Dann müssen wir allerdings ein Stück an der Straße entlangfahren, bis wir auf die Schlösser-Route treffen.«

»Warum nicht gleich so?«, meinte Anne und lächelte verschmitzt.

In gelöster Stimmung brachen sie auf. Nach wenigen Minuten hatten sie den idyllischen Marktplatz von Telgte erreicht und stellten ihre Räder vor dem früheren Rathaus ab. Die Hitze staute sich zwischen den historischen Gebäuden – die wenigen Bäume konnten daran nichts ändern. Trotzdem waren etliche Tische der Lokale rings um die überlebensgroße Bronzefigur des Stadtausrufers besetzt.

»Wollen wir hier noch etwas trinken oder gleich weiterfahren?«

»Habe noch was zu erledigen«, sagte Anne und bog in die Seitengasse ein, an deren Ende das grüne Kupferdach der barocken Wallfahrtskapelle leuchtete. Zu Hannahs Erstaunen betrat ihre Freundin ohne Zögern das eher schlichte Innere des Kirchenraums und steuerte zielstrebig auf die Ständer mit den Opferkerzen zu.

»Hast du Kleingeld für mich?«

Wortlos zückte Hannah ihr Portemonnaie.

»Und was ist das für ein futuristisches Gebäude?« Anne zeigte auf die schmucklose Fassade aus hellem Stein gegenüber der Kapelle.

»Der Neubau des Westfälischen Museums für religiöse Kultur. Die Fachwerkhäuser gegenüber waren irgendwann zu klein. Sollen wir reingehen?«

»Vielleicht beim nächsten Mal«, sagte Anne. »Lass uns jetzt machen, dass wir nach Hause kommen.«

Obwohl es nur wenige Schritte bis zum Marktplatz waren, wechselten sie die Straßenseite, um den schmalen Schattenstreifen auszunutzen. Unterwegs fiel Hannahs Blick in das Schaufenster der Buchhandlung in einem üppig mit

Stuck-Elementen und blauen Kacheln verzierten Haus. Das Fenster war mit Neuerscheinungen dekoriert, die sie interessierten. Sollte sie vielleicht doch einen kleinen Abstecher machen?

Sie schaute sich gerade nach Anne um, die lustlos vor dem nächsten Schaufenster auf sie wartete, als plötzlich eine Frau mit halblangen kupferroten Haaren aus dem Geschäft trat.

»Grüß dich, Hannah! So trifft man sich. Bist du auch auf der Suche nach Schmökern, um diese Hundstage einigermaßen zu überstehen? Unsere Bücherei fällt ja bis auf Weiteres aus.«

Demonstrativ hob Barbara Uphoven eine prall gefüllte Baumwolltasche an. Wie immer klimperten Silberreifen an ihrem Handgelenk, mehrere ausgefallene Ringe blitzten an ihren Fingern.

»Eigentlich sind wir auf einer Fahrradtour«, antwortete Hannah und wies auf Anne.

Barbara drehte sich um. »Ach, hallo! Hatte gar nicht gesehen, dass du in Begleitung bist.«

Zögerlich kam Anne näher und musterte ungeniert Barbaras Outfit: eine weite Hose aus schwarzem Satin und ein Hauch von gelber Bluse mit gewagtem Ausschnitt. Der Kontrast zu Annes lässiger Freizeitkleidung war unübersehbar.

Hannah stellte vor. »Barbara. Wir engagieren uns zusammen in der Severin-Gemeinde. – Meine Freundin Anne.«

Die beiden nickten sich mit einem »Hallo« zu.

»Dann macht euch noch ein schönes Wochenende!«, redete Barbara munter weiter. »Dein Mann ist ja unterwegs. Und dein Sohn steht vermutlich trotz Hitze auf dem Fußballplatz?«

»Lasse ist mit einem Freund und dessen Familie nach Holland gefahren.«

»Also sturmfreie Bude. Genießt es!«

Anne schaute auf ihre Uhr. »Hannah, so langsam wird es knapp für mich. Spätestens um zwei muss ich los.«

»Ja, klar. – Ciao, Barbara. Wir sehen uns!«

Zur selben Zeit – am Feldmarksee bei Sassendorf

Strand, Gastronomie, Fitnessgeräte, Segelboote – interessierte ihn alles nicht im Geringsten. Höchstens der Wald am Ufer und auf der Vogelinsel, weil der Anblick das Gedankenkarussell in seinem Kopf verlangsamte.

Mit kräftigen Zügen schwamm er weit hinaus, hielt sich möglichst abseits von anderen Schwimmern, obwohl er so gut wie nie im Wasser erkannt wurde. Wahrscheinlich weil man ihn dort nicht vermutete.

Die Abkühlung fiel geringer aus als erhofft. Der extrem gesunkene Wasserspiegel war ein Schock und verleidete ihm anfangs das Vergnügen, aber bald stellte sich das wohlige Gefühl ein, das er so unglaublich genoss. Er drehte und wand sich endlos hin und her, Wasser glitt sanft über Arme, Beine, Rücken, Bauch.

Schon lange nutzte er jede noch so kleine Gelegenheit zum Schwimmen. Es verschaffte ihm die Illusion, berührt zu werden, ein Gefühl, das er ansonsten nicht kannte. War heutzutage auch nicht denkbar – jedenfalls für einen wie ihn.

Natürlich: hier mal ein Schulterklopfen, dort eine angedeutete Umarmung. Mehr durfte nicht sein.

In seiner Jugendzeit war das noch anders gewesen. Pastöre ließen sich damals von einer Frau den Haushalt führen:

die Braven ganz unschuldig von ihrer Schwester, die anderen eben nicht. Man lebte zusammen, fuhr sogar gemeinsam in den Urlaub – mit stillschweigender Duldung von oben. Nur wenige von dieser 68er-bewegten Generation lebten noch, aber bald würden auch die letzten Revoluzzer nicht mehr da sein.

Damals hatten Kapläne im Pfarrhaus gewohnt und immerhin für Gesprächsstoff bei den Mahlzeiten gesorgt. Heutzutage lebte man als Priester zu oft ein einsames Leben: niemand zum Reden, niemand, der einen auffing, in den Arm nahm, wenn es einem dreckig ging, man sich ausgelaugt fühlte.

Er wusste, dass nicht nur er so empfand. Die anderen aus seinem Weihekurs hatten ähnliche Probleme. Gelegentlich kamen die zum Vorschein – nicht selten nach einer gehörigen Portion Alkohol.

Und plötzlich kommt so eine nette Person daher, vertraut dir ihre Sorgen an, bittet dich um Rat. Damit fing es an …

Um halb zwei – Altkirchen

Sie tranken noch zusammen einen Milchkaffee im abgedunkelten Wohnzimmer.

Hannahs Stimmung verdüsterte sich zusehends. »Das Wetter ist schlimmer als Dauerregen. Dabei kann man es sich wenigstens drinnen gemütlich machen.«

Anne klappte ihr Handy zu. »Soll heute nicht mehr ganz so heiß werden wie gestern. Die arktische Luft hat es schneller geschafft als die Wetterfrösche vorhergesehen haben. – Übrigens: Diese Barbara ist ja eine extravagante Erscheinung. Solche Klamotten würde ich im Hochsommer höchstens zu einer Hochzeit anziehen, aber nicht, um mir ein paar Bücher zu kaufen.«

»Sie hat es eben mit feinen Stoffen, viel Farbe und auffälligem Schmuck. Finde ich nicht so tragisch.«

»Und redet wie ein Wasserfall! Ich fand sie ein bisschen aufdringlich.«

»Du weißt eben nicht, wie man sich freut, mit irgendwem ein paar Worte wechseln zu können, wenn man allein lebt.«

»Stimmt. Ich habe immer Trubel genug um mich herum«, gab Anne zu und trank einen Schluck vom inzwischen abgekühlten Kaffee.

Als ihre Freundin wenig später mit Tasche und Autoschlüssel vor ihr stand, war der Augenblick des Abschieds gekommen. Wie immer verabredeten sie einen Termin für das nächste Treffen.

»Im Oktober – am Sonntag nach Werners Geburtstag«, schlug Anne vor. »Wir könnten uns mal wieder mit den Männern treffen. Lasse kann derweil mit Basti Fußball spielen.«

Klang nach einem guten Plan.

»Mach dich nicht verrückt!«, riet Anne ihr noch. »Ich melde mich, wenn ich angekommen bin.«

Eine Umarmung, dann fuhr sie los. Hannah schluckte. Bis Oktober war es noch lang hin.

Zur selben Zeit - Warendorf

Er schloss das Auto ab und verließ zügig den kleinen Parkplatz am Rand der Innenstadt. Die Altstadtgassen waren nahezu menschenleer.

Schon nach wenigen Schritten änderte er seinen Plan. Bei

der momentanen Wetterlage hatte der Marktplatz mit den von Treppengiebeln geschmückten Patrizierhäusern und der alles überragenden Laurentiuskirche einen entscheidenden Nachteil: Es gab kaum natürlichen Schatten. Also musste er heute auf »Klein-Danzig« verzichten, wie er das Ensemble öfter nannte, weil es ihn an eine Prachtstraße in der polnischen Stadt erinnerte.

Stattdessen steuerte er den wesentlich kleineren Heumarkt an. Auf der von umliegenden Häusern beschatteten Terrasse des schmucken Bistros konnte man es um diese Tageszeit garantiert noch aushalten.

Er wählte einen Tisch am Rand, bestellte ein leichtes Mittagessen und ließ den Blick schweifen.

Mehrere Altstadtgassen trafen an diesem Platz zusammen. Autos waren nur aus einer Richtung erlaubt – im Schritttempo rollten sie vorbei. Ansonsten lediglich Räder und Fußgänger.

Und Fußgängerinnen.

Die Frau am Brunnen gegenüber überquerte den Platz und kam direkt auf ihn zu. Sie sah ihr ähnlich, aber sie war es nicht. Gott sei Dank!

Zur selben Zeit – Altkirchen

Als sie die Kaffeetassen in die Spülmaschine gestellt und ein wenig aufgeräumt hatte, übermannte sie die Müdigkeit von einer Sekunde auf die andere. Kein Wunder, nachdem sie nachts nur ein paar Stunden geschlafen hatte.

Sie öffnete die Tür zum Arbeitszimmer und legte sich so wie sie war auf die Liege. Kaum hatte sie die Augen geschlossen, war sie eingeschlafen.

Zur selben Zeit – am Heumarkt in Warendorf

Sie war nicht die einzige Frau, die seine Nähe gesucht hatte.

Er kannte viele – von langatmigen Gremiensitzungen oder Feiern in den Vereinen. Natürlich nicht privat, aber hin und wieder suchte eine ihn auf, wollte Rat, Trost, Ermutigung. Erzählte ihm – manchmal unter Tränen – von einem Kind, das vom geraden Weg abgekommen war, von ihrer unstillbaren Trauer über den Tod des Ehemanns, von der Angst vor einer schweren Operation, von dem beängstigenden Gedanken, sich von ihrem gewalttätigen Partner scheiden zu lassen.

Dann fühlte er sich gebraucht, war froh über etwas menschliche Nähe im Alltag, gerührt über kleine Geschenke zum Dank.

Das war's. Alles gut.

Die Eine ließ es dabei nicht bewenden, wollte mehr: Aufmerksamkeit, Zeit, Zuwendung. Nicht lange und es wurde ihm zu viel: die ständigen Anrufe zur Unzeit, die Flut an Briefen, Geschenken, immer häufigeres Klingeln an der Tür.

Als er es beenden wollte, hatte sie ihm gedroht, ihn anzuzeigen wegen sexueller Belästigung. Er sei ihr zu nahegetreten, aber sie habe nicht gewagt, sich zu wehren.

Sein Fehler! Er hatte sich nicht rechtzeitig genug abgegrenzt. Nein sagen konnte er generell schlecht.

Zu spät! Er war gegangen – seine einzige Chance auf einen Neubeginn. Manche Leute nannten ihn deswegen einen Feigling.

Kurz nach drei – Altkirchen

Abrupt wachte Hannah aus einem traumlosen Schlaf auf und brauchte einige Sekunden, bis sie wusste, dass Samstag war und sie entgegen ihren sonstigen Gewohnheiten einen Mittagsschlaf gehalten hatte. Ein Blick auf die Uhr zeigte ihr, dass er nicht länger als gut eine Stunde gedauert hatte.

Sie fühlte sich immer noch wie zerschlagen und sah keinen Grund, überhaupt aufzustehen. Sie hatte nichts mehr vor: nur die Hitze einigermaßen zu ertragen und die Zeit totzuschlagen. Am besten mit Lesen, vielleicht auch mit einem Film. Oder einer Serie.

Als sie sich irgendwann doch aufrichtete, wurde ihr schwindelig. Seit dem Frühstück in Telgte hatte sie nichts Herzhaftes gegessen und nur wenig getrunken.

In der Küche leerte sie zwei Gläser Wasser, setzte Kaffee auf und aß eine Banane. Allmählich fühlte sie sich etwas besser.

Während die Kaffeemaschine vor sich hin gurgelte, griff Hannah nach der Zeitung, die ungelesen auf dem Tisch lag. Sie fischte nach dem Lokalteil, als sie das Telefon im Wohnzimmer läuten hörte. Bestimmt Jan, dachte sie zuerst, sah dann aber »anonym« im Display.

Als sie den Hörer abnahm und »Hallo« sagte, wie sie es immer tat, wenn nicht klar war, wer sie da anrief, kam keine Reaktion. Nur Stille am anderen Ende der Leitung, obwohl die Verbindung in Ordnung zu sein schien. Kein Knacken, kein Piepen.

»Hallo, wer ist denn da?«

Nichts.

Nach einigen Sekunden legte sie irritiert auf.

Sie setzte sich ins Wohnzimmer, ließ den Kaffee etwas abkühlen und schnappte sich die Keksdose. Sie war sicher, dass die Verbindung zustande gekommen war. Aber warum hatte die Person sich nicht gemeldet?

Wollte jemand wissen, ob sie zu Hause war? Allein?

Unruhe stieg in ihr auf – ähnlich wie gestern Nacht, als der Hund so plötzlich gebellt hatte. In den letzten Stunden hatte sie nicht mehr daran gedacht, weil sie abgelenkt war von der Radtour, den Gesprächen mit Anne. Jetzt kam alles wieder hoch.

»Nein!«, verbot sie sich energisch weiterzugrübeln. Niemand hatte versucht, in ihr Haus zu gelangen. Warum auch?

Sie nahm ihr Handy und checkte die Nachrichten. Anne hatte geschrieben, sie sei gut angekommen und habe ihr Treffen sehr genossen. Hannahs Schwester Marlene schickte Fotos – dieses Mal von den Seychellen, Antons Mutter welche von den beiden grinsenden Jungen am Strand. Jan meldete, er habe gegen Mittag versucht, sie anzurufen und würde es später noch mal probieren. Sie beantwortete pflichtschuldig alle Nachrichten, war aber mit den Gedanken völlig woanders.

Sekundenschnell überfiel sie heftige Sehnsucht. Es war Jahre her, dass sie ein komplettes Wochenende ohne Jan und Lasse verbracht hatte. Mit einem Mal vermisste sie die beiden schrecklich.

Ruhelos ging sie im Wohnzimmer umher und überlegte, was sie tun könnte, bis ihr die Pressekonferenz einfiel, die sie sich am Donnerstag nicht bis zum Ende angeschaut hatte. In den sozialen Netzwerken war das Video noch verfügbar. Sie startete von vorn, weil sie auch den Beginn verpasst hatte.

Offenkundig hatte sie nichts Wesentliches verpasst: Natalie erläuterte wenig engagiert die Umstände des Todesfalls im Pfarrheim, ohne dass Hannah etwas substanziell Neues erfuhr. Die Kamera schwenkte durch den Raum und zeigte Reporter und Fotografen, die sich im Presseraum versammelt hatten.

Ganz kurz war ein Mann zu sehen, der Hannah vage bekannt vorkam. Sie spulte zurück, hielt das Bild an: eindeutig der Kahlkopf mit Bart, der Jan bei ihrem abendlichen Spaziergang bekannt vorgekommen war. Ein Journalist also, der den Polizeihauptkommissar Schmielink sicher von diversen Pressekonferenzen her kannte.

Hannah atmete tief durch. Der andere Mann vor der Haustür, den sie nur von hinten gesehen hatte … die Silhouette … lange, lockige Haare.

Alfred Potthoff?

Er konnte es gewesen sein. Vermutlich hatte der Journalist ihm brühwarm gesteckt, was Jan beruflich machte. Und Potthoff hatte es ihr postwendend bei der Vorbereitung der Trauerfeier vorgehalten.

Aufmerksam verfolgte sie noch einmal, wie Cem Özgur in großer Eindringlichkeit auf den Zeitraum hinwies, in dem der Brandanschlag auf das Pfarrheim verübt worden war. Während der anschließenden Fragerunde saß Natalie scheinbar völlig unbeteiligt da. Nur die nervöse Geste, mit der sie eine Haarsträhne wieder und wieder hinters Ohr schob, ließ darauf schließen, dass sie unter gewaltigem Druck stand.

Als sich die Kripobeamten auf dem Podium erhoben, fuhr Hannah den PC herunter.

Wichtig war die halbe Stunde von 19.40 bis 20.10.

Gegen zwanzig vor acht war sie vom Treffen der Unterwegs-Gruppe bei Charlotte aufgebrochen – gemeinsam mit Regina Zielke, aber die sportlich durchtrainierte Frau hatte sie bald an einer Ampel abgehängt. Hannah war davon ausgegangen, dass Regina vor ihr am Lokal angekommen war und sich den anderen KFD-Frauen angeschlossen hatte. Aber wirklich gesehen hatte sie sie unter den Wartenden auf der Terrasse nicht.

Lioba Hansen war vor Hannah im Saal eingetroffen. Sie erinnerte sich gut, dass sie ein wenig Smalltalk über die schlechte Luft und die Mückenplage gemacht hatten.

Charlotte war später gekommen, weil sie noch ein Telefonat erledigen musste. Barbara Uphoven hatte sogar erst unmittelbar vor dem Beginn der Versammlung neben Hannah Platz genommen, weil sie erst einmal nach Hause gefahren war.

Auf Alfred Potthoff hatten die Herren aus Münster länger warten müssen, weil er angeblich die Zeit beim Orgelspielen vergessen hatte. Irgendwann war Joseph losgeschickt worden, um Pastor Boberg zu holen. Wenn sie sich recht erinnerte, war das schon nach acht gewesen. Winfried Plog hatte sie direkt nach ihrer Ankunft im hinteren Teil des Saals erspäht, später dann Hermann Ehling auf dem Platz neben ihm. Wann genau der Stellvertretende Vorsitzende des Kirchenvorstands gekommen war, hätte sie allerdings nicht sagen können.

Wen hatte sie sonst noch gesehen? Karola Apelbeck und ihr Mann hatten sich in die erste Reihe gesetzt. Konnte man die beiden wirklich als Brandstifter in Betracht ziehen? Eine Frau, die Boberg regelrecht verehrt hatte, und ein Mann, der einen Rollator brauchte?

Hannah seufzte. Die ganzen Überlegungen kamen ihr mit einem Mal müßig vor, denn jeder aus der Severin-Gemeinde, der sich einigermaßen mit den Gegebenheiten im Pfarrheim und Bobergs Gewohnheiten auskannte, kam als Täter oder Täterin in Frage. Allein auf der Pfarrversammlung waren bestimmt Dutzende von alteingesessenen Altkirchenern gewesen, die Hannah nie zuvor gesehen hatte.

Zur selben Zeit – Umgehungsstraße bei Telgte

Er musste nur auf der Bundesstraße bleiben. Bis Münster war es von hier aus nur noch ein Katzensprung. Die Adresse des Präsidiums hatte er im Kopf. Wäre bestimmt eine Erleichterung, den ganzen Ballast loszuwerden. Man würde ihm hoffentlich zugute halten, dass er über seinen Schatten gesprungen war.

Die Kreuzung rückte näher. Nur noch Sekunden, dann musste eine Entscheidung her.

Andererseits: An einem Samstagnachmittag waren die zuständigen Beamten bestimmt längst im Wochenende. Er würde seine Aussage später wiederholen müssen.

Der riesige gelbe Wegweiser tauchte auf. Jetzt musste er sich einordnen.

Er setzte den Blinker zum Abbiegen und atmete auf.

Vorerst.

Kurz vor vier – Altkirchen

Die Zeit verging quälend langsam. Sie hatte es mit der Biographie von Michelle Obama versucht, aber als sie die erste Seite umblätterte, wurde ihr bewusst, dass sie keine Ahnung hatte, was sie gerade gelesen hatte. Zu schade, fand sie und legte das kiloschwere Buch zur Seite.

Mittlerweile hatte sie Kopfschmerzen. Vielleicht der angekündigte Wetterwechsel. Wo hatte sie bloß die Tabletten gelassen?

Die Haustürklingel riss sie aus ihren Überlegungen. Sie raffte sich auf und eilte zur Tür.

Barbara!

»Ich dachte, du könntest ein bisschen Gesellschaft brauchen.«

Die immer noch stadtfein gekleidete Frau zeigte auf eine blaue Plastikkiste auf dem Treppenabsatz. »Ich habe selbst gemachtes Eis in der Kühltasche. Wie wäre es, wenn wir gemeinsam probieren? Bin wirklich gespannt, wie es mir gelungen ist.«

Hannah fühlte sich überrumpelt, schaffte es aber nicht, Barbara abzuwimmeln. Mit welcher Begründung auch?

In der Küche holte sie Schälchen aus dem Schrank und sah zu, wie Barbara die beiden Eissorten mit dem Portionierer verteilte. In der hellen Sorte sah sie winzige dunkle Stippen. Definitv keine Schokoraspeln!

Sie riss sich zusammen, schob den Gedanken energisch zur Seite und führte Barbara ins Wohnzimmer.

»Schön habt ihr es!«, rief sie erwartungsgemäß aus. »Ist allerdings ziemlich stickig hier drin. Wollen wir uns nicht nach draußen setzen? Die Hitze hat nachgelassen.«

Ergeben seufzend zog Hannah die Rollläden hoch und öffnete die Tür zur Terrasse, wo es tatsächlich angenehmer als im Haus war.

Barbara stellte die Schälchen auf den Tisch und drehte sich um. »Toller Garten! Aber bestimmt eine Menge Arbeit.«

Der schimmernde Stoff ihrer schwarzen Flatterhose umspielte ihre Beine. Blitzartig kam Hannah eine andere Szene in den Sinn.

Einer Eingebung folgend tauschte sie hinter Barbaras Rücken rasch die Schälchen aus, gerade rechtzeitig, bevor die sich wieder umdrehte und Platz nahm. Augenblicklich machte sie sich über die hellere Sorte her.

»Hm ... köstlich!«, schwelgte sie. »Ich habe echte Vanille genommen. Der Preis für eine Stange hat mich schlucken lassen, aber es hat sich gelohnt. Findest du nicht?«

Mutig geworden probierte Hannah ebenfalls. »Doch, ja. Gar nicht mit Eis aus dem Supermarkt vergleichbar.«

Sie löffelten schnell und konzentriert, denn das Eis schmolz rasch.

»Ist deine Freundin gut weggekommen? Woher kennt ihr euch eigentlich?«

»Wir haben uns am ersten Tag des Studiums kennengelernt. Anne hat bald festgestellt, dass Psychologie nichts für sie ist und stattdessen eine Ausbildung zur Physiotherapeutin gemacht.«

»Bestimmt ein interessanter Job. Dann kennt ihr euch also schon Ewigkeiten.«

»Kann man so sagen. Wir haben übrigens gestern Morgen einen Stadtbummel in Münster gemacht und unseren Sonnenschirm-Kavalier Winfried Plog getroffen. Seine Frau war auch dabei.«

»Wie auch sonst! Vera lässt ihn nicht gern aus den Augen.«

Hannah horchte auf. »Was willst du damit sagen?«

Barbara schob sich eine Löffelspitze von der dunkleren Sorte in den Mund. Genießerisch leckte sie ihre Lippen ab.

»Tja, wie soll ich es diplomatisch formulieren? Winfried hat ein Auge für die Damen – wie man so schön sagt. Er macht Komplimente und flirtet ein bisschen. Früher passierte vielleicht mehr.«

Während sie die zweite Eissorte probierte, versuchte Hannah vergeblich, sich zu erinnern, ob sie Vera bei der Pfarrversammlung an Winfrieds Seite gesehen hatte. »Nusseis?«, fragte sie, um sich eine Reaktion auf Barbaras Klatsch zu ersparen.

»Walnuss. Schmeckt man doch.«

Prompt verschluckte sich Hannah an einem Stückchen. »Na

klar!«, antwortete sie hustend. »Hast du einen Baum im Garten?«

»Ich nicht, aber meine Nachbarin.«

»Übrigens hat Winfried eine merkwürdige Bemerkung über Charlotte gemacht. Eifrig bis zum bitteren Ende oder so ähnlich. Im ersten Moment dachte ich, Charlotte will weg aus Altkirchen.«

»Das könnte ich mir durchaus vorstellen. Seit Martins Weggang hält sie hier nichts mehr. Die beiden haben prima zusammengearbeitet. Er hat sie als gleichberechtigte Kollegin akzeptiert und sie machen lassen. Das erlebt man als Frau in der katholischen Kirche ja weiß Gott nicht überall.«

Hannah ließ sich nichts anmerken, aber dass die sympathische Frau Altkirchen bald verlassen könnte, versetzte ihr einen ziemlichen Stich.

Barbara kratzte ihr Schälchen leer und schob es von sich. »Und was Winfried betrifft: Könnte sein, dass er Näheres über Charlottes Pläne weiß. Ich glaube, er war eine Weile ziemlich an ihr interessiert.«

Sie nahm den Löffel und leckte ihn noch einmal ab. Obwohl Hannah sie nicht zum Weiterreden ermunterte, fuhr sie ungerührt fort: »Charlotte hat anfangs sehr engagiert in der Öko-AG mitgearbeitet, aber dann ist sie plötzlich ausgestiegen. Würde ihr alles zu viel, hat sie gesagt. Nun ja, sie ist schließlich Single. Da kann ich mir schon vorstellen, dass unser lieber ...«

»So genau möchte ich es gar nicht wissen.«

Barbara legte den Löffel hastig zurück. »Du hast recht. Ist wohl eine Privatangelegenheit der beiden. Vera hat jedenfalls einiges mitgemacht mit ihrem Winfried. Ich schätze, sie vermisst Martin Deggenkamp genauso sehr wie ich. Viele vermissen ihn. Er war gut darin, jemanden aufzubauen.«

Hannah war erleichtert, das Thema endlich wechseln zu können. »Mir ist aufgefallen, dass ihr euch duzt.«

Barbara lächelte versonnen. »Das hat sich irgendwann ganz von selbst ergeben. Ich war nach dem Tod meines Mannes so fertig, dass ich absolut nicht mehr konnte. Irgendwann kam mir der Gedanke, zu Pastor Deggenkamp zu gehen. Einfach so – ohne mich vorher anzumelden. Er war in Eile, weil er eigentlich einen Termin hatte, aber er hat mich in den Arm genommen und ein paar tröstende Worte gesagt. Von da an bin ich hin und wieder zu ihm hin. Er hört einfach gut zu, und man fühlt sich wertgeschätzt. Ich könnte immer zu ihm kommen, hat er gesagt. So stelle ich mir einen echten Seelsorger vor.«

Sie schnaubte. »Boberg dagegen! Als ich ihm mal mein Herz ausschütten wollte, hat er äußerst kühl reagiert und mir allen Ernstes vorgeschlagen, eine Therapie zu machen.«

»Deggenkamp kann besser mit den Menschen«, sagte Hannah. Wer diesen Satz über den früheren Geistlichen von Altkirchen gesagt hatte, wusste sie nicht mehr. Aber er schien zu stimmen.

»Wie wahr!«, seufzte Barbara. »Übrigens: Nicht dass du denkst, Martin würde sich nur mit mir duzen. So ist das wirklich nicht.«

»Ich weiß. Regina hat anscheinend auch ein recht gutes Verhältnis zu ihm.«

»Das stimmt. Sie kann ja ziemlich direkt sein und lauthals unbequeme Wahrheiten verkünden. Das können nicht alle vertragen, aber Martin hat Regina akzeptiert wie sie ist, auch wenn sie manchmal mit ihrem Engagement übers Ziel hinausschießt und Leuten auf die Nerven fällt.«

»Ich habe mitbekommen, wie sehr sie sich um Father Joseph kümmert.«

»Sie hat ihn regelrecht adoptiert und verteidigt ihn wie eine Löwin. In Deggenkamp hatte sie einen Verbündeten gefunden. Ich könnte mir vorstellen, dass Martin sie auch unterstützt hat, als sie diese Krebsgeschichte durchstehen musste. Ist allerdings schon ein paar Jahre her.«

Barbara gähnte unverhohlen, woraufhin Hannah die Eisschälchen zusammenstellte.

Offenbar tangierte Barbara das aber nicht. »Ich könnte einen Kaffee vertragen. Bist du so lieb?«

Kurze Zeit später nippte sie an ihrem Milchkaffee, nahm sich einen Schokoladenkeks und fragte beiläufig: »Kommt dein Mann heute noch zurück?«

»Steht noch nicht ganz fest.«

»Dass er bei der Kripo arbeitet, war für uns alle eine ziemliche Überraschung. Aber ich kann verstehen, dass du seinen Job in der momentanen Situation nicht an die große Glocke hängen wolltest. Sprecht ihr eigentlich viel über den Mord?«

»Jan hält mich komplett raus aus beruflichen Dingen.«

»Aha! Ich dachte nämlich … äh … dass du ihm vielleicht … gesagt hättest, dass ich an dem fraglichen Abend ziemlich spät im ›Jäger‹ angekommen bin. Ich weiß natürlich nicht, ob du ...«

Verblüfft registrierte Hannah Barbaras plötzliche Unsicherheit. »Nein, habe ich nicht. Warum fragst du?«

»Ich wollte ursprünglich nur kurz nach meiner Haustür schauen. Es passiert mir nämlich immer öfter, dass ich meine, ich hätte vergessen, sie abzuschließen. Stimmte natürlich nicht. Als ich wieder aufs Rad steigen wollte, sprach mich eine Nachbarin an, die draußen ihre Blumen goss. Sie hat mich ziemlich aufgehalten.«

»Verstehe.«

»Seit dem Beginn der Brandserie liegt sie mir in den Ohren, dass dieser Feuerteufel bestimmt bei der Freiwilligen Feuerwehr ist. Rauf und runter hat sie das Thema gewälzt, bis es mir schließlich zu bunt wurde. Glücklicherweise habe ich es gerade noch rechtzeitig geschafft.«

Barbara schob sich einen weiteren Schokoladenkeks in den Mund. »Echtes Fressfutter. Allerdings habe ich nicht zu Mittag gegessen und brauche so langsam was Deftiges in den Magen. Hast du nicht Lust, mit mir irgendwo eine Kleinigkeit essen zu gehen?«

Hatte Hannah absolut nicht. Sie hatte genug von Barbaras Klatsch und Tratsch.

»Lieber nicht. Anne und ich haben die halbe Nacht gequatscht. Ich bin ziemlich kaputt und möchte nur noch ein bisschen vor dem Fernseher abhängen.«

Barbaras Gesicht sprach Bände.

Gegen halb sechs - Polizeipräsidium Münster

Hauptkommissarin Natalie Höllmann beendete den x-ten vergeblichen Versuch, eine Ibbenbürener Nummer zu erreichen. Mittlerweile hatte sie abgehakt, heute noch mit dem früheren Pastor von Altkirchen sprechen zu können.

Der Diakon hatte ihr versichert, sein Chef käme pünktlich zum Vorabendgottesdienst, aber keine Minute früher. Das Zelebrieren der Messe würde mit allem Drum und Dran mindestens eine Stunde dauern.

Sie hatte absolut keine Lust, an einem Samstagabend so lange hier herumzuhängen, während Gerrit sehnsüchtig darauf wartete, dass sie ihn bei der Betreuung der Kids ablöste. Was sie liebend gern tun würde. Warum war sie bloß so heiß darauf gewesen, direkt nach dem Mutterschutz wieder voll in den Dienst einzusteigen?

Sie schaute auf die Uhr: Eine Viertelstunde würde sie noch zugeben. Dann war endgültig Schluss für heute.

Wenig enthusiastisch rief sie die Vernehmungsprotokolle des Tages auf, an dem Cem sie vertreten hatte. Wie üblich hatte er in seiner unleserlichen Handschrift Notizen gemacht, die er heute auf ihr Drängen hin endlich abgetippt hatte.

Sie überflog die Seiten, achtete vor allem auf den Namen Alfred Potthoff, denn er war nach wie vor ihr einziger Tatverdächtiger. Dummerweise hatten sie ihm bisher nichts nachweisen können.

Sie wollte die Datei gerade schließen, als ihr eine Einzelheit ins Auge fiel, die bisher völlig untergegangen war. Sie las noch einmal.

Endlich! Das konnte eine Spur sein. Morgen würde sie einer weiteren Person in Altkirchen auf den Zahn fühlen.

Zur selben Zeit - Altkirchen

Nachdem Barbara gegangen war, bereute Hannah schon bald, dass sie nicht mit ihr essen gegangen war. Sie war vollkommen apathisch und wusste nichts mit sich anzufangen. Vergeblich machte sie einen neuen Anlauf, sich auf das Buch der ehemaligen First Lady zu konzentrieren, aber es hatte keinen Sinn.

Irgendetwas musste sie essen, sagte sie sich und erhob sich ächzend.

Sie suchte gerade die Zutaten für ein Müsli zusammen, als das Telefon läutete. Die Nummer im Display konnte sie nicht auf Anhieb identifizieren.

»Hier Charlotte Wegscheidt. Ich hoffe, ich störe nicht allzu sehr.«

»Charlotte! Das ist ja eine Überraschung. Du störst überhaupt nicht. Im Gegenteil.« In Hannahs Kopf arbeitete es: Was brachte die Pastoralreferentin dazu, sich an einem Samstagabend bei ihr zu melden?

»Dann ist es ja gut«, seufzte Charlotte erleichtert. »Ich habe länger mit mir gerungen, ob ich dich anrufen soll. Es ist nur ...«

Ihre Stimme brach. Hannah hörte ein leises Schluchzen. »Ganz ruhig, Charlotte. Lass dir Zeit!«

Es dauerte eine Weile, bis die Pastoralreferentin herausbrachte: »Hannah, ich brauche unbedingt jemanden zum Reden. Können wir uns treffen?«

Eine halbe Stunde später stellte Hannah ihr Rad vor dem Lokal »Zum Jäger« ab. Fahrradständer und Parkplatz waren nur schwach besetzt. Charlotte hatte sich bereitwillig auf die Gaststätte als Treffpunkt eingelassen. Zu Hannahs Erleichterung, denn wenn sie sich schon wieder über Jans dringende Bitte hinwegsetzte, niemanden aus der Gemeinde zu treffen, dann wenigstens nicht privat, sondern an einem öffentlichen Ort.

Die Kneipe selbst war menschenleer, und auch an den rustikalen Tischen im Biergarten hatten sich bisher nur wenige Gäste eingefunden.

Charlotte saß in sich zusammengesunken vor einem Glas Wasser, weit abseits von einem händchenhaltenden Pärchen und einer Familie mit zwei Jungen im Grundschulalter. Die beiden hatten eine Riesenportion Bratwurst mit Pommes vor sich stehen, während die Eltern offenbar noch auf ihre Gerichte warteten.

Hannah bestellte ein alkoholfreies Bier. Dann sagte sie mitfühlend: »Du wirkst mitgenommen, Charlotte.«

Ein tiefer Seufzer, dann schaute Charlotte sich vorsichtig um, aber das Pärchen war mit sich selbst beschäftigt, und die Eltern der beiden Jungen bekamen gerade ihr Essen gebracht.

»Was ist denn los?«, ermunterte Hannah sie.

»Ich habe wirklich gezögert, dich anzurufen, weil Alfred neulich erwähnt hat, dass dein Mann bei der Kripo arbeitet.«

Sie war es, schoss Hannah durch den Kopf. Das konnte doch wohl nicht wahr sein!

»Es geht um Jakob«, stieß Charlotte nun aus. »Er hat die Brände gelegt.«

»Dein Sohn? Er ist der Brandstifter?«

Ein schwaches Nicken.

»Bist du ganz sicher?«

»Ziemlich. Geahnt habe ich es schon länger.«

»Aber … wie kommst du darauf?«

Charlotte rang die Hände. »Eines Tages habe ich beim Wäschesortieren einen merkwürdigen Geruch an seiner Kleidung bemerkt. Ich war völlig ahnungslos und habe an ein harmloses Lagerfeuer gedacht.«

Sie schluckte. »Du kannst dir vorstellen, wie alarmiert ich war, als ich einige Tage später wieder diesen Geruch an Jakobs Jacke festgestellt habe. Zu dem Zeitpunkt war schon über den ersten Anschlag berichtet worden. Trotzdem habe ich versucht, den Gedanken zu verdrängen, dass er damit zu tun haben könnte.«

»Hast du ihn darauf angesprochen?«

»Nein. Ich wollte es wohl nicht wahrhaben, habe mir eingeredet, dass ich doch hätte merken müssen, wenn er mitten in der Nacht die Wohnung verlässt. Das ist natürlich nichts als ein frommer Wunsch. Er hat einen Haustürschlüssel, und ich schlafe normalerweise tief und fest.«

»Aber du bist misstrauisch geblieben.«

»Kann man so sagen. Vor allem seitdem er anfing, jeden Abend bei Anbruch der Dunkelheit das Haus zu verlassen und mit dem Fahrrad durch die Gegend zu fahren. Ich habe ihn gefragt, was er so lange draußen treibt, aber er hat jedes Gespräch abgeblockt. Ich hatte natürlich Angst, dass er auf der Suche nach einer neuen Gelegenheit ist.«

»Und?«

»Nach der Pressekonferenz am Donnerstag habe ich die Ungewissheit nicht mehr ausgehalten und ihn mit meinem Verdacht konfrontiert. Er hat natürlich alles abgestritten.«

Charlotte war unversehens lauter geworden und schaute sich nun hastig um. Die beiden Jungen ärgerten sich gegenseitig, ohne dass die Eltern davon Notiz nahmen. Das junge Paar schaute sich tief in die Augen.

Die Pastoralreferentin beugte sich näher zu Hannah hin. »Ich will ihm nur zu gerne glauben, aber Tatsache ist, dass ich zu der Zeit zur Versammlung aufgebrochen bin und Jakob allein zu Hause war. Wenn ich mir vorstelle, dass mein Sohn vielleicht den Tod eines Menschen zu verantworten hat ...« Sie schlug die Hände vors Gesicht.

Hannah überlegte fieberhaft, was sie Charlotte sagen durfte. Eigentlich gar nichts, aber konnte sie ihr guten Gewissens vorenthalten, was sie wusste?

Sie gab sich einen Ruck. »Hör zu, Charlotte! Was ich dir jetzt sage, ist streng vertraulich. Du darfst mit niemandem darüber reden. Versprichst du mir das?«

Die Pastoralreferentin nickte.

Hannah holte tief Luft. »Die Kripo hat gewisse Indizien, dass es einen zweiten Täter geben könnte, der die beiden letzten Brände gelegt hat. Falls Jakob wirklich nur für die zwei ersten Brandstiftungen verantwortlich ist, sähe es nicht ganz so schlimm für ihn aus.«

Aus dem Augenwinkel sah Hannah, dass die Jungen sich durch eine Lücke zwischen den Büschen quetschten und im angrenzenden Wäldchen verschwanden. Ihre Eltern entspannten sich sichtlich. Zwei weitere Tische waren inzwischen besetzt.

Charlotte liefen Tränen über die Wangen. »Das wäre … eine riesige Erleichterung für mich.«

»Es wäre natürlich von erheblichem Vorteil für ihn, wenn er sich stellen würde«, sagte Hannah mit Nachdruck.

»Das habe ich ihm wieder und wieder gesagt. Ich weiß nicht, was in seinem Kopf vorgeht, aber vermutlich hat er kolossale Angst, man könnte ihm auch die beiden anderen Taten anlasten, und sieht sich schon für Jahre im Gefängnis sitzen. Diese Angst kann ich ihm nicht nehmen, weil ich überhaupt keine Vorstellung davon habe, was wegen der Brandstiftungen auf ihn zukommen könnte.«

»Ich bin kein Experte, aber er ist Ersttäter und mit sechzehn nur bedingt strafmündig. Eine Haftstrafe muss er wahrscheinlich nicht fürchten. In jedem Fall würde sich ein Geständnis sicher strafmildernd auswirken.«

Charlotte schüttelte den Kopf. »Ich kann mir den Mund fusselig reden. Er macht komplett dicht.«

Der Vater der Jungen ging nun zu der Stelle, wo die beiden verschwunden waren, und rief nach ihnen. Als keine Reaktion kam, zwängte er sich selbst durch die Büsche.

»Gibt es Wege durch das Wäldchen?«, staunte Hannah.

»Mehrere Pättken kreuz und quer. Eins führt direkt zur Martinskirche. Soll von den Männern stammen, für die die Sonntagsmesse früher nach der Kommunion beendet war. So konnten sie hier im Wirtshaus bis zum Mittagessen um Punkt zwölf noch ein Bierchen mehr zischen.«

Nacheinander verließen jetzt der Vater und die beiden Jungen das Wäldchen. Wie lange mochte es dauern, es einigermaßen flott zu durchqueren? Zwei, drei Minuten? Ob Natalie und ihre Leute davon wussten?

»Was hältst du davon?« Charlotte schaute sie erwartungsvoll an.

»Entschuldige. Ich war mit meinen Gedanken woanders. Was hast du gesagt?«

»Ich habe überlegt, ob Jakob einem Kripobeamten eher glauben würde als seiner Mutter, die ja eh keine Ahnung hat.«

Hannah starrte die Pastoralreferentin an. »Das käme auf einen Versuch an.«

»Meinst du, dein Mann würde dabei mitmachen?«

»Kann ich mir durchaus vorstellen. Soll ich ihn fragen?«

»Ich wäre dir sehr dankbar, wenn du das tun würdest.«

»Allerdings kommt Jan frühestens am späten Abend oder morgen Vormittag zurück. Dann spreche ich sofort mit ihm und gebe dir Bescheid. Sprich du auf jeden Fall noch mal mit Jakob. Auf die lange Bank schieben sollte er das Gespräch mit Jan nicht. Je eher er sich stellt, desto besser für ihn.«

Gegen sieben

Sie machte einen kleinen Umweg. Bei der tiefstehenden Sonne warfen das Haus und der riesige Walnussbaum lange Schatten in Karola Apelbecks Garten.

Hannah starrte auf die Stelle, an der sie das Licht gesehen hatte. Gesetzt den Fall, dort hatte wirklich jemand nach Fingerhut gesucht: Was bedeutete das? Passiert war seitdem nichts …

Ein Schauer lief ihr über den Rücken.

Plötzlich wollte sie nur noch auf schnellstem Weg nach Hause.

Sie trat mächtig in die Pedale. Als sie in ihre Straße einbog, fiel ihr ein, dass sie die Fernbedienung für das Garagentor vergessen hatte. Fluchend stellte sie ihr Rad in der Einfahrt ab und öffnete die Haustür.

Als sie nach dem Stick für das Tor griff, klingelte das Telefon im Wohnzimmer. Jan!

»Hallo Schatz! Alles gut bei euch?«

Sie holte tief Luft. Er musste ja nicht merken, dass sie außer Atem war. »Ja, alles okay. Anne musste schon weg. Irgendwas in der Nachbarschaft.«

»Wie schade! Langweilst du dich?«

Hannah seufzte. »Ich vermisse dich. Und Lasse auch. Und wie sieht es bei dir aus?«

»Alles im grünen Bereich. Wir haben schwer geschuftet in Rees. Heute Nachmittag habe ich mit Mama Kaffee getrunken und mir das Neueste von meinen Brüdern und ihrem zahlreichen Anhang angehört. Mir schwirrt der Kopf. Gleich mache ich mich auf zum Klassentreffen.«

»Also kommt du heute nicht mehr?«

»Ich überlege noch. Wenn es sterbenslangweilig ist, mache ich schnell die Biege. Um die Uhrzeit bin ich in einer guten Stunde in Altkirchen. Ich packe meinen Kram hier gar nicht aus und entscheide mich nachher spontan. Wenn du heute Nacht wach wirst, weil jemand in dein Zimmer schleicht, bin ich das.«

Hannah versuchte ein Lachen, aber es blieb ihr im Hals stecken. Jan merkte nichts davon.

Wenige Minuten später verabschiedeten sie sich.

Das Fahrrad stand noch in der Einfahrt. Nicht abgeschlossen. Was musste sie jetzt mitnehmen? Fernbedienung – Fahrradschlüssel – Haustürschlüssel. Sich jetzt nur nicht aussperren! Das würde ihr gerade noch fehlen.

Sie öffnete die Haustür, ging zu ihrem Rad und klappte den Ständer ein.

Klack!

Das Geräusch ließ sie zusammenzucken. Nach einer Schrecksekunde klappte sie den Ständer wieder aus. Klack!

Kein Unterschied. Natürlich nicht! Normalerweise achtete man nicht auf dieses Geräusch, aber sie hatte es frühmorgens im Schlafzimmer gehört, wenn der Zeitungsbote sein Rad vor der Hecke abstellte und kurz darauf wieder losfuhr.

Sie hatte es noch mal gehört. Vor gar nicht langer Zeit, aber sie kam nicht drauf wo.

Egal! Nicht so wichtig.

Hastig schob sie das Rad in die Garage, schloss es ab, verriegelte eiligst das Tor, die Haustür, die Terrassentüren und alle Fenster. Anschließend machte sie sich ein Brot, stellte den Teller und ein Glas Wasser auf ein Tablett, legte eine Banane dazu. Das musste fürs Erste reichen. Vielleicht später noch ein paar Chips …

Sie aß im Wohnzimmer, vertiefte sich in die Fernsehzeitung. Irgendetwas Ablenkendes musste her: bloß keine Krimis oder schwere Dokumentationen. Lieber etwas Leichtes, am besten eine Komödie. Sie verglich die Anfangszeiten passender Sendungen und schaltete das Gerät ein.

Während die großartige Landschaft Irlands sie bis zum vorhersehbaren Happy End bei der Stange hielt, beruhigte sie sich allmählich. Als der Abspann lief, goss sie sich ein zweites Glas Wasser ein. Sie hatte den Abend schon fast hinter sich gebracht.

Die Haustürklingel schreckte sie auf. Wer konnte das sein?

Vorsichtig schlich sie in den Flur, ohne das Licht einzuschalten.

Draußen war es mittlerweile dunkel. Der Bewegungsmelder hatte die Außenbeleuchtung eingeschaltet, sodass sie eine kompakte Gestalt auf dem Treppenabsatz erkennen konnte: ein Mann in T-Shirt, kurzer, heller Hose und Käppi. Sein Gesicht hatte er abgewandt.

Er schellte noch einmal.

Was nun?

Die Sprechanlage!

Direkt vor ihrer Nase hing der altmodische Hörer aus braunem Plastik an der Wand. Ihre Vorgänger hatten die Anlage installieren lassen.

Der Mann sprach jetzt laut vor sich hin. »Keiner zu Hause. Dann gehen wir mal wieder.«

War noch jemand bei ihm?

Entschlossen griff Hannah zum Hörer. »Ja, bitte?«

Der Mann ging ein paar Schritte zum Briefkasten, wo sich der Lautsprecher befand. Aus dem Hintergrund tauchte ein Hund auf und folgte ihm.

»Hallo! Ich bin nicht sicher, ob Sie mich kennen. Gesprochen haben wir noch nicht miteinander, aber ich bin quasi Ihr Nachbar. Unsere Gärten grenzen hinten aneinander.«

»Ja, natürlich. Was gibt es denn?«

Er beugte sich etwas tiefer zum Lautsprecher, sodass sie sein Gesicht besser sehen konnte. Es schien tatsächlich der Nachbar zu sein, den sie gelegentlich von Weitem gesehen hatte.

»Weiß nicht, ob Sie gehört haben, dass mein Hund heute Nacht wie verrückt gebellt hat. Ich war im Wohnzimmer auf dem Sofa eingenickt, bin aber mit einem Satz auf und habe das Licht draußen eingeschaltet. Der Hund hat sich aufgeführt wie ein Berserker. Kenne ich von ihm gar nicht.«

»Das stimmt«, pflichtete Hannah ihm bei. »Ich höre ihn sonst nie bellen.«

»Deswegen bin ich hier. Ganz sicher bin ich nicht, aber da war so ein Schatten. Könnte ein Einbrecher gewesen sein. Die suchen ja immer nach lohnenden Objekten. Wollte Ihnen nur Bescheid sagen, weil man ja von meinem Grundstück in Ihren Garten kommen kann. Ich war heute Morgen schon mal bei Ihnen an der Tür, aber da war niemand zu Haus. Passen Sie auf und schließen Sie gut ab! Sind Sie allein?«

»Nein, nein. Mein Mann ist schon oben«, log Hannah.

»Na, dann ist ja gut. Schönen Abend noch.«

»Besten Dank, dass Sie vorbeigekommen sind.«

»Keine Ursache.«

Er wandte sich ab und pfiff. Der angeleinte Hund trottete ihm hinterher. Sekunden später hatte die Dunkelheit sie verschluckt.

Sie setzte sich vor den Fernseher, ohne auf den Film zu achten, der mittlerweile lief. Ihre Gedanken überschlugen sich.

Also doch! Jemand hatte versucht, in ihren Garten einzudringen. Aber woher sollte er gewusst haben, dass es eine Lücke zwischen Schuppen und Hecke gab? Das konnte doch nicht sein.

Und überhaupt! Warum sollte jemand ausgerechnet ihr etwas antun wollen? Sie hatte nicht die blasseste Ahnung, wer Pastor Boberg ermordet hatte. Es kamen Dutzende von Menschen aus Altkirchen in Frage. Außerdem konnte es gut sein, dass der Geistliche sich schon früher irgendwo Feinde gemacht hatte.

Sie holte die Flasche Wein aus dem Kühlschrank, die sie eigentlich für Annes Besuch vorgesehen hatte, goss sich ein Glas ein und trank es halb leer. Dann öffnete sie die Chipstüte und bediente sich großzügig.

Es dauerte eine Weile, bis sie sich wieder auf das Geschehen am Bildschirm konzentrieren konnte. Sie ließ sich berieseln, um die Zeit und alles um sich herum zu vergessen.

Als eine Nachrichtensendung das Programm unterbrach, schaute sie auf ihr Handy. Eine Nachricht von Jan: »Ist doch ganz nett mit den alten Leuten. Habe ein paar Bierchen auf. Also kein fremder Mann heute Nacht in deinem Zimmer. Komme morgen früh. Freue mich.«

Sie antwortete mit ein paar Emojis und checkte die Wetter-Apps. Für den kommenden Tag wurden einhellig maximal 26 Grad gemeldet. Und nächste Woche sollte es regnen. Endlich!

Als die ersten Szenen des nächsten Films liefen, merkte sie, dass es eine Wiederholung war.

Halb elf! Der Schlafmangel und zwei Gläser Wein machten sich bemerkbar. Sie beschloss, sich noch ein halbes Stündchen wach zu halten, und dann schlafen zu gehen.

Zur selben Zeit - in den Straßen von Altkirchen

Er war so dermaßen sauer auf seine Mutter. Wie konnte sie ihn nur verpfeifen! Ausgerechnet an die Frau eines Kripobeamten!

Mit großen Schritten stapfte er los. Irgendwohin. Das Fahrrad ließ er stehen. Die abendlichen Touren hatten eh nichts gebracht: ein paar Jogger, ein Liebespaar, jede Menge Leute, die ihre Hunde Gassi führten. Einmal hatte er fast eine Radfahrerin umgenietet. Das war's auch schon.

Warum hatte er verdammt noch mal nicht daran gedacht, dass seine Klamotten nach Rauch stanken? Scheiße, scheiße! Er hatte doch Schluss machen wollen. Nur für Boberg wollte er sich noch etwas Besonderes ausdenken. Vielleicht sein Auto ein bisschen demolieren.

Als er von dem dritten Brandanschlag hörte, war ihm fast das Herz stehen geblieben. Jemand hatte sich an ihn rangehängt, ihn kopiert. Von da an hatte er jeden Abend versucht, den Typen auf frischer Tat zu erwischen. Keine Chance!

Und dann musste der Pastor dran glauben. Unfassbar! Was hatte den Typen geritten, das Pfarrheim abzufackeln? Für ihn wäre das tabu gewesen, aber man würde es ihm anhängen. Da konnte seine Mutter noch so viel reden, die Kripoleute wüssten, dass es zwei Täter seien.

Brodelnde Wut stieg in ihm hoch. Wahrscheinlich hatte irgendein verkorkster Typ von der Feuerwehr, der sich gerne als Held fühlen wollte, Boberg auf dem Gewissen.

Nachvollziehen konnte er es schon: das Gefühl, wenn die erste kleine Flamme leckte, eine Stichflamme emporloderte, das Feuer sich ausbreitete, der ekelige Qualm aufstieg, die Hitze kaum noch zu ertragen war ... Ein geiler Moment, in dem die Wut sich restlos entlud, als ob sie verdampfen würde. Man fühlte sich großartig. Unbesiegbar!

Er hob den Blick. Keine Ahnung, wo er inzwischen gelandet war. Jedenfalls hatten hier jede Menge Leute Holz vor ihren Häusern gebunkert.

Kurz nach elf

Sie schaltete den Fernseher aus und räumte die Überreste ihrer Fressattacke weg – nur für den Fall, dass Jan morgen zeitig nach Hause kam.

Dann löschte sie alle Lichter in der unteren Etage, stieg die Treppe hinauf und ging ins Badezimmer. Katzenwäsche musste heute genügen. Ein Blick in den Spiegel zeigte ihr, dass sie dringend Schlaf brauchte. Hoffentlich hatten sich einige dieser Falten bis morgen wenigstens ein bisschen geglättet.

Sekunden nachdem sie das Licht im Badezimmer angeschaltet hatte, hörte sie das Klingeln an der Haustür.

Augenblicklich raste ihr Puls. Wer schellte um diese Uhrzeit noch? Wieder der Nachbar? Möglich. Oder Jugendliche, die Klingelmännchen spielten?

Wieder das Klingeln. Ziemlich energisch.

Sie beschloss nachzusehen. Das Licht im Flur schaltete sie nicht ein.

Eine Frau mit kurzen Haaren stand vor der Haustür. Hannah sah sie nur im Profil. Ihr gelbes Top leuchtete.

Wieder klingelte sie Sturm. »Hallo! Bitte machen Sie auf! Ich muss sofort 112 anrufen. Es brennt ganz in der Nähe.«

Sie klang atemlos, als sei sie schnell gelaufen. Hannah griff nach dem Hörer für die Sprechanlage. In dem Moment näherte die Frau sich der Glasscheibe, legte ihren Kopf daran und starrte in den Flur.

Hannah ließ den Hörer an der Wand und drückte stattdessen auf den Summer. Sie kannte die Person auf dem Treppenabsatz.

Die Frau schob die Tür auf. Während sie eintrat, weiteten sich ihre Augen. »Hannah! DU wohnst hier! Ich hatte keine Ahnung. Habe beim erstbesten Haus in sicherer Entfernung geklingelt.«

»Alles gut, Lioba. Was ist los?«

»Wir müssen sofort die Feuerwehr anrufen. Ausgerechnet heute habe ich mein Handy vergessen. Scheint wieder dieser Feuerteufel zu sein.«

Entsetzt starrte Hannah die Büchereileiterin an.

»Wo ist euer Telefon, Hannah? Der Typ war dabei, einen Holzstapel mit Flüssigkeit zu übergießen. Das ganze Haus könnte abbrennen.«

Wortlos drehte Hannah sich um und ging voraus ins Wohnzimmer. Dort wies sie auf den Apparat.

Zur selben Zeit

Da er nicht genau wusste, wo er gelandet war, holte er sein Handy aus der Tasche und googelte seinen Standort. Sein Blick fiel auf den Straßennamen. Gar nicht weit vom Haus dieses Kommissars. Seine Mutter hatte ihm die Adresse gesagt.

Er schaute auf die Uhr. Noch keine halb zwölf. Garantiert war der noch nicht im Bett. Vielleicht sollte er sich den Typen schon mal anschauen. Kurz checken, ob er ihm trauen konnte.

Er bog in ein schmales, von Hecken gesäumtes Pättken ein, das ihn geradewegs zu der Adresse brachte.

Der komplette Vorgarten war ebenfalls von einer Hecke umschlossen. Kein Durchkommen. Leider, denn in der unteren Etage schien noch Licht zu brennen. Also war dort noch jemand wach.

Er schlich die Einfahrt entlang, im maximalen Abstand von der Haustür – für den Fall, dass es einen Bewegungsmelder gab. Schritt für Schritt tastete er sich vor, bis sein Fuß auf etwas Weiches trat. Ohne hinzusehen, beförderte er es zur Seite und ging weiter.

Die Lampe im Flur spendete ein wenig Licht, sodass er das Fahrrad vor der Garage erahnen konnte. Er zückte sein Handy und beleuchtete das Teil genauer. Ein Rennrad. Respekt! Und nicht mal abgeschlossen. Über dem Lenker hing etwas Dunk-les. Sah aus, als hätte jemand das Rad nach einer Tour dort vergessen.

Die Garage war allerdings direkt ans Haus drangebaut. Also kein Törchen zum Garten. Enttäuscht wandte er sich ab.

Dann eben nicht. Morgen war auch noch ein Tag.

Im Wohnzimmer

»Er hat einen ganzen Kanister über das Holz geschüttet. Wahrscheinlich brennt der Stapel schon lichterloh … Moment mal.«

Lioba Hansen drehte sich zu Hannah um. »Wie heißt die Straße hinter dem Pättken?«

»Fällt mir im Moment nicht ein. Totaler Blackout. Irgendeine Blume. Hier ist die Rosenstraße.«

Die Büchereileiterin wandte sich wieder um. »Wir wissen

es nicht genau. Im Blumenviertel. Parallel zur Rosenstraße … Okay … Danke! … Lioba Hansen. Hier aus Altkirchen … Ich war joggen … Kann sein, dass er mich bemerkt hat. Ich bin gerannt so schnell ich konnte … Ein junger Bursche, schätze ich. Dunkle Kleidung, Kapuze … Verstehe. Mache ich. Danke nochmals.«

Sie legte auf und seufzte erleichtert. »Polizei und Feuerwehr sind schon unterwegs.«

Langsam kam sie auf Hannah zu. »Er meint, ich soll noch eine Weile hierbleiben, um dem Typen nicht in die Arme zu laufen.«

»Natürlich«, murmelte Hannah. Ihre Gedanken überschlugen sich. Ein junger Bursche. Dunkel gekleidet. Aber Charlotte hatte doch mit ihrem Sohn sprechen wollen. Konnte es sein, dass Jakob doch wieder zugeschlagen hatte?

Lioba sah sie aufmerksam an. »Alles in Ordnung mit dir, Hannah?«

»Ja … alles okay.«

»Ich habe fürchterlichen Durst. Hast du einen Schluck Wasser für mich?«

Circa 50 Meter entfernt

Mit einem unguten Gefühl machte er sich auf den Rückweg. Dieses Fahrrad ging ihm nicht aus dem Sinn. Es war mit Sicherheit teuer. So ein Teil vergaß man doch nicht einfach so.

Am Ende des Pättkens stand ein Haus, dessen Grundstück nach hinten raus an das des Kripo-Mannes grenzen musste. Die Bewohner hatten anscheinend nichts zu verbergen, denn es gab keine Hecken oder Zäune, nur drei mickerige Büsche an der Seite, die kein ernsthaftes Hindernis für ihn darstellten.

Er tastete sich vor, bis er um die Hausecke lugen konnte. Der Garten lag im Dunkeln, alle Lichter im Haus waren gelöscht. Wieder bemühte er sein Handy und hangelte sich vorwärts, bis ihm ein muffiger Geruch in die Nase stieg. Es stank irgendwie nach … Tier.

Er hielt sein Handy in die Höhe und sah Gitterstäbe, darunter ein Betonfundament: ein Zwinger.

Zur selben Zeit

Hannah stellte Wasserflasche und Glas auf den Tisch und goss für Lioba ein.

Die Büchereileiterin trank zügig und ließ Hannah dabei nicht aus den Augen. »Du bist total käsig im Gesicht. Nicht, dass du mir hier gleich umkippst. Vielleicht solltest du auch einen Schluck trinken.«

Hannah nickte abwesend – in Gedanken ganz woanders. Warum roch man eigentlich nichts? Ob der ominöse Feuerteufel geflohen war? Es war nur zu wünschen.

Behutsam öffnete sie die Terrassentür. »Nichts«, stellte sie nach ausgiebigem Schnuppern fest. »Von Martinshörnern höre ich auch nichts.«

»Liegt bestimmt an der Windrichtung. Und die Feuerwehr kann gar nicht so schnell hier sein. Außerdem werden sie bestimmt nicht mit vollem Alarm vorfahren.«

Hannah beschloss, die Tür nur anzulehnen, damit sie sofort mitbekamen, wenn sich etwas tat.

Lioba hatte inzwischen ein zweites Glas aus dem Wohnzimmerschrank geholt und reichte es ihr. Sie setzten sich und tranken schweigend.

»Wenn die Polizei fix ist, könnte die Brandserie beendet sein«, meinte Lioba nach einer Weile.

Hannah wollte widersprechen, aber dann fiel ihr ein, dass ihr Gegenüber nichts von den zwei Tätern wissen durfte. Beinahe hätte sie sich verplappert.

Sie spürte auf einmal, wie erschöpft sie war. Das Schweigen wurde allmählich unangenehm.

»Vielleicht hört man vorne etwas.«

Als Hannah aufstand, fühlten sich ihre Beine schwer wie Blei an. Der Weg zur Haustür kam ihr lang vor, obwohl es nur einige Schritte waren. Eigentlich gehörte sie dringend ins Bett.

Sie trat auf den Treppenabsatz und schnupperte, aber auch auf dieser Seite des Hauses war nichts zu riechen oder zu hören. Als sie sich umwandte, fiel ihr etwas Unförmiges am Rand des Lichtkegels auf. Schimmernder, schwarzer, nein blauer Stoff.

Irritiert ging sie näher: eine Jacke.

Ein Schauer lief ihr über den Rücken. Sie richtete sich auf und kniff die Augen zusammen. In der dunklen Ecke vor der Garage stand ein Fahrrad. Ungläubig starrte sie es an. Über dem Lenker hing etwas. Mit spitzen Fingern nahm sie es in die Hand: eine Hose. Dunkelblau!

Nein! Das konnte nicht sein! Durfte nicht sein.

Karolas Garten tauchte vor ihr auf. Der glitzernde dunkle Stoff. Sie hatte ihn für schwarz gehalten, aber er konnte auch dunkelblau gewesen sein.

Sie musste weg! Weg von ihr!

Als sie sich umwandte, wankte sie heftig.

»Komm wieder rein, Hannah. Warte, ich helfe dir«, sagte eine sanfte Stimme.

Ein Arm legte sich um ihre Schultern und stützte sie. Ihr

war elendig schwindelig. Schritt für Schritt schaffte sie es bis ins Wohnzimmer.

Endlich das Sofa!

»Leg dich hin. Gleich geht es dir besser, Hannah«, säuselte die Stimme.

Sie gehorchte, schloss die Augen. Tatsächlich drehten sich die Kreisel in ihrem Kopf bald langsamer, schließlich gar nicht mehr.

Als sie die Augen öffnete, saß Lioba freundlich lächelnd neben ihr auf einem Stuhl. »Ich dachte, ich hätte es besonders schlau angefangen, als ich die blauen Sachen vorsichtshalber ausgezogen habe, damit du mich nicht erkennst. Aber das Fahrrad hättest du auch nicht sehen dürfen. Kommt allerdings jetzt nicht mehr drauf an.«

»Die blaue Hose ... habe ich schon mal gesehen.«

»Ich weiß. Im Garten dieser alten Hexe. Du hast es gestern Abend erwähnt. Ich ziehe den Anzug gerne an, vor allem wenn ich nicht gesehen werden möchte.«

»Gestern ...« Hannahs Kopf fühlte sich an wie Watte. Nur langsam verarbeitete sie die Worte der Büchereileiterin. Wieso gestern?

»Du hast dich darüber mit deiner Freundin unterhalten. Auf der Bank an der Hecke.«

Plötzlich hatte sie es. »Du warst das? Das Geräusch ... «

» ... war mein Fahrradständer. Das Teil ist entschieden zu laut.«

»Du hast uns belauscht?«

»Ich wollte herausfinden, ob dein Mann wirklich unterwegs ist. Dann hätte ich die Aktion schon gestern durchgezogen. Leider hattest du Besuch. In der Einfahrt stand ein Wagen mit Borkener Kennzeichen. Ich wollte schon abbrechen, als ich euch hinter der Hecke reden hörte. Von einer Lücke zum Nachbargrundstück und nächtlichem Lüften. Eine neue, viel elegantere Möglichkeit tat sich auf. Leider war der Köter eures Nachbarn zu wachsam.«

»Du … du wolltest ins Haus schleichen? Warum?«

Die Frau vor ihr grinste. »Was habe ich in Karolas Garten gesucht? Denk nach! Du weißt es.«

»Du wolltest mich …« Vor Entsetzen blieben Hannah die Worte im Hals stecken.

Lioba lachte zynisch auf. »Ursprünglich war das Gift für Martin gedacht. Für den Fall, dass er wider Erwarten doch noch reden will. Aber dann erschien es mir dringender, mich zuerst mit dir zu befassen. Seit unserer Begegnung an Karolas Garten warst du ein Risiko für mich. Ich konnte nicht einschätzen, wie viel du gesehen hast. Außerdem hast du einen extrem kurzen Draht zur Kripo.«

»Ein Risiko … für dich? Was meinst du damit?«

»Du hattest mich schon mal in dem blauen Anzug gesehen. In Everswinkel.«

Anzug. Everswinkel. Plötzlich begriff Hannah: »DU hast mir zugewunken – auf dem Marktplatz?«

»Hast du mich etwa gar nicht erkannt? Du hast doch zurückgewunken.«

Hannah hörte die Verblüffung in Liobas Stimme. »Doch, doch«, beeilte sie sich zu sagen. »Habe ich.«

»Und nicht zu vergessen war ich in Sorge, du könntest dich erinnern, was vor der Pfarrversammlung war.«

Was redete sie da von der Pfarrversammlung? Was sollte das?

»Du hattest mitbekommen, dass ich absolut pünktlich im Saal war«, grinste Lioba. »Ich war zwar nicht die Einzige, die wegen der schlechten Luft noch mal rausgegangen ist. Allerdings hatte ich nicht vor, mit den Leuten auf der Terrasse zu quatschen.«

Plötzlich hatte Hannah die Szene wieder vor Augen: Liobas Schal auf dem Stuhl, ihre große Tasche, das knappe Nicken der kühlen Frau.

»Alles klappte wie am Schnürchen. Ich bin durch den Notausgang in den menschenleeren Biergarten, dann quer durch das Wäldchen. Alles, was ich brauchte, war in meinem Beutel. In wenigen Minuten war alles erledigt. Es qualmte bereits mächtig, als ich mich auf den Rückweg gemacht habe. Ich war schnell unterwegs, aber ohne außer Puste zu geraten. Bin eben gut im Training. Mit den letzten Gemeindemitgliedern bin ich wieder in den Saal geschlüpft. Niemand hat gemerkt, dass ich weg war. Außer dir.«

»Du hast das Feuer … vor Bobergs Tür gelegt!«

»Ganz recht. Allerdings hat es seinen Zweck nicht wie geplant erfüllt. Die Spurensicherung war gründlicher als ich dachte und hat die Pralinenschachtel gefunden. Ich stand ziemlich unter Zeitdruck und habe einiges nicht bedacht.«

»Und das Feuer in der Bücherei … ?«

» … schien mir die perfekte Tarnung zu sein. Als die Kollegin deines Mannes am Tag zuvor im Pfarrheim auftauchte, war mir klar, dass ich keine Zeit verlieren durfte. Glücklicherweise hatte ich alles vorher geprobt. Schließlich hantiert man nicht alle Tage mit Brandbeschleunigern.«

Es fiel Hannah wie Schuppen von den Augen: »Du hast das dritte Feuer gelegt.«

»Ja, sicher! Es sollte so aussehen, als wäre der Feuerteufel immer noch am Werk. Er hat mir mit seinen Anschlägen genial in die Karten gespielt.«

Die Sätze sprudelten nur so aus ihr hervor. Hannah hatte immer mehr Schwierigkeiten zu folgen. Was hatte Lioba eben gesagt? Mühsam sortierte sie die Puzzlestücke: Tarnung. Gift. Fingerhut aus Karolas Garten. Nein!

Voller Entsetzen versuchte sie sich aufzurichten.

Da! Ein Gesicht hinter der Scheibe – in Liobas Rücken. Sie kannte es. Ganz sicher hatte sie es schon mal gesehen!

Plötzlich drehte sich alles vor ihr, das Gesicht verschwamm, verschwand in der Dunkelheit. Ächzend ließ sie sich zurückfallen und schloss die Augen.

»Bleib liegen, Hannah. Du kannst nicht aufstehen.«

Das hatte sie inzwischen begriffen. Und dass Lioba sie gnadenlos aus dem Weg räumen wollte. Aber das Gesicht dort drüben! Es konnte ihre Rettung sein. Sie musste Zeit gewinnen. Bis Hilfe kam. Die musste kommen. Sonst … Jan … Lasse …

»Ich bin schrecklich müde«, murmelte sie.

»Kann ich mir vorstellen. Ich habe ein paar winzige Tropfen in dein Wasserglas geschüttet. Ein Cocktail aus verschiedensten Präparaten, die sich im Arzneischrank eines Oberarztes über die Jahre ansammeln.« Grinsend beugte sich die Büchereileiterin über Hannah. »Keine Sorge, DAVON stirbst du nicht.«

Was hatte Lioba noch vor? Sie musste sich wachhalten. Irgendwie. Sie stellte die erstbeste Frage, die ihr einfiel: »Warum musste Boberg sterben?«

»Weil er mich anzeigen wollte.«

»Anzeigen? Warum?«

»Wegen Stalking.«

»Stalking? … du … und der Pastor?« Hannah blieb der Mund offen stehen.

Lioba lachte höhnisch. »In Wahrheit ging es um jemand anderen.«

Plötzlich verstand Hannah! Lioba hatte ihn eben erwähnt. »Martin Deggenkamp.«

»Aber … er ist ein katholischer Pfarrer! Das ist doch …«

Lioba fiel ihr ins Wort. »Er war warmherzig, einfühlsam, hat Humor. Das genaue Gegenteil von meinem Mann.« Sie lachte höhnisch. »Was glaubst du denn, warum der überhaupt nicht mitbekommen hat, dass seine Frau mehrere Brände gelegt hat? Weil er nie da ist! Er hat eine Geliebte nach der anderen. Ganz klassisch: Ärztinnen, Krankenschwestern, gut aussehende Patientinnen. Nach Hause kommt er nur, um die Wäsche zu wechseln.«

»Und eine Scheidung …?«

» … wollen wir beide nicht. Er, weil er Chefarzt in seinem katholischen Krankenhaus werden will. Da gehört ein intaktes Familienleben dazu. Und ich? Mein Status, der Lebensstandard, die Villa. Es gibt viele Gründe.«

Die Büchereileiterin starrte ins Leere und murmelte: »Der Anfang mit Martin war traumhaft. Wir haben es beide genossen, endlich jemanden zu haben.« Sie schluckte. »Aber ich bin ihm zu nahegekommen. Für seine Begriffe jedenfalls. Schade. Sehr schade.«

»Deswegen seine … überstürzte Versetzung.«

»Zuerst war ich ziemlich geknickt, aber dann glaubte ich, mit seinem Nachfolger einfach da weitermachen zu können, wo ich mit Martin aufgehört hatte«, erwiderte Lioba schmallippig. »Ich habe mir alle erdenkliche Mühe mit Daniel Boberg gegeben, habe ihn zu Kaffee und selbstgebackenem Kuchen in die Bücherei eingeladen und ihm ausführlich meine Ideen für Neuerungen präsentiert. Er wirkte ziemlich angetan.«

»Aber?«

»Seine Begeisterung bezog sich ausschließlich auf den leckeren Kuchen, aber das habe ich zu spät kapiert. Als ich ihn kurz darauf besuchen wollte, wirkte er ziemlich nervös und unfreundlich. Kaum war ich in seiner Wohnung, hat er mich wieder hinauskomplimentiert. Angeblich wegen eines dringenden Termins. Ich hatte noch immer keine Ahnung, was Sache war.«

Hannahs Augen waren zugefallen. Als sie nichts mehr hörte, riss sie sie wieder auf, sah Lioba auf ihre Uhr schauen. Worauf wartete sie?

Das Gesicht hinter der Glastür war verschwunden. Oder war es gar nicht da gewesen? Hatte sie sich bloß eingebildet, jemand würde kommen und ihr helfen?

Ihr Magen krampfte. Nur mit Mühe brachte sie ein »Und dann?« heraus.

»Habe ich Boberg eines Abends angerufen, meinen Mann erwähnt, seine neue Geliebte, eine junge Assistenzärztin. Und wie reagiert unser guter Hirte von Altkirchen? Unterbricht mich mitten im Satz und sagt, er wolle keine private Beziehung. Er sei vorgewarnt worden, dass ein solches Problem auf ihn zukommen könnte, und man hätte ihm eindringlich geraten, sofort die Kripo einzuschalten. Da wusste ich Bescheid.«

Lioba schwieg einen Moment. Als Hannah nicht reagierte, schnaubte sie: »Deggenkamp natürlich. Dieser Feigling! Ihm habe ich den ganzen Schlamassel zu verdanken. Ich hätte nie gedacht, dass er dazu fähig wäre.«

»Du hattest Angst, Boberg würde die Kripo ...« Sie schaffte es nicht, den Satz zu einem sinnvollen Ende zu bringen.

»Ja, klar. Er machte einen absolut entschlossenen Eindruck. Um ihn aufzuhalten, habe ich ihm sofort einen Brief geschrieben – mit einer tränentriefenden Entschuldigung. Selbstverständlich würde ich ihn nie wieder mit meinen Problemen behelligen. Er solle doch bitte, bitte von einer Anzeige absehen. Meine Ehe ... die Stellung meines Mannes im Krankenhaus … bla … bla … bla. Der Brief lag in einem Päckchen – mit einer Flasche Walnusslikör als Wiedergutmachung. Ich hatte sie an Karolas Stand auf dem Basar mitgehen lassen, weil die blöde Kuh immer den meisten Gewinn von allen machen will. Die Flasche stand seit Monaten in unserer Bar, bis ich sie mit einem feinen Zusatz präpariert habe. Konnte ich ahnen, dass unser neuer Pastor absolut keinen Alkohol trinkt und das Zeug postwendend an seine engste Mitarbeiterin verschenkt?«

Hannah lief ein Schauer über den Rücken. Elisabeth Dahlmann war tatsächlich ein Zufallsopfer gewesen.

»Es passierte absolut gar nichts. Boberg blieb putzmunter, hatte den Likör anscheinend nicht angerührt. Eine Anzeige kam auch nicht. Vielleicht wollte er sich den Stress ersparen. Aber darauf konnte ich mich nicht verlassen. Deswegen musste ein neuer Plan her.«

»Die … Pralinen.«

»Mittlerweile wusste jeder in der Gemeinde, dass unser Pastor süchtig nach Süßigkeiten ist.«

Liobas Stimme klang leise, weit weg. Hannah schaffte es, den Kopf minimal zu drehen und sah sie am Tisch in einer kleinen, schwarzen Bauchgurttasche kramen. Was machte sie da? Jetzt holte sie etwas heraus. Drehte am Verschluss. Bitte nicht …

Ihr Blick verschwamm in Tränen. Sie konnte nichts mehr erkennen.

»Ich habe eine edle Pralinenmischung mit Chili für ihn vorbereitet: meine letzte Rettung, als die Kommissarin plötzlich auftauchte und Boberg vernehmen wollte. In Altkirchen ging das Gerücht um, dass etwas mit dem Likör nicht in Ordnung war. Auf keinen Fall durfte Boberg aussagen, dass er ihn von mir bekommen hatte. Ich habe ihm die Schachtel vor die Tür gelegt – anonym natürlich – und gehofft, dass er nicht widerstehen kann, wenn er von seinem freien Tag nach Hause kommt.«

Lioba kicherte direkt neben Hannahs Ohr. »Als die beiden Herren vom Generalvikariat ihn zwei Stunden später nicht aufscheuchen konnten, war mir klar, dass er angebissen hatte. Im wahrsten Sinne des Wortes. Exitus.«

Angebissen. Exitus. Nur einzelne Wörter drangen noch zu ihr durch. Die Augen fielen ihr in immer kürzeren Abständen zu, bis sie es nicht mehr schaffte, sie zu öffnen. Sie dämmerte weg.

Jemand stupste sie an, schob ihr etwas in den Mund.

Nein!

Sie nahm alle verbliebenen Kräfte zusammen und bog den Kopf zur Seite, schlug ihn hin und her, krächzte, stieß die Hand weg, bäumte sich auf …

Plötzlich Stimmen. Geschrei.

Dann Dunkelheit. Ruhe. Nichts mehr.

Sonntag, 29. August

Das pelzige Gefühl im Mund war ekelhaft. Sie musste unbedingt etwas trinken.

Hinter ihren Lidern schimmerte es hell. Es war Tag – die Sonne schien anscheinend ins Zimmer. Aber welcher Tag?

Ihr Versuch, die Augen zu öffnen, scheiterte an den Schmerzen, die blitzartig in ihren Kopf schossen.

Eine Weile versuchte sie, das Pochen unter der Schädeldecke wegzuatmen. Vergeblich!

Dann wurde ihr schlagartig bewusst, dass sie auf dem Rücken lag. Sie schlief grundsätzlich auf der Seite, am liebsten links. Ihre Hände lagen neben ihren Oberschenkeln. Vorsichtig versuchte sie, sie zu bewegen. Es ging! Die Füße auch! Gott sei Dank!

Millimeterweise tastete sie sich vor: Stoff auf ihrem Oberschenkel – sehr dünn. Zu dünn!

Sie blinzelte.

Grelles Tageslicht!

Ein schneeweißer Bettbezug! Ein metallenes Fußende – an der weißen Wand darüber eine Fotografie von einem großen Gebäude, in der Ecke ein kleiner Fernseher.

Sie nahm all ihre Kraft zusammen und drehte den Kopf minimal nach rechts: ein weißer Nachttisch, ein Glas, eine Wasserflasche.

Dann nach links: eine Jeanshose, ein schwarzes T-Shirt, ein stoppeliges Kinn, das auf die Brust gesunken war, verwuschelte Haare, schwarz mit grauen Strähnen.

Jan!

Sie musste einen Laut von sich gegeben haben, denn er schreckte auf und starrte sie an.

»Hannah!« Sofort rutschte er von seinem Stuhl auf die Knie und nahm sie ganz, ganz vorsichtig in den Arm. Sein Kopf fiel auf ihren Bauch. Er schluchzte ihren Namen und noch etwas anderes.

Als er den Kopf hob, verstand sie ihn endlich: »Hannah, was machst du denn bloß für Sachen?«

Sie schaffte es nicht, die Bettdecke abzuwerfen, um ihre Hände zu befreien, wollte etwas sagen, aber ihr Hals schmerzte fürchterlich.

»Aua!«, röchelte sie unwillkürlich.

Er strich ihr leicht über die Wangen. »Keine Sorge: Die Kopfschmerzen sind in ein paar Stunden vorbei, hat der Arzt gesagt.«

»Wo bin ich?«, flüsterte sie.

»Im Krankenhaus von Warendorf.«

»Ich hab Durst!«

»Ja, klar.«

Er ging um das Bett herum, goss Wasser ein, hob ihren Kopf vorsichtig an und hielt ihr das Glas an den Mund. Sein Gesicht war grau, als sei er völlig übermüdet.

Ein Schluck – mehr ging nicht, weil es grässlich wehtat.

»Mein Hals!«

»Das kommt von dem Schlauch. Sie haben dir den Magen ausgepumpt. Geht auch vorüber. Bald bist du wieder ganz okay.«

Magen ausgepumpt?

»Erinnerst du dich, Hannah? An gestern Abend?«

»Habt ihr sie?«, presste sie heraus.

»Wen meinst du?«

»Lioba … Hansen.«

Er atmete tief durch. »Also doch!«

Als sie Stunden später aufwachte, wusste sie sofort, wo sie war, obwohl das Licht im Raum sich verändert hatte. Jan war nach Hause gefahren, um etwas Schlaf nachzuholen. Am späten Nachmittag wollte er kommen und sie abholen. Vorausgesetzt, die Ärzte ließen sie gehen.

Vorsichtig drehte sie den Kopf: Die Schmerzen waren erträglicher.

Nach und nach fielen ihr Bruchstücke ein von dem, was Jan ihr berichtet hatte.

Sein Kollege Cem Özgur hatte ihn spätabends auf dem Klassentreffen angerufen. Jemand hatte einen Notfall in der Rosenstraße 11 in Altkirchen gemeldet. War sie das selbst gewesen? Sie konnte sich nicht erinnern. Nicht an den Rettungswagen, der sie hierher transportiert hatte, nicht an die Ärzte.

Sie richtete sich auf – ging schon ganz gut – und trank. Die Halsschmerzen waren noch da.

Jan war vollkommen aufgelöst vor Sorge um sie gewesen und hatte seinen Bruder gebeten, ihn nachts noch nach Altkirchen zu fahren, weil er selbst zu viel getrunken hatte.

Was war mit Lioba? Warum hatte Jan so merkwürdig reagiert, als sie ihren Namen genannt hatte? Die Büchereileiterin wurde auf dem Präsidium vernommen. Mehr wusste Jan auch nicht.

Hannah musste wohl wieder eingeschlafen sein. Plötzlich saßen zwei Männer vor ihrem Bett: Jan und Cem Özgur.

Jan beugte sich vor, gab ihr einen Kuss und nahm ihre Hand.

Sein Kollege grüßte freundlich. »Wie geht es Ihnen, Frau Schmielink?«

»Schon besser.«

»Das freut mich zu hören. Fühlen Sie sich in der Lage, mir ein paar Fragen zu beantworten?«

»Ich denke schon. Laut reden kann ich aber nicht, nur flüstern.«

»Kein Problem. Wie Sie sich denken können, geht es um Frau Hansen. Sie leugnet strikt, gestern in Ihrem Haus gewesen zu sein. Sie sei früh zu Bett gegangen. Ihr Mann war allerdings nicht zu Hause. Ein Alibi hat sie also nicht.«

»Aber ...« Empört wollte Hannah sich weiter aufrichten, aber sofort meldete sich ihr Kopf und sie sank zurück. »Sie hat bei mir um kurz nach elf geschellt, weil es irgendwo in der Nähe brannte. Der Notruf muss doch bei der Feuerwehr eingegangen sein.«

Cem Özgur schüttelte den Kopf. »Es gab keinen Notruf wegen eines Feuers. Und keinerlei Fingerabdrücke von Frau Hansen auf Ihrem Telefonhörer.«

Kein Feuer! Also hatte Jakob doch nicht …

»Ein Fake also«, seufzte Hannah. »Sie brauchte bloß einen Vorwand, um ins Haus zu kommen.«

Die beiden Männer schauten sie erwartungsvoll an.

»Sie hat mir etwas ins Glas getan. Ich bin davon total müde geworden. Sicher wollte sie mir Gift einflößen, sobald ich mich nicht mehr wehren konnte.«

»Da war kein Glas, Frau Schmielink.«

»Es müssten sogar zwei sein. Sie hat auch Wasser getrunken.«

»Kein Glas. Nur eine Wasserflasche.«

»Aber … dann hat sie sie mitgenommen.«

Die beiden Männer sahen sich an.

»Glauben Sie mir nicht? Ich habe mir das Ganze nicht ausgedacht. Warum sollte ich?«

Jan tätschelte ihr beruhigend den Arm.

In kurzen Sätzen erzählte sie von der dunkelblauen Hose in der Einfahrt, dem Fahrrad, dem Licht in Karolas Garten, Bobergs Drohung, Lioba anzuzeigen wegen Stalking, der Flasche mit dem Gift, die gar nicht für die Pfarrsekretärin bestimmt gewesen war …

Es ging ziemlich durcheinander bei ihrem Bericht, aber Özgur unterbrach sie nicht. Schließlich griff er in seine Hosentasche und holte ein Handy heraus.

»Ich glaube Ihnen, Frau Schmielink, aber im Moment steht Ihre Aussage gegen die von Frau Hansen. Wir müssen der Sache auf den Grund gehen, damit wir etwas gegen die Frau in der Hand haben. Was ich mich frage: Sie hatten doch das Bewusstsein verloren. Warum hat Lioba Hansen ihren Plan nicht zu Ende geführt?«

»Keine Ahnung.«

»Wurde sie gestört?«

Das Gesicht vor dem Fenster! Da war also doch jemand gewesen!

Und noch mehr fiel ihr ein: »Sie hat mir etwas in den Mund gesteckt. So was wie ein Schlauch, nur fester. Ich glaube, ich habe mich dagegen gewehrt.«

Entgeistert schaute sie auf. »Kurz bevor ich ohnmächtig geworden bin, habe ich Krach und Geschrei gehört.«

Özgur nickte und tippte auf das Handy in seiner Hand. »Als die Sanitäter bei Ihnen eintrafen, stand die Haustür offen. Haben Sie eine Erklärung dafür?«

»Nein, aber ich weiß noch, dass ich die Terrassentür einen Spalt breit offen gelassen habe, um die Feuerwehr hören zu können.«

»Die war allerdings verschlossen.« Er nickte bedächtig und hielt das Handy in ihre Richtung. »Ich möchte Ihnen eine Aufnahme vorspielen. Es ist ein Notruf, der von Ihrem Festnetzapparat aus abgesetzt wurde. Er ging um elf Uhr 32 in der Zentrale ein.«

Hannah hielt den Atem an, als sie eine aufgeregte Stimme hörte.

»Ich möchte einen Notfall melden. Rosenstraße 11 in Altkirchen. Eine Frau ist angegriffen worden. Ich habe gesehen, wie man ihr etwas eingeflößt hat. Ich weiß nicht was, aber sie ist ohnmächtig. Es ist die Frau von Kommissar Schmielink von der Kripo Münster. Bitte kommen Sie schnell hierher! Ich glaube, es geht um Leben und Tod ...

... Ich habe Sie verstanden. Ich wiederhole die Adresse: Rosenstraße 11 in Altkirchen. Ist das korrekt? ...

... Ja.

... Rettungswagen und Notarzt fahren jetzt sofort los ...

... Hören Sie! Sie ist von einer anderen Frau angegriffen worden. Ich weiß ihren Namen nicht, aber sie leitet die Bücherei in Altkirchen ...

... Verstanden. Leitet die Bücherei in Altkirchen. Sagen Sie mir bitte Ihren Namen.«

Ein Knacken. Er hatte aufgelegt.

Cem Özgur steckte das Handy wieder ein. »Dieser anonyme Anrufer ist ein wichtiger Zeuge. Offenbar ein junger Mann. Haben Sie die Stimme erkannt, Frau Schmielink?«

»Nein, habe ich nicht.«

Und das war die Wahrheit. Sie hatte seine Stimme nie gehört.

Zwei Wochen später – ein Freitagnachmittag

Beratungsstelle Münster

Hannah starrte fröstelnd aus dem Fenster ihres Arbeitszimmers. Der böige Wind wirbelte Laub und Abfall in der Schützenstraße umher, Regentröpfchen schlugen an die Scheibe. Der Wetterumschwung hatte einen Vorgeschmack auf den Herbst gebracht, goldene Tage waren auf absehbare Zeit nicht in Sicht.

Ausnahmsweise hatte Hannah den kompletten Freitag in der Beratungsstelle verbracht. Während sich alle Kolleginnen bis auf Dorothee bereits ins Wochenende verabschiedet hatten, wartete sie auf ihren letzten Klienten.

Ihre erste komplette Arbeitswoche nach den Ereignissen hatte sie gut geschafft. Sie war wieder bei Kräften, nachdem sie im Anschluss an Liobas Angriff ein paar Tage krankgeschrieben worden war. Mehrmals hatte sie mit Dorothee und Anne über das Geschehen gesprochen. Beiden hatte sie versprechen müssen, sich professionelle Hilfe zu holen, falls sie nicht damit klarkäme, aber danach sah es momentan nicht aus.

Heute musste sie noch ein loses Ende verknüpfen, dann konnte sie die ganze Sache erst mal bis zur Gerichtsverhandlung ad acta legen. Jan wusste nichts davon. Eigentlich wollte sie aufhören, ihm Dinge zu verschweigen, aber dieses eine Mal musste es noch sein.

Die Büchereileiterin saß in Untersuchungshaft, leugnete jedoch nach wie vor hartnäckig, an dem betreffenden Abend in der Rosenstraße 11 gewesen zu sein. Darüber hinaus schwieg sie eisern. Zunächst schien es sehr schwierig, ihr etwas nachzuweisen, aber dann hatte sich Martin Deggenkamp doch noch zu einer Aussage durchgerungen. Ohne Liobas Namen zu nennen, hatte er seinen Nachfolger vor Stalking durch eine Frau aus der Gemeinde gewarnt und ihm dringend geraten, bei ersten Anzeichen mit einer Anzeige zu drohen. Damit hatte die Büchereileiterin ein Motiv, Boberg zu töten.

Natalie war im Protokoll von Liobas Vernehmung durch Cem Özgur auf ein weiteres Indiz gestoßen: eine Bemerkung zu den Fitnessgeräten in Daniel Bobergs Wohnung. Davon konnte nur jemand wissen, der sich dort aufgehalten hatte.

Den Durchbruch hatte wie so oft die KTU gebracht: Winzige Partikel von Blättern der Fingerhutpflanze auf der Arbeitsplatte in Liobas Küche belasteten sie schwer.

Trotzdem würde Hannahs Aussage gegen die Büchereileiterin in einer Gerichtsverhandlung vermutlich entscheidende Bedeutung zukommen. Bis dahin sollte niemand in Altkirchen etwas von dem Abend erfahren, an dem Lioba Hansen bei ihr geklingelt hatte.

An der Trauerfeier für Daniel Boberg hatte Hannah nicht teilgenommen, weil sie sich noch nicht stabil genug fühlte. Umso mehr freute sie sich auf das geplante Treffen der Unterwegs-Gruppe in der nächsten Woche. Offenbar hatte Charlotte nicht vor, Altkirchen zu verlassen. Warum auch? Ein neuer Pastor würde bei dem akuten Priestermangel wohl auf sich warten lassen, weil schon viele andere Gemeinden seit längerer Zeit ohne geistliche Leitung waren. Diese Löcher musste die Personalabteilung des Bistums zuerst stopfen.

Ein Klopfen riss sie aus ihren Gedanken. Dorothee steckte den Kopf zur Tür rein. »Er ist da.«

»Danke, dass du mich das Erstgespräch machen lässt. Und dafür, dass du mich deckst. So ganz korrekt ist das ja alles nicht.«

»Mach dir keinen Kopf. Von mir erfährt niemand etwas. Melde dich mal, wie es gelaufen ist!«

»Mache ich. Schönes Wochenende.«

»Dir auch.«

Mit etwas Herzklopfen öffnete sie die Tür zum Wartezimmer. Die aufgerissenen Augen ihres Klienten verrieten ihr, dass er sie sofort erkannt hatte. Sie ließ sich nichts anmerken und führte ihn ins Beratungszimmer.

Der junge Mann vermied jeden Blickkontakt und starrte die gegenüberliegende Wand an.

»Keine Sorge, Jakob«, bemühte sie sich, ihn zu beruhigen. »Die Kripo weiß nichts von dir. Auch mein Mann nicht. Ich habe nicht vor, daran etwas zu ändern. Meine Kollegin hat mir ihren Gesprächstermin mit dir überlassen. Ich wollte mich bei dir bedanken. Du hast mir das Leben gerettet.«

Augenblicklich sackten seine Schultern herab, und er holte tief Luft. »Ich hätte nicht gedacht, dass Sie mich erkannt haben.«

»In eurer Küche hängt ein Foto von dir und deiner Mutter – in Taucheranzügen. Du hast dich nicht sehr verändert.«

»Das stimmt wohl.« Er grinste verlegen.

»Wenn es dir recht ist, würde ich gerne ein bisschen besser verstehen, was an dem Abend abgelaufen ist.«

Jakob nickte.

»Ich frage mich die ganze Zeit, wie es dazu kam, dass dein Gesicht plötzlich hinter unserem Wohnzimmerfenster auftauchte.«

Er sprach erst zögerlich, dann immer flüssiger. Mit größtem Erstaunen hörte Hannah von seinem ziellosen Umherstreifen, dem Fahrrad in ihrer Einfahrt, dem unguten Gefühl, das ihn beschlichen hatte.

»Das Nachbargrundstück war gar nicht gesichert. War ein Kinderspiel, von dort in Ihren Garten zu kommen.«

»Aber wie bist du an dem Hund vorbeigekommen?«

»Die Zwingertür stand offen. Ich schätze, sein Herrchen war gerade mit ihm Gassi gehen.«

Was für ein Zufall! Wahrscheinlich hatte der Nachbar wegen der Hitze erst viel später als sonst seine Runde gedreht.

»Ich habe mich rangeschlichen und bin hinter den Gartenstühlen in Deckung gegangen, als ich Frau Hansen und Sie sah. Ich mochte diese Frau noch nie. Sie war immer ekelhaft zu den Kindern, wenn sie ihre Bücher und Spiele zu spät zurückbrachten oder etwas fehlte. Und irgendwie kam es mir merkwürdig vor, dass sie dort saß, während Sie auf dem Sofa lagen. Da sie mir den Rücken zudrehte, bin ich einmal näher an die Scheibe rangegangen.«

»In dem Moment habe ich dich gesehen.«

»In dem Moment wurde mir war klar, dass etwas ganz und gar nicht stimmte. Sie hatten totale Panik in den Augen. Ein bisschen später hat Frau Hansen Ihnen eine Schnabeltasse in den Mund gesteckt. Sie haben sich gewehrt, geschrien, wild um sich geschlagen. Da bin ich spontan aufgesprungen und habe an die Scheibe gebollert. Eine Sekunde lang hat sie mich entsetzt angestarrt, dann hat sie ihre Tasche an sich gerissen, die Tasse und die zwei Wassergläser vom Tisch reingestopft und ist abgehauen.«

»Und dann?«, fragte Hannah atemlos.

»Ich habe weiter wie wild an die Scheibe geklopft. Plötzlich sah ich, dass die Terrassentür aus welchem Grund auch immer einen kleinen Spalt breit offen stand. Jedenfalls bin ich rein, habe Ihren Puls gefühlt und sofort 112 angerufen. Erst wollte ich mein Handy nehmen, aber plötzlich fiel mir ein, dass man mich dann finden könnte. Also habe ich Ihr Telefon benutzt und den Hörer hinterher abgewischt.«

»Du hast wahrscheinlich auch die Terrassentür verschlossen und bist zur Haustür hinaus?«

»Stimmt. Ich habe mich in dem Pättken versteckt, bis der Rettungswagen kam. Die Haustür hatte ich absichtlich nicht ins Schloss gezogen, damit die Sanitäter sofort ins Haus reinkonnten. Ich wollte aber auf keinen Fall riskieren, dass die Hansen noch mal zurückkommt und ihr Werk zu Ende bringt.«

Hannah merkte, dass sie den Atem angehalten hatte. »Mein Gott! Wie gut du das alles durchdacht hast. Unglaublich!«

Scheinbar gleichgültig zuckte er die Schultern, aber ein kleines Lächeln glitt doch über sein Gesicht.

»Eine Sache möchte ich noch mit dir besprechen, Jakob. Du weißt, dass deine Mutter sich große Sorgen um dich macht.«

Er zog die Stirn kraus. »Sie hat mir gedroht, mich wegen Brandstiftung anzuzeigen, wenn ich nicht zur Beratung gehe.«

»So was Ähnliches habe ich mir gedacht. Und ich kann sie verstehen. Immerhin warst du ja bereits drauf und dran, dich zu stellen, als du bei uns aufgekreuzt bist.«

Sein Kopf sank herunter.

»Jakob, ich stehe zu meinem Wort: Niemand erfährt etwas von mir. Es ist ganz allein deine Entscheidung, ob du dich eines Tages dazu durchringst, reinen Tisch zu machen.«

Kein Ton von ihm.

»Ich möchte bloß gerne verstehen, warum du die beiden Brände gelegt hast. Ich vermute, du hast dir die Opfer nicht wahllos ausgesucht, sondern ganz gezielt. Möchtest du darüber reden?«

Er sprach, ohne sie anzuschauen. »Ich war so wahnsinnig wütend auf die beiden! Wenn Sie wüssten, wie oft meine Mutter völlig fertig war, weil dieser Potthoff wieder mal ihre Anweisungen ignorierte oder sie lächerlich machte vor allen anderen.« Er ballte die Fäuste. »Und dieser Ehling war genauso schlimm. Er hat ständig durchblicken lassen, dass er ihr nichts zutraute und sie als Frau in der Gemeinde nichts zu sagen hatte.«

»Deine Mutter hat dir immer alles erzählt.«

»Na, klar! Wem sonst? Ich kam mir so hilflos vor, wenn sie so total frustriert war. Zuletzt redete sie schon davon, dass sie die Stelle wieder wechseln will. Als ob das etwas nützen würde! Fast überall gibt es doch solche Typen, die keine Frauen in der Kirche akzeptieren.«

»Du wolltest nicht weg aus Altkirchen.«

»Nein!«, schnaubte er. »Ich will nicht schon wieder von vorne anfangen und mir neue Freunde suchen müssen.«

»Deswegen hast du die Feuer gelegt.«

Er schluckte und rieb sich die Oberschenkel. »Es fühlte sich gut an, die beiden ein bisschen zu schockieren, Rache zu nehmen für das, was sie Mama angetan haben.«

»Es ging dir besser, weil du deine Wut loswerden konntest.«

Er schaute ihr direkt ins Gesicht. »Ja, genauso war es. Aber auf Dauer hilft das nicht.«

»Was meinst du damit?«

»Die Wut sitzt ganz tief in mir. Ich habe Angst, sie kommt wieder raus, und ich mache wieder solchen Mist. Das kann ich Mama nicht antun. Sie hat es sowieso schwer genug.«

»Ich kann deine Gefühle gut nachvollziehen. Sie müssen raus, aber Brandstiftung ist keine Lösung.«

Jakob nickte.

Restaurant am Aasee in Münster – am frühen Abend

Sie klappte die Speisekarte zu und ließ den Blick aus dem Fenster schweifen. Die Segelboote waren fest vertäut und schaukelten sachte im Hafen. Heute würde wohl niemand mehr vom sicheren Ufer ablegen.

»Okay«, sagte Jan, legte die Karte zur Seite und sah sie aufmerksam an. »Dass du einen Extra-Arbeitstag hinter dir hast, merkt man dir gar nicht an. Du wirkst ganz gelöst und irgendwie zufrieden.«

Sie lächelte in sich hinein. »Stimmt. Ich bin hochzufrieden. Gerade hatte ich noch ein Erstgespräch, das sehr gut gelaufen ist.«

»Freut mich für dich. Also ist dein Frust über die Arbeit verflogen?«

»Inzwischen habe ich wohl akzeptiert, dass die Atmosphäre im Team nie mehr so sein wird wie früher, aber die eigentliche Arbeit, die Beratung, ist immer noch absolut mein Ding. Und das wird auch so bleiben.«

»Und solange du Dorothee hast, wirst du das Drumherum aushalten.«

»Ganz genau.«

Ein Kellner war weit und breit nicht in Sicht. Sie nahm seine Hand. »Aber du wirkst ziemlich erledigt. Viel Arbeit?«

»Gar nicht mal. Ich kann anscheinend nicht mehr so viel ab. Als zukünftigem Opa steht mir das ja auch wohl zu.«

Hannah lächelte. »Woher weißt du davon?«

»Ich habe Gesine beim Umzug genervt, dass sie auch mal ein paar Kisten schleppen soll. Da hat sie es mir gesagt. Ich war ehrlich gesagt ziemlich geschockt. Vermutlich habe ich mir deswegen abends beim Klassentreffen ein Bier nach dem anderen gezischt.«

»Meinst du, Gesine und Stieg schaffen das nicht?«

Er schüttelte den Kopf. »Ach was! Stieg ist ein prima Kerl. Die Rollenverteilung zwischen den beiden finde ich zwar gewöhnungsbedürftig. Schließlich wird meine Tochter die Haupternährerin der Familie sein, aber das ist in ihrer Generation ja mittlerweile ziemlich normal.«

»Wieso warst du dann schockiert?«

Er fingerte an der Tischdekoration herum. »Tja, wieso? Habe in den letzten Tagen viel darüber nachgedacht. Anscheinend weil ich Angst habe, bald zum alten Eisen zu zählen. Die Pension winkt schon am Horizont. Die Lebenszeit, die noch vor uns liegt, wird immer kürzer.«

Er schaute ihr in die Augen: »Vielleicht haben wir gar nicht mehr so viel Zeit miteinander.«

Sie schluckte. »Kann sein. Manchmal kommt mir das auch in den Sinn. Aber warum darüber grübeln? Toll, dass Lasse endlich einen Freund in Altkirchen gefunden hat, bei dem er mal übernachten kann. Das eröffnet uns neue Möglichkeiten – zum Beispiel wie heute nach der Arbeit in Münster essen zu gehen. Kommt mir vor wie ein unerwartetes Geschenk.«

»Ich weiß, was du meinst. Auf dem Rückweg von Xanten bin ich fast verrückt geworden vor Sorge um dich und habe mich total geschämt über meine Jammerei, dass Gesine mich zum Opa macht. Wie konnte ich nur so eitel sein, mich darüber nicht zu freuen? Wie absolut egoistisch von mir!«

Er umschloss ihre Hände. »Irgendwann unterwegs habe ich einen Pakt mit dem da oben geschlossen: Wenn er dafür sorgt, dass du mir erhalten bleibst, dann mache ich das Beste aus jedem Tag, der uns noch zusammen bleibt. Komme, was da wolle.«

Anmerkungen:

Ortskundige Leser*innen werden gemerkt haben, dass es einen Ort namens »Altkirchen« im Münsterland nicht gibt, obwohl er geographisch gut lokalisiert werden könnte. Ich habe ihn – aus nachvollziehbaren Gründen – mitsamt Pfarrheim, den beiden Kirchen und allen handelnden Personen, insbesondere den haupt- und ehrenamtlichen Mitarbeitern der dortigen katholischen Kirchengemeinde, frei erfunden.

Das östliche Münsterland war für mich, abgesehen von wenigen Ausnahmen bis zu diesem Krimi, ein »weißer Fleck«. Umso mehr Freude hat es mir gemacht, die Schauplätze der Handlung von »Tod unterm Kirchturm« in Everswinkel, Drensteinfurt und Telgte zu erkunden. Ganz besonders angetan war ich von der Warendorfer Altstadt mit Marktplatz und Heumarkt. Sehr zu empfehlen, nicht nur für einen kurzen Stopp auf einer Radtour.

Ich danke für ihre Unterstützung:

Meinen beiden Erstleserinnen und Freundinnen Bettina Kemper, die natürlich wieder eine lange Liste von Ungereimtheiten im Manuskript aufspürte, und Ulla Huckebrink, die mir obendrein geduldig alle Fragen zu den Abläufen in einer Bücherei beantwortete.

Ewald Brünen, dessen Ortskenntnisse und vielfältige Anregungen zu möglichen Problemen und Verstrickungen in einer katholischen Kirchengemeinde für die Entwicklung der Handlung unverzichtbar waren.

Agnes Schulte, auf die ich mich als »backup« bei technischen Problemen mit meinem Krimiblog »muensterlandkrimi-wordpress.com« jederzeit verlassen kann.

Den vielen Mitarbeiter*innen von öffentlichen und kirchlichen Büchereien, die meine Krimis schätzen, teils vom ersten Band an ihren Leser*innen ans Herz legen und so für die Verbreitung von Hannah Schmielinks Fällen im Münsterland und darüber hinaus sorgen.

Den Veranstalter*innen in Vereinen, Verbänden, Buchhandlungen und Büchereien, die mich in Corona-Zeiten trotz ständig wechselnder Vorschriften und Hygienekonzepte zu Lesungen eingeladen haben – oft in der Ungewissheit, ob überhaupt Leute kommen würden. Sie kamen, und ich habe jede einzelne Veranstaltung sehr genossen.

Den Menschen im Dialogverlag Münster, die seit 2009 am Erscheinen und Vertrieb meiner Krimis in verschiedenster

Form mitgewirkt haben: Thomas Bauer, Maike Bechtold, Michael Bönte, Norbert Göckener, Jennifer Haack, Dr. Hans-Josef Joest, Annette Saal, Dr. Magdalene Saal, Ralf Thier-Hinse (+ 2018), Ursula Unger, Ines Watermann und viele andere im Hintergrund, die ich nicht persönlich kennengelernt habe.

Meinem Lektor Markus Nolte, dessen inhaltliches und sprachliches Einfühlungsvermögen nunmehr acht Krimis entscheidend geprägt hat. »Tod unterm Kirchturm« gäbe es ohne ihn überhaupt nicht, denn er flüsterte mir die Idee dazu quasi bei der Verabschiedung nach der letzten Besprechung des Manuskripts von »Tod im Nachbarhaus« ins Ohr.

Meinem Ehemann Bernd, der dieses Mal besonders viele Zweifel und Gestöhne über den verwickelten Plot des Krimis ertragen musste, denn ich konnte mir als Rentnerin ja viel Zeit zum Schreiben nehmen. Ich hoffe, wir halten es wie Hannah und Jan: gemeinsam das Beste aus jedem Tag machen – solange es uns vergönnt ist.

Hannah Schmielinks erster Fall

Helga Streffing:
»Tod im Kollegium – Der erste Münsterland-Krimi mit Hannah Schmielink«
dialogverlag
ISBN: 978-3-941462-47-2

Das Kollegium des Berufskollegs III versinkt nicht gerade in Trauer, als die junge Lehrerin Daniela Heckert ermordet wird. Weil sie eine Intrigantin war, die auch vor Mobbing nicht zurückschreckte? Weil ihr die Karriere über alles ging? Weil ihr Verhalten in den letzten Wochen sonderbar war? Die Münsteraner Psychologin Hannah Schmielink ist entsetzt, welche Abgründe sich ihr in der Schule auftun. Spielen die rätselhaften Erkrankungen mehrerer Kollegiumsmitglieder eine Rolle? Wusste Daniela Heckert etwas, das sie besser nicht wissen sollte? Kaum lichtet sich das Dunkel ein wenig, da verschwindet plötzlich der so pflichtbewusste Schulleiter… Hannah kommt nicht nur dem attraktiven Kommissar Jan Heidmeier immer näher, sondern auch dem Täter. Zu nahe!

Hannah Schmielinks zweiter Fall

Helga Streffing:
»Tod im Kloster-Internat – Der zweite Münsterland-Krimi mit Hannah Schmielink«
dialogverlag
ISBN: 978-3-941462-59-5

Ein neuer Fall für Hannah Schmielink: Im St.-Anna-Heim, einem von Ordensschwestern geleiteten Internat in der Nähe von Münster, hat sich eine Schülerin das Leben genommen. Die Schulleiterin erhält Drohbriefe, und Schwester Theresia, die Oberin, genießt einen zweifelhaften Ruf. Als eine der Schwestern durch Gift stirbt, übernimmt Hannahs Freund Jan Heidmeier von der Kripo Münster den Fall. Welches Motiv gibt es für den Mord an einer Schwester? Und wer hat Zugang zu Zyankali? Will jemand Rache nehmen am St.-Anna-Heim oder sind persönliche Verstrickungen ausschlaggebend für die Tat gewesen? Ein weiterer Giftanschlag verbreitet Entsetzen und Panik unter den Schülern. Hannah begreift erst sehr spät, dass sich jemand in großer Gefahr befindet …

Hannah Schmielinks dritter Fall

Helga Streffing:
»Tod im Golddorf –
Der dritte Münsterland-Krimi
mit Hannah Schmielink«
dialogverlag
ISBN: 978-3-941462-79-3

Ein idyllisches Golddorf im westlichen Münsterland nahe der holländischen Grenze am Fronleichnamswochenende: Als die 13-jährige Luisa von einer Party im Jugendheim nicht nach Hause kommt, wird Hannah Schmielink, Schulpsychologin aus Münster, in den Fall hineingezogen – eher zufällig. Gemeinsam mit ihrer Freundin Anne, einer Nachbarin der Verschwundenen, stößt sie auf merkwürdige Gestalten: Luisas neue Freunde, von denen ihre Eltern nichts ahnten. Doch was ist an dem Abend im Bürgerpark wirklich passiert? Wem ist sie begegnet? Angst, Misstrauen, Gerüchte, Verdächtigungen: Selbst Hannah kann sich der aufgeheizten Stimmung im Dorf kaum noch entziehen. Nicht nur Außenseiter, auch angesehene Bürger und sogar Luisas Familie haben hinter den glänzenden Fassaden Einiges zu verbergen. Doch nur einer hat ein Geheimnis, von dem Luisa auf keinen Fall erfahren durfte ...

Hannah Schmielinks vierter Fall

Helga Streffing:
»Pilgerfahrt in den Tod – Der vierte Münsterland-Krimi mit Hannah Schmielink«
dialogverlag
ISBN: 978-3-944974-06-4

Hannah Schmielink und ihr Ehemann Jan haben ein außergewöhnliches Ziel für ihre Hochzeitsreise gewählt: eine Pilgerfahrt nach Israel. Nazaret, die Gegend um den See Gennesaret, Betlehem, der Berg Tabor, das Tote Meer und die Altstadt von Jerusalem sind nur einige Stationen ihrer faszinierenden Tour. In wenigen Tagen ist ihnen die bunt zusammengewürfelte Reisegruppe vertraut. Doch Hannah lässt die nächtliche Erinnerung an die schwarze Gestalt in ihrem Hotelzimmer nicht los. Misstrauisch beäugt sie jeden Einzelnen. Ein beinahe fataler Zwischenfall lässt Hannah und Jan glauben, dass ein Gruppenmitglied in tödlicher Gefahr ist. Gibt es einen aktuellen Anlass oder führt die Spur in die Vergangenheit? Und welche Rolle spielt die spannungsgeladene Atmosphäre in Jerusalem? Erst in den engen Gassen wird offenbar, welche Rolle die Einzelnen in dem dramatischen Geschehen spielen. Und wer ein Mordmotiv hat ...

Hannah Schmielinks fünfter Fall

Helga Streffing:
»Tödliche Familien –
Der fünfte Münsterland-Krimi
mit Hannah Schmielink«
dialogverlag
ISBN: 978-3-944974-24-8

Roddy schreit sich die Seele aus dem Leib, als er im Tecklenburger Jugendamt seiner Mutter begegnet. Was hat er in den ersten Monaten seines Lebens alles erleiden müssen? Will die Frau sich wirklich bessern oder macht sie Hannah Schmielink nach Strich und Faden etwas vor? Grund genug hätte sie: Die Schulpsychologin aus Münster muss über Roddys Zukunft entscheiden – nachdem die ursprüngliche Gutachterin ermordet wurde.
Aber auch Roddys Pflegeeltern scheinen einiges zu verbergen. Setzen Frank und Britta Doppheide auf das Pflegegeld für den Kleinen, um ihren maroden Milchviehbetrieb über Wasser zu halten? Was wusste das Mordopfer? Und welche Rolle spielt die Altbäuerin …?

Hannah Schmielinks sechster Fall

Helga Streffing:
»Tödliche Rollenspiele – Der sechste Münsterland-Krimi mit Hannah Schmielink«
dialogverlag
ISBN: 978-3-944974-33-0

Für jede Lehrerin und jeden Lehrer wäre es der wahr gewordene Albtraum: Ohne die 18-jährige Maybritt kehrt eine Schulklasse zurück von einer Klassenfahrt in Holland. Das Mädchen ist spurlos von einem Großsegler verschwunden. Ist sie freiwillig von Bord gegangen? War es ein Unfall? Suizid? Oder hat jemand nachgeholfen?

Hannah Schmielink, Schulpsychologin aus Münster, muss feststellen, dass es am Berufskolleg Dorenkamp in Rheine niemanden sonderlich kümmert, was hinter dem Verschwinden der Schülerin steckt. Als man nach einer Feier in der Schule einen Toten findet, reißen die ersten Mauern ein. Immer größere Ungeheuerlichkeiten kommen ans Tageslicht …

Hannah Schmielinks siebter Fall

Helga Streffing:
»Tod im Nachbarhaus – Der siebte Münsterland-Krimi mit Hannah Schmielink«
dialogverlag
ISBN 978-3-944974-51-4

Gescher, ein Städtchen im westlichen Münsterland zu Beginn der Adventszeit: Scheinbar friedlich liegt die Sonnenstraße da, als Hannah Schmielink, Schulpsychologin aus Münster, dort eintrifft. Sie will sich um ihre Mutter kümmern, die nach einem Sturz im Krankenhaus von Stadtlohn liegt. Was Hannah noch nicht weiß: Eine Nachbarin im Haus gegenüber ist unter ungeklärten Umständen ums Leben gekommen. Sogar von Mord ist die Rede.
Hannahs Ehemann Jan und seine Kollegen von der Kripo Münster glauben an ein Familiendrama, dessen Ursachen weit in die Vergangenheit hineinreichen. Auch Hannah ist darin verstrickt. Noch dazu scheinen andere Mitglieder der Nachbarschaft ebenfalls Geheimnisse zu hüten, die unter keinen Umständen ans Licht kommen sollen. Als ein Anwohner der Sonnenstraße unter mysteriösen Umständen verschwindet, spitzt sich die Lage zu …